Jean-Pierre Croizier *a débuté sa carrière d'écrivain aux éditions de l'Écir. Ses deux premiers romans,* Le Secret de Marcenat *et* La Fille du Passeur*, parus en 2007 et 2008, ont connu un réel succès. Il a été récompensé en 2010 par le prix du Roman d'Auvergne pour son troisième roman* Le Secret de Belle-Maison.

La Bonne Providence

Du même auteur

Le Secret de Marcenat, l'Écir, 2007.
La Fille du passeur, l'Écir, 2008.
Le Secret de Belle-Maison, l'Écir, 2010.

Imprimé en U.E. en février 2011
Dépôt légal : mars 2011
ISBN : 978-2-8129-0315-1
ISSN : 1769-1788

Jean-Pierre Croizier

La Bonne Providence

De Borée

À Angelina et à Clémence

Partie I

I

L'orage

Août 1895.

GUILLAUMIN SE DIT qu'il avait du temps, que le père ne devait pas l'attendre avant 3 heures… À la sortie de Pontgibaud, après avoir dépassé la fonderie surmontée par ses trois cheminées dont la fumée obscurcissait continuellement le ciel, il mit sa jument au pas.

L'une de ces cheminées, érigée en pierres de taille et qui culminait à cinquante mètres au-dessus de la Sioule, affichait par ses dimensions l'importance de la société minière. Apparence trompeuse car, après une période de grande prospérité, les gisements se raréfiant, de nombreux puits avaient fermé. À Pontgibaud, bourg de huit cents âmes, l'extraction du plomb argentifère avait vécu ses beaux jours, et tous les « paysans-mineurs » voyaient d'un mauvais œil la fonderie traiter du minerai venu d'ailleurs…

Avec la vallée qui s'ouvrit devant lui, le brouhaha des pilons battant dans les bocards s'atténua puis cessa.

Guillaumin tira sur les rênes pour faire prendre à sa monture le premier chemin qui descendait sur les bords de la Sioule, un chemin cahoteux qui secoua la carriole tant et plus et qui fit brinquebaler la marchandise dont il avait pris livraison à Pontgibaud.

Guillaumin connaissait bien l'endroit, une berge à l'herbe rase, ombragée par de grands saules, où il était certain, à cette heure, de ne rencontrer personne. Il attacha la longe de sa monture à une ramure, puis eut pour premier soin de délacer ses brodequins. Son pied droit lui faisait mal sous le talon. Le contact de l'herbe douce et fraîche parut atténuer cette satanée douleur qu'il traînait depuis deux mois, une douleur due à une petite excroissance apparue presque subitement et qu'il pouvait sentir sous le doigt. Sollicité, le « rhabilleur » de Bromont-Lamothe ne s'était guère montré efficace : il lui avait manipulé la cheville avec une telle brusquerie que Guillaumin avait cru se trouver mal. Suite à ce « débroussaillage » énergique et qui devait se conclure par une guérison dans les trois jours, il ne put marcher qu'en boitant. Son père refusa de lui donner l'argent qui lui aurait permis de consulter le médecin de Pontgibaud.

« Mon pauvre Guitou, si j'avais dû t'envoyer au docteur à chaque fois que tu t'es plaint, toutes mes économies et celles de la mère n'auraient pas suffi !

Alors, il te faudra faire comme les autres fois : attendre que ça passe ! »

Une seule fois, à l'anniversaire de ses cinq ans, ses parents avaient consenti à l'amener chez l'homme de science. Guillaumin gardait en mémoire la courte auscultation et le pronostic qui tomba comme un couperet :

« La courbe de croissance de votre garçon ne laisse aucun doute, l'enfant restera de petite taille…

– Petite ? Comment petite ? » avait demandé son père.

Du doigt tendu vers la toise, le médecin montra une zone à mi-hauteur de la toise en précisant qu'il pouvait y avoir une marge d'erreur. Sa mère ne se contenta pas de cette estimation :

« Voulez-vous dire que mon Guitou sera un nain ?… Comme ces vilains petits bonshommes que l'on voit dans les foires ? »

Pour réponse, elle reçut un geste évasif, accompagné de ces quelques paroles désabusées :

« Peut-être gagnera-t-il encore deux ou trois centimètres, je ne peux me prononcer…

– Et pour son œil gauche qui ne voit rien ? » demanda sa mère devenue blême.

De ce côté-là également, le diagnostic ne fut guère encourageant.

En immergeant ses pieds dans l'eau et en entrant dans la rivière jusqu'aux mollets, Guillaumin soupira d'aise. Il avait bien fait de s'accorder ce répit.

De gros nuages vinrent obscurcir le soleil, un coup de vent plus chaud fit frissonner le feuillage des saules mais l'orage irait se défaire plus à l'est, sur les Dômes. Guillaumin revint s'asseoir sur un escarpement de la rive, massa longuement son pied endolori. Saloperie de douleur qui ne passerait donc jamais ! Il s'allongea, regarda filer les nuages dont il chercha à interpréter les formes… Un divertissement sûrement stupide et inutile, mais qu'une enfance pleine de solitude lui avait fait aimer. Quand on est un petit garçon desservi par une morphologie attirant constamment les railleries, le choix des camarades de jeux n'est pas grand…

Guillaumin arracha une herbe qu'il se mit à mâchonner… Le regard toujours perdu dans l'immensité du ciel, il songea à toutes ces années à jamais révolues qui avaient fait de lui un jeune homme triste et aigri. Est-ce que le terme de « jeune homme » avait un sens pour le qualifier ? Il se posa la question et se mit à sourire. Certes, il était jeune, puisqu'en septembre il aurait vingt-deux ans, mais était-il un homme ou sa caricature, une image déformée, outrageusement contrefaite, comme si le Créateur par jeu s'était plu à lui raccourcir les membres, à l'affubler d'une tête trop grosse, à l'éborgner ? Quel plaisir avait-Il pris en le jetant ainsi sur terre ? Il y avait certainement une explication… Il se souvint de la méchante réflexion de son jeune frère, le P'tit Louis, lors d'une chamaillerie :

« Dans quel moule as-tu été fabriqué, mon pauvre Guitou ? Sûrement dans celui qui avait dû être brisé puis rafistolé par le pire des nigauds ! »

Curieusement, il n'avait rien répliqué, comme si la remarque n'avait présenté aucun caractère saugrenu... Ce frère parti sous les drapeaux au fort de Vincennes et qui depuis six mois n'avait envoyé qu'une seule carte postale avec ce texte laconique : *Je vais bien, le moral est bon. Je vous embrasse tous.* Ce « tous » le concernait-il ? Sûrement, car son frère l'avait toujours soutenu.

Guillaumin se redressa, demeura dans la position assise, entourant les genoux de ses bras. Les gros nuages s'effilochèrent, dans une échancrure bleutée le soleil réapparut... Le père risquait de s'inquiéter, il quitta la berge à regret. Avant de reprendre place dans la carriole, il sortit de sa besace une chopine de vin éclairci d'eau, se délecta de trois gorgées, puis s'apprêtait à se rechausser quand des cris d'enfant lui parvinrent. Deux garçons d'une douzaine d'années, dans un jeu de poursuite, débouchèrent sur l'autre rive, là où la « halde » de stérile – dune de rejets dédaignée par la végétation – s'amincissait en une langue jaunâtre.

« Tu es mort ! cria l'un d'eux.

– Pas encore ! » répliqua l'autre en brandissant de manière menaçante son bâton.

Aussitôt, Guillaumin contourna la carriole pour se cacher. Depuis toujours, les enfants l'effrayaient, c'était une peur irraisonnée et irrépressible qui l'envahissait. En fait, ce qu'il supportait le plus difficilement c'était leur regard, un regard insistant qui, devant sa difformité, était incapable de contraindre un subit désarroi. Il aurait aimé s'en approcher, leur caresser la nuque, rire avec eux plein d'insouciance. Contact redouté et interdit… Côtoiement d'un monde aux portes définitivement closes… Les adultes, eux, savaient détourner les yeux, feindre, bien souvent avec maladresse, l'indifférence ou la compassion…

Guillaumin n'eut pas à se dissimuler longtemps ; sans cesser de se poursuivre, les garçons prirent le chemin en aval et disparurent. Alors, il se remit en route, croisa à la sortie de Peschadoires deux charrettes tirées par des bœufs transportant à la fonderie le minerai extrait aux puits de Pranal.

Arrivé à la scierie, il dételа la carriole, amena le cheval à l'écurie, flatta Trompette, son vieux chien. Le père et l'Émile avaient dû s'absenter car l'atelier situé en contrebas, à deux pas de la Sioule, était silencieux. Il était rare qu'en plein milieu de la journée le bruit de la scie battante, un lancinant « tac-a-tac », ne se fasse pas entendre. Trompette lança deux aboiements, presque des gémissements, qui durent alerter la mère car elle sortit sur le seuil pour aussitôt l'admonester.

« Bougre de feignant, tu en as mis du temps ! On ne peut vraiment pas compter sur toi… »

Guillaumin prétexta que le charron de Pontgibaud n'avait pas terminé la réparation demandée, qu'il avait dû patienter…

« Tu as toujours une bonne raison pour te tourner les pouces. »

Guillaumin ne releva pas la réflexion, quoi qu'il fasse, ça ne convenait jamais. À la différence de son frère, sa mère ne l'avait jamais aimé et trouvait inlassablement un motif pour le rabrouer. Mais pouvait-on aimer un enfant qui semblait n'être né que pour expier tous les péchés de la terre ? Guillaumin avait beaucoup souffert de ce manque d'affection puis, avec l'adolescence, il s'en était accommodé. Une seule fois, il s'était rebellé quand on l'accusa d'une faute commise par son frère, et ce fut pour entendre :

« Mon “pauve” Guitou, quel crime avons-nous commis pour que le bon Dieu t'ait placé sur notre chemin ? »

Ce jour-là, il dut se réfugier à l'écurie afin de pouvoir pleurer tout son soûl, maudire ce corps disproportionné, ce corps exécré tordu sous sa bosse et nanti de son œil borgne. Ce jour-là, pour la première fois, il avait pu discerner dans le regard de sa mère plus qu'un sentiment de répulsion, un sentiment assimilable à de la haine… Avec son père, les conflits n'existaient pratiquement pas pour la bonne raison que celui-ci ne lui prêtait la plupart du temps que peu d'attention, autant qu'il pouvait en accorder au chien Trompette… Guillaumin tenta de vaincre cette indifférence en se rendant fréquemment à la scierie. D'abord il resta prostré là où il lui parut déranger le moins, passa des heures à observer l'avancement du chariot porte-grume présentant sous la lame d'acier les troncs ébranchés destinés à devenir chevrons et planches. La scie battante avec son mouvement de va-et-vient à seize coups par minute traçait une ligne bien droite sur l'écorce. En un cône parfait, la sciure s'accumulait sous le châssis, exhalait son doux parfum de mousse. L'Émile, l'ouvrier employé à plein temps et qui vivait chez eux, lui adressait parfois un sourire ou un clin d'œil. Son père l'ignorait, passait devant sans lui accorder un regard. Puis, enhardi, Guillaumin se décida à proposer son aide, suggéra de se rendre utile en balayant la saleté ou en allant curer le bief. Offre qui ne recueillit qu'un :

« Ne reste pas dans nos pattes… Maladroit comme tu es, tu laisserais tes doigts dans les rouets ! Et puis, je paye l'Émile pour ce travail !

– Je peux me charger des fagots, calibrer les falourdes…

– Pour qu'une branche t'éborgne l'autre œil ! C'est ta mère qui ferait joli ! »

Guillaumin comprit avec tristesse ce que signifiait ce refus et délaissa définitivement l'atelier.

L'école aurait pu le distraire de l'ennui familial. Il n'y mit les pieds qu'une seule semaine pour y vivre un véritable enfer. D'emblée, il fut rejeté, la proie de tous les sarcasmes, affublé des surnoms de « nabot », de « fils de sorcière » ou de « borgne ». Aucun garçon de son âge ne fit l'effort de le réconforter. Le troisième jour de ce calvaire, à l'incitation du plus grand de la classe, une cabale s'organisa pour l'attendre sur le chemin du retour. Jamais il n'eut à subir une telle raclée ! Il en resta sonné pendant deux heures et, chez lui, à cause de ses habits déchirés, fut accueilli avec force remontrances. Sa chance fut que l'instituteur exprima le désir de se séparer d'un tel élève, conseilla à son père de le retirer de son établissement.

« Mais l'école est obligatoire, on va me mettre à l'amende !

– Point, depuis la loi Jules Ferry, c'est l'enseignement qui est obligatoire, pas l'école… Notifiez simplement au maire que vous prenez en charge l'instruction de votre rejeton, je m'occupe du reste. »

Belle instruction prodiguée par son paternel qui déchiffrait avec grand-peine les gros titres du journal ! Guillaumin ne resta pas ignare : il apprit à lire et à compter, secondé par son frère Louis, qu'on nommait familièrement « P'tit Louis » et qui était son cadet de deux ans. Louis ! Le seul qui lui eut manifesté un peu d'affection, qui l'encouragea à ne point désespérer de la vie…

« Je vais t'expliquer la leçon du maître sur les soustractions, écoute bien… »

Armé d'une ardoise, Guillaumin se montra attentif, s'appliqua à retenir les patients conseils de P'tit Louis, sut bien vite écrire son nom, put aligner les bons chiffres des quatre opérations. À quinze ans, il en savait autant que n'importe quel gamin ayant eu la chance de fréquenter l'école… Après que Louis eut passé son « certificat » et qu'il partit s'embaucher à la mine de Pontgibaud, Guillaumin continua seul d'étudier, utilisant pour cela les rares ouvrages que son frère, de temps à autre, s'évertua à lui procurer. *Le Tour de la France par deux enfants,* d'un certain G. Bruno resta longtemps sa lecture favorite.

La voix de sa mère résonna derrière lui :

« Si tu n'as rien à faire, file chez les Ponsol me rapporter le lait, et tu demanderas s'ils ont des nouvelles du Piarre. »

Guillaumin détestait se rendre à la ferme des Ponsol, des gens frustes qui lui remplissaient son bidon sans lui adresser une seule parole aimable. Quant à demander des nouvelles du Pierre, c'était ajouter une épreuve à la corvée ! Le Pierre, que l'on appelait ici « le Piarre » en insistant bien sur le « a », avait été appelé sous les drapeaux en mars pour une durée de trois ans et les Ponsol lui faisaient bien sentir que « certains » avaient bénéficié d'une exemption injuste… Ce « certains » le concernait directement. Plusieurs fois, il fut tenté de répliquer qu'il aurait, s'il avait eu le choix, préféré être conscrit, suivre son frère Louis (qui, lui, avait bénéficié d'un tirage au sort plus favorable, puisque incorporé pour un an). Il se contentait alors d'esquisser un maigre sourire, un sourire qui voulait exprimer combien ce reproche était stupide. « Vous me voyez, mes pauvres gens, suivre le peloton avec mes petites jambes et tenir un fusil chassepot à la crosse plus longue que mon bras ? » Lors du conseil de révision, au moment de passer sous la toise, il s'entendit dire, accompagné d'un énorme éclat de rire :

« Tu peux retourner chez toi, mon p'tit gars ! »

Guillaumin s'empara du bidon posé sur la margelle du puits, siffla Trompette pour qu'il le rejoigne, dépassa le potager craquelé de sécheresse et s'engagea sur le chemin longeant la Sioule. Cinq minutes plus tard, il obliqua pour en prendre un autre qui escaladait le flanc de la vallée.

La première partie était escarpée, arrivé à mi-côte, à cause de son mal au talon, il dut faire une halte sur une sorte de promontoire, une avancée de roches nues ressemblant à la proue d'un navire. Il défit le lacet de son godillot… Cet endroit lui plaisait car il dominait la vallée sillonnée par la Sioule et permettait d'en suivre le cours sinueux jusqu'aux maisons de Peschadoires. Son regard se porta sur la scierie familiale, juste en contrebas, et sur le bief, rigole rectiligne qui tant de fois avait été son terrain de jeux solitaires. Trompette musarda et vint, langue pendante, s'allonger à ses pieds. Il parut deviner la douleur qui persistait à lui irradier la cheville car il poussa de petits gémissements comme pour compatir et dire :

« Pauvre gars, personne n'écoute tes plaintes mais moi je sais ce que tu endures ! »

Depuis que P'tit Louis était parti avec la classe 1894, Trompette ne le quittait plus, avait même délaissé l'écurie pour dormir chaque nuit au pied de son lit. Jamais leur complicité n'avait été aussi grande... Guillaumin le gratouilla entre les yeux, lui parla :

« T'es vieux, mon pauvre bâtard... Fais-moi la promesse de vivre longtemps, sans toi je serais perdu... T'es le seul à me prendre comme je suis, à ne pas te moquer du "nabot" ! »

Trompette lécha la main qui le caressait puis dressa l'oreille quand un roulement assourdi de tonnerre monta du côté de Trimoulet. Zut ! les nuages revenaient à la charge...

« Allez, dit Guillaumin, faut vite continuer si on ne veut pas subir l'orage. »

La ferme des Ponsol était située sur le plateau. C'était un bâtiment de pierre brute couvert de chaume et percé d'une unique fenêtre, l'étable dans le prolongement du logis... À peine parvenu dans la cour, Guillaumin fut accueilli par un concert d'aboiements. Ces chiens étaient sa hantise. Depuis que l'un d'eux s'était jeté sur lui, il redoutait toujours une nouvelle attaque. Un autre, avec la menace d'un bâton, pouvait les amadouer ; lui, avec sa misérable taille, en aurait été bien incapable. Heureusement, ce jour, ils demeuraient enchaînés. La Marie Ponsol, petite femme boulotte, aux joues rouges et couperosées, se montra à la porte de l'étable et le salua d'un :

« Té ! te v'là, s'pèce de nigaud !... Juste pour nous amener le mauvais temps ! »

D'un geste volontairement brusque, elle lui arracha son bidon, disparut dans l'étable pour le remplir. Guillaumin s'interrogea : allait-il avoir le courage de lui demander des nouvelles du Piarre ? Au retour de la fermière, il s'y décida pourtant. La Marie Ponsol lui jeta un œil mauvais.

« Ça t'inquiète tant ce que devient mon fiston ? Ce doit bien être le dernier de tes soucis !... Heureusement qu'il y a des braves comme lui qui apprennent à défendre la patrie ! »

Une réponse qui ne surprit pas Guillaumin. Pourtant, au moment où il allait prendre le chemin du retour, elle le rattrapa.

« Et chez vous, qu'est-ce qu'on en dit ? demanda-t-elle, avez-vous reçu du courrier annonçant une permission de votre grand ? »

Quel grand ? P'tit Louis était le cadet.

« Non, répondit Guillaumin, juste une carte postale disant que tout allait bien. »

Guillaumin vit le rideau de la fenêtre s'écarter. Quelqu'un, du logis, les observait... Qui cela pouvait-il être ? Sûrement pas le père Ponsol, celui-ci n'avait pas pour habitude de jouer les effarouchés ! Qu'importe, ce n'était pas ses affaires... Il n'eut plus à se poser la question ; la silhouette d'une jeune fille apparut sur le seuil. Ce que remarqua immédiatement Guillaumin, ce fut la longue chevelure coulant sur ses épaules et l'étrange pâleur de son visage...

« J'arrive, Clémence ! » lança la fermière.

Mais la jeune fille au teint si blême vint les rejoindre. Guillaumin ne l'avait jamais vue auparavant, ni à Pontgibaud ni ailleurs... Sa première idée fut de s'éloigner au plus vite, être confronté à des inconnus ne lui procurait qu'embarras... Mais la nouvelle venue ne lui jeta qu'un œil distrait pour demander en souriant :

« Mon petit monsieur, ne redoutez-vous pas l'orage qui s'annonce ? »

Ce « petit monsieur » jeté avec une curieuse désinvolture remplit Guillaumin de la plus extrême confusion... au point qu'il dut certainement rougir. Il devait répondre quelque chose, quitter son air béat... Si les enfants l'effrayaient, la gente féminine, du fait des relations ténues entretenues avec elle, n'était pas loin de lui procurer un trouble tout aussi importun. Très jeune, dès ses premiers émois, il s'était fait une raison : qui aurait pu manifester une inclination pour un physique si disgracieux ? Les filles, ce n'était pas pour lui, pour son frère Louis, pour tous les autres... Il ne devait pas y penser. Mais ce carcan cédait parfois, taraudé par des pensées ou des rêves qui l'entraînaient alors comme une vague vers des rivages dont l'inaccessibilité se révélait brusquement...

« Je ne crains pas la pluie, répondit-il, et puis, en me dépêchant, je sais passer entre les gouttes.

– Mais si la foudre vous tombe dessus, vous serez cuit comme un lardon ! remarqua Clémence sur le ton de la plaisanterie.

– Faudrait-il encore que la foudre me trouve, je suis si petit ! »

Une autodérision qui fit rire la jeune fille mais que la mère Ponsol ne goûta pas.

« Allons, Clémence, nous avons mieux à faire que d'écouter ce benêt ! As-tu terminé ton ourlet ?

– Mon ourlet peut attendre, tout mon trousseau aussi. Tant que le Piarre sera au service militaire, je ne me marierai pas ! Un mari, c'est fait pour être auprès de son épouse, pas pour être à l'autre bout de la France !

– Qu'est-ce que tu oses dire, ma fille ? s'offusqua la fermière, la mine ébahie. En voilà une réflexion ! Et si mon Piarre t'entendait ?… T'imagine sa peine ? Lui qui défend ton pays, qui risque peut-être sa vie !

– On est plus en guerre ! Qu'est-ce que vous racontez !

– Ne pas te marier avec mon Piarre ! V'là autre chose, à cette heure ! Je crois que tu… »

Elle s'interrompit d'un coup quand son regard croisa celui de Guillaumin, jugea sans doute qu'elle n'avait pas à faire étal de ses récriminations devant celui qu'elle n'hésitait pas à nommer de « bout d'homme » et qui fit les frais de son courroux.

« Qu'est-ce que t'attends pour déguerpir, bon à rien ? Que le lait tourne ou y a que si tu veux ma bénédiction ? »

Guillaumin tourna les talons. C'est vrai que ce différend ne le concernait en rien… Il enjamba la rigole à purin, ignora l'aboiement des chiens tirant comme des fauves sur leur chaîne, s'engagea sur le chemin de la vallée où Trompette l'avait déjà précédé. L'idée que le Piarre puisse épouser la jeune inconnue lui fut insupportable.

Quelle besogne déplaisante que cette corvée du lait ! Avant d'entamer la descente, il se retourna et stoppa net sa marche. Il ne rêvait pas : tandis que la mère Ponsol agitait les bras en proférant des paroles couvertes par le raffut des molosses, il vit la jeune Clémence courir à sa poursuite ! Que lui voulait-on ? Non, il ne s'était pas trompé en payant son bidon de lait… Il devait y avoir un autre motif à cet affolement.

« Que se passe-t-il ? demanda-t-il quand Clémence l'eut rejoint.

– Je regagne Pontgibaud… Avec l'orage qui arrive, je ne veux pas me trouver coincée ici. Ça ne vous ennuie pas si je vous suis ? Je ne connais pas trop ce raccourci.

– Bien sûr que non ! »

Il ne pouvait décidément pas ce faire à ce vouvoiement. Tous, y compris les inconnus, le tutoyaient. Déjà qu'elle l'avait appelé « mon petit monsieur » comme quelqu'un du grand monde ! Il rajouta :

« Ça me fait même plaisir… pour une fois qu'on ne rechigne pas à m'accompagner… Mais, tu peux me dire “tu”.

– Si tu veux… La mère du Piarre commençait à me taper sur les nerfs, à toujours me dire ce que je dois faire comme si j'étais déjà sa bru…

– Ah çà ! elle ne ménage personne…

– Tu dois être le fils aîné des Rouget, ceux de la scierie de la Sagne ? Il me semble déjà t'avoir remarqué une fois ou deux à Pontgibaud…

– Je ne passe pas inaperçu ! Qui ne connaît pas le "gnome" à Pontgibaud ?... Ne t'offusque pas, j'ai d'autres surnoms moins flatteurs... Moi, je n'ai pas le souvenir de t'avoir croisée... »

Guillaumin ouvrit la marche. Dans cette partie du trajet, il était impossible d'avancer côte à côte et la discussion s'en trouva malaisée. Zébré d'éclairs curieusement silencieux, le ciel prit une couleur sombre. Des bourrasques de vent chaud se déchaînèrent, firent plier les genêts... Quelques gouttes grosses comme des billes s'écrasèrent dans la poussière du chemin... Même en accélérant le pas, le bas de la vallée ne serait pas atteint avant une dizaine de minutes. Guillaumin prit une décision :

« Je connais un endroit où l'on peut s'abriter, c'est sur la droite, juste à l'aplomb de ce sapin tout rabougri au-dessous des genévriers. »

Évidemment, il y avait une autre solution pour se protéger de l'orage ; regagner la ferme des Ponsol. Guillaumin ne la proposa pas. L'abri en question était un renfoncement creusé sous arête rocheuse assez vaste pour servir de refuge. Ils la rejoignirent juste à l'instant où survint, dans la déflagration d'un assourdissant coup de tonnerre, la première ondée soutenue. L'un et l'autre se calèrent au plus profond de la cavité, assistèrent en silence au véritable déluge qui transforma vite en cascade les ruisselets dégoulinant de la voûte. Puis il y eut une accalmie avec le morceau de ciel qui s'éclaircit.

« On s'assoit ou on tente notre chance ?

– On s'assoit. »

Ils prirent place, l'un à côté de l'autre, sur des pierres qui semblaient avoir été disposées là tout exprès. Trompette s'allongea à leurs pieds.

Guillaumin observa discrètement sa compagne.

Autant, avec lui, la nature s'était montrée ingrate, autant, avec elle, elle semblait lui avoir accordé tous les dons ; la grâce, la finesse, des traits délicatement dessinés, jusqu'à ce demi-sourire au coin de ses lèvres qui lui prêtait un air à la fois tendre et volontaire… Se trouver seul avec elle avait une saveur capiteuse. Une exquise angoisse le traversa, une sorte d'émotion sensuelle qu'il ne chercha ni à repousser ni à dominer. Il ferma les yeux un instant, s'imagina en train d'effleurer avec une lenteur tremblante la peau si pâle, si lisse, de son visage. Comme il aurait aimé la couvrir de baisers, connaître le goût et la chaleur de ses lèvres, tout découvrir d'elle ; ses bras, ses jambes, étreindre cette vie palpitante si près de lui… si près !… Il songea à esquisser un faux mouvement pour enfin la toucher rien qu'une seconde, une toute petite seconde… Il n'eut pas cette hardiesse et tout son beau rêve s'étiola. C'était mieux ainsi, plus commode de retrouver des sentiments auxquels il était habitué, ceux de la honte, d'une culpabilité qui le sommait vertement de demeurer prostré dans les affres de l'humiliation.

Clémence ramena ses longs cheveux derrière ses épaules, parut réfléchir…

« Je voudrais te poser une question, mais peut-être me jugeras-tu bien sotte...

– Pose-la toujours. J'essayerai d'y répondre... Je pense savoir ce que tu vas me demander.

– As-tu toujours été comme ça ? Je veux dire... Est-ce de naissance ?... »

Guillaumin sourit, se détendit. C'était bien la question qu'il subodorait...

« Tu n'es pas sotte, ma disgrâce intrigue tout le monde... Même les chiens sont ébranlés par mon aspect et le manifestent par une furieuse envie de me mordre... Bien sûr que c'est de naissance ! Qu'imaginais-tu ? Que j'étais passé sous les roues d'un tombereau ?

– Pardonne-moi !

– Tu n'as rien à te faire pardonner. Pour une raison que personne – même pas les docteurs – n'a pu me fournir, ma croissance s'est faite dans le désordre, comme si un diable avait tout mélangé puis tout reconstitué au hasard avec ce qui lui tombait sous la main... Une jambe trop courte par-ci, un bras trop petit par-là...

– Un diable bien cruel !

– Et qui a dû bien se fendre la pipe devant le résultat... Il y a de quoi ! Des fois, en surprenant mon reflet, j'ai la même réaction, je ris à gorge déployée... C'est plus fort que moi.

– Je ne te crois pas...

– Tu as raison, c'est mon reflet qui se marre, pas moi ! Parlons d'autre chose. De toi, par exemple !

– Que veux-tu savoir ?

– Tout, ma belle, tout !

– Holà, holà ! mon petit monsieur, comme vous y allez ! »

Clémence se mit à rire, lèvres légèrement entrouvertes, les sourcils rapprochés dans une interrogation amicale.

« Que te dire ? Que j'habite à Pontgibaud, près de la nouvelle gare du chemin de fer, que je suis fille unique, que j'ai perdu ma mère à l'âge de cinq ans... Quoi encore ? Que mon père fait le forestier... que j'ai vingt-deux ans. »

Ce n'était pas exactement ce que voulait entendre Guillaumin, il se lança : .

« Tu comptes réellement te marier avec le Piarre ?... Enfin, quand il reviendra de ses trois ans ?

– Pourquoi ? Tu veux que je t'invite à la noce ? »

Son visage s'était rembruni, le ton n'était plus aussi cordial. Elle se prit la tête entre les mains. Guillaumin regarda la flaque qui grandissait devant lui, avoua :

« Je n'aurais pas dû te poser cette question. C'est vrai, je me mêle de ce qui ne me regarde pas... Ne m'en veux pas. Je suis si heureux de pouvoir m'entretenir avec toi. Tu sais, jamais une fille aussi jolie n'a accepté de me parler... Jamais... Même si nous ne devons plus nous revoir, cette rencontre restera toujours gravée en moi. Un souvenir dont je ferai mon soleil les jours de tristesse. »

Clémence dégagea enfin la tête de ses mains, fixa de ses yeux clairs Guillaumin en forçant le sourire.

« Tu n'es pas beau mais on peut dire que tu sais tourner les compliments. Pour en revenir au Piarre, c'est un gentil garçon. Je le connais depuis l'âge de dix-huit ans…

– Comment l'as-tu connu ?

– Un soir de juillet, au bal des conscrits. Il avait un peu bu, moi aussi… Il y avait les flonflons des musiciens, les lampions multicolores qui se balançaient… des exhalaisons enivrantes de tilleul… Il m'a longuement embrassée… C'était délicieux. Nous nous sommes revus… Est-ce que je l'aime pour autant ? Parce qu'un soir de juillet… Il m'arrive de m'interroger… »

La voix était changée, moins assurée, chargée d'une émotion secrète…

« Si tu t'interroges, c'est que tu ne l'aimes pas vraiment !

– Oh ! comme tu y vas ! Ce n'est pas si simple… Et d'abord, qu'est-ce que tu sais de l'amour, toi ? »

Guillaumin ne sut que répondre. Il lui en voulut de le mettre dans cette position inconfortable. Que désirait-elle entendre ? Qu'il était incapable d'éprouver cette exaltation pour l'autre, celle qui vous noie sous l'envahissement d'un désir aveugle, qui abolit la conscience, dissout l'identité… et fait oublier tous les malheurs du monde ? Avec une patience sereine, elle attendait sa réponse. Guillaumin hésita, l'œil perdu dans le vide, puis soupira :

« C'est vrai, je ne sais rien. »

Il quitta la pierre qui lui servait de siège, s'avança tout au bord du refuge, Trompette dans ses jambes.

Il ne pleuvait plus, même si le grondement du tonnerre persistait de façon assourdie… De l'ondée, sur l'autre flanc de la vallée, il ne restait qu'une mince écharpe de brume accrochée aux feuillages encore ruisselants, et un délicieux parfum de terre mouillée. Quelques oiseaux invisibles avaient repris leurs chants, la luminosité de l'air abondamment lessivé était merveilleuse..

« Nous n'avons plus rien à craindre, l'orage est allé se défaire sur les Dômes.

– Non, restons un peu si tu le veux bien. J'apprécie ta compagnie… J'aimerais mieux te connaître. »

Ces quelques mots tout simples décontenancèrent Guillaumin car ils le pénétrèrent d'une douceur ineffable… Bien sûr, il accepta, mais fut inquiet du désir exprimé ; que pourrait-il lui apprendre le concernant ? Son attention serait vite distraite ; à part le fait d'endurer les vicissitudes qu'un corps abhorré lui imposait, son existence écoulée n'était qu'une morne succession de journées désespérément vides… Parler de sa famille, pourquoi pas ? De son père ayant échappé à la mobilisation, car trop âgé, de sa mère, femme besogneuse et sans joie, de son frère ? Oui, son frère… il y avait peut-être là un motif à l'intéresser. Adroit, celui-ci savait confectionner des cerfs-volants, des tourniquets qui vrombissaient dans le vent, tresser des nasses où se prenaient les anguilles, bricoler toutes sortes de pièges et avait eu le privilège, à la foire de Clermont, de conduire une automobile à pétrole... Mais Guillaumin n'eut plus à se creuser l'esprit. Derechef, Clémence remit sur le tapis ses velléités de mariage avec le Piarre.

« Comprends-tu, s'unir avec quelqu'un pour la vie, cela ne peut pas se décider sur un coup de tête...

– Certainement pas, approuva Guillaumin sans conviction... Je suppose que toi et le Piarre y avez mûrement réfléchi, que cela n'a rien d'un coup de tête...

– "Mûrement, mûrement !" On y a réfléchi, bien sûr... Mais le Piarre est comme son père : fait d'un bloc... Alors, il se refuse à toute concession...

– Explique-toi, je ne comprends pas.

– Son idée est de reprendre l'exploitation familiale, de s'endetter pour acheter des terres, de se mettre à élever un troupeau de chèvres, un autre de moutons... Moi je ne suis pas faite pour cette vie-là... »

Guillaumin se garda bien d'exprimer le moindre avis et, par son silence, ne l'incita pas à poursuivre... Finalement, ces confidences l'ennuyaient, ce n'était pas son habitude, même si l'on y invitait, d'entrer de plain-pied dans la vie des autres...

Avec l'extrémité d'une brindille, Clémence s'absorba à tracer un cercle sur le sol humide, dessin qu'elle effaça nerveusement du revers de la main avant de se lever.

« Nous devons redescendre, on a peut-être besoin de toi à la scierie. »

Elle ajouta, comme se parlant à elle-même :

« À cette heure de la journée, je trouverais sûrement quelqu'un pour me reconduire à Pontgibaud... »

Guillaumin aurait aimé pouvoir se proposer. Il s'abstint. Il n'avait pas la libre disposition de la carriole, encore moins celle de la jument. Solliciter une pareille autorisation pour faire un brin de conduite à une inconnue, c'était aller au-devant d'un refus sarcastique avec son inévitable escorte de remarques désobligeantes... Il mentit :

« Quelle malchance que le cheval du père soit fourbu, j'aurais attelé la charrette... »

Clémence fit un geste vague.

« Bah ! ne te désole pas pour si peu... On ne fait pas toujours ce que l'on veut dans la vie, ce serait trop facile... »

Elle n'était pas dupe et, sans le rire cristallin qui accompagna le propos, Guillaumin aurait eu le plus grand mal à contraindre sa confusion.

À mi-course, au seul endroit assez large pour marcher de front, il osa lui déclarer :

« J'ai eu grand plaisir à faire ce bout de chemin avec toi... Le Piarre a beaucoup de veine de t'avoir pour amie... Tu sais, je... comment te dire ? J'aimerais bien te revoir... Mais je conçois que ce ne soit pas ton désir... s'empressa-t-il d'ajouter.

– Pourquoi pas ? Tu es un drôle de bonhomme ! »

Guillaumin eut un frémissement. « Un drôle de bonhomme ! » Quelle signification exacte accorder à ce qualificatif ? Voulait-elle dire « bizarre » avec tout ce que le terme comportait de péjoratif, ou simplement « amusant », voire « pitre » ? Il ne voulut que retenir le « pourquoi pas » interrogatif. Deux petits mots qui avaient au moins le charme de ne pas être un refus direct… Il s'en contenta.

Après un dernier détour, le chemin déboucha sur les méandres de la Sioule longée de près par sa route carrossable. Un attelage mené par un bûcheron ne tarda pas à les dépasser… Hélé, l'homme accepta volontiers de transporter Clémence jusqu'au bourg.

« À bientôt, petit bonhomme, dit-elle. Nous nous reverrons certainement un jour ou l'autre ! »

Guillaumin attendit que la charrette ait disparu pour adresser dans sa direction un signe « d'au revoir ». Il resta planté deux minutes sur le bas-côté puis se décida à franchir les deux cents derniers mètres le séparant de la scierie. Maintenant que la merveilleuse parenthèse, ô combien merveilleuse ! venait de se refermer, il pouvait donner libre cours à l'insidieuse douleur qui sans relâche lui martyrisait le talon.

C'est en clopinant et en gémissant, avec son pot à lait heurtant la rocaille, qu'il termina le trajet.

II

La mine

« Les mines de Pontgibaud manquent de bras et toute main-d'œuvre disponible est bienvenue. En conséquence de quoi, mon fils, après avoir bien réfléchi, j'ai pris une décision à ton sujet… »

Son père, ayant dit cela d'une voix sentencieuse, referma la lame de son couteau avec un claquement sec, ce qui pouvait signifier que le repas du soir était terminé, mais plus certainement qu'il n'y avait pas à revenir sur cette résolution.

« Quelle décision, le père ? » demanda Guillaumin sans oser lever la tête de son assiette.

Cette interrogation était stupide. Mais en la formulant, il essaya de lui faire comprendre que l'idée d'une éventuelle embauche aux mines ne pouvait naturellement s'imposer tant elle relevait du déraisonnable ! Pauvre tentative qui se heurta de front à la colère du maître !

« Ne m'as-tu pas bien entendu, bougre d'ahuri, ou te plais-tu à te montrer plus sot que tu l'es ? Regarde-moi quand je te parle ! J'ai discuté avec un des contremaîtres de la laverie et ai pu le convaincre – ça n'a pas été aisé – de te prendre à l'essai. »

Guillaumin tourna les yeux vers sa mère faussement affairée à desservir la table. L'appui sollicité ne vint pas.

« À l'essai de quoi ? questionna Guillaumin.

– À l'essai de te rendre enfin utile, puisqu'il faut te préciser les choses, sombre idiot ! continua le père en haussant le ton. Ce n'est pas te rendre service que de tout te laisser faire à ta guise… Tu vas avoir vingt-deux ans, vingt-deux années d'oisiveté à traînailler de-ci, de-là, comme un bon à rien de feignant… Je te le dis : c'est vraiment n'avoir aucune fierté que de se conduire ainsi. On te nourrit, on te loge, on t'assiste depuis trop longtemps. Aujourd'hui, mon fils, il faut apprendre à gagner ton pain… Oui, oui, je sais que tu es handicapé, inutile de nous seriner ton habituel couplet. Mais d'autres, plus mal lotis que toi, ne se contentent pas de geindre, ils se prennent en main, n'attendent plus la becquée.

– Qui ?… Qui donc ? osa dire Guillaumin.

– Qui ? Comment ça : qui ? Il nous demande qui ! Tu entends ça, la mère ? Voilà qu'il exige, qu'il me somme de lui donner des noms ! Pourquoi pas que je lui en fournisse la liste écrite ? Il est bien question de ça ! Ah ! pour détourner la conversation et me faire perdre le fil des idées, tu t'y entends… Tiens, je ne t'en citerai qu'un seul pour l'exemple et je ne vais pas aller le chercher à l'autre bout du département : le Phonse, mon cousin de Saint-Ours, celui qu'on a dû amputer de la main droite. Eh ben ! je l'ai vu réussir à râper sa carotte de tabac et bourrer sa pipe malgré son moignon... Lui ne reste pas les deux pieds dans le même sabot ! Ça non ! On m'a dit qu'il avait su réparer l'horloge du clocher et la régler pour qu'elle donne l'heure plus juste que celle de la mairie... Avec un moignon ! Tu te rends compte, la mère ? Tous ces rouages à ajuster ! Certains plus gros que mon bras, d'autres petits comme une chiure de mouche...

– Et c'est en réparant les pendules qu'il gagne sa vie, le Phonse ? demanda celle-ci. Il y en a autant que ça, des horloges qui se détraquent dans le canton ?

– Est-ce que je sais, la mère ? C'est pas mon affaire... Bon Dieu ! c'est curieux quand même, comme l'un et l'autre, vous vous y entendez pour m'embrouiller l'esprit ! Guillaumin...

– Oui, le père ?

– Tu iras aux mines ! Comme ton frère, le P'tit Louis ! Et s'il le faut, je t'y conduirai par la peau du cul ! Assez discuté ! Tu te présenteras dès demain matin à M. Guillot, un des contremaîtres. Je ne veux plus rien entendre... plus rien, te dis-je, sacré bonsoir de nom de Dieu !

– À la scierie, je peux rendre service... Je connais le travail.

– Ah ! voilà qu'il nous remet ça ! Qu'est-ce que tu connais, sombre idiot ? Serais-tu faire la différence entre un chêne et un frêne ? Et puis, je ne veux pas d'un incapable dans les pattes. Ce sera la mine ! Le criblage ne demande pas d'avoir inventé la poudre, juste d'avoir les mains dans l'eau froide !

– Mais on dit que la société n'embauche plus, qu'à la laverie de Pranal il y a des mises à pied !

– On dit, on dit ! Moi, je dis que tu iras aux cribles dès demain, un point c'est tout ! »

Une amertume dans la bouche, une impression nauséeuse au creux de l'estomac, Guillaumin opéra une ultime tentative :

« Vous n'êtes pas charitables... J'entends déjà les moqueries des mineurs en me voyant débarquer... Ce sera un supplice de tous les instants que de côtoyer ces gens... »

Sa mère enfonça le clou.

« Et pour nous, ce n'est pas un supplice que de te côtoyer ? Ces “gens”, comme tu dis avec tes grands airs, ont au moins, eux, le mérite de trimer pour subvenir aux besoins de leur famille. »

Guillaumin quitta la table.

Tout avait été dit. Même ses parents ne le supportaient plus... Bien sûr, il avait toujours été une charge. Pourtant, en avait-il déployé des efforts, et cela depuis son plus jeune âge, pour rendre sa présence auprès des siens la moins contraignante possible ! Quand P'tit Louis était malade, c'était toute une histoire, la mère et le père s'affolaient, venaient toutes les heures à son chevet, lui faisaient ingurgiter des bols et des bols de tisanes ou de bouillon de poule.

Jusqu'à douze ans, Guillaumin avait été la proie de fièvres aussi soudaines que fortes. Il les subit en silence, en étouffant ses râles, n'apitoya personne... Bien qu'une phrase prononcée par sa mère, alors que l'une des voisines la plaignait d'avoir à élever pareil rejeton, lui revînt sans cesse en mémoire : « Sûr, c'est bien du malheur, mais il ne nous dérange guère plus que le chien. »

Ce jour-là, après que son père lui eut signifié son désir de le voir ouvrier de la mine, Guillaumin quitta la scierie pour s'isoler en aval de la Sioule. Comme d'habitude, Trompette le rattrapa.

« Fous le camp, mon chien, j'ai besoin d'être seul ! »

Le sentier qu'il suivit déboucha sur une sorte de renfoncement tapissé de gravier et ceint de hautes herbes. Il y avait là une source d'eau ferrugineuse qui laissait sa trace rougeâtre, une eau qui avait la réputation de soigner les anémiques et qui l'avait toujours intrigué. Enfant, Guillaumin en avait fait immédiatement un lieu magique, persuadé de grandir du seul fait d'avaler le peu ragoûtant breuvage. En dépit de l'échec du traitement, il gardait pour l'endroit une attirance singulière...

La mine ! La main-d'œuvre était-elle si rare que l'on embauchât des nains ? Quelque chose ne collait pas.

Quand son frère lui apprenait à lire, un ouvrage l'avait particulièrement charmé, un conte des frères Grimm, avec de belles illustrations en pleine page. L'une représentait des nains, pioches sur l'épaule...

Préfigurait-elle les mines de Pontgibaud où l'on extrayait le plomb argentifère ? Il chassa cette image qui eût prêté à rire ou, plutôt, elle s'effaça d'elle-même pour faire place à une autre évoquant celle des hordes de mineurs qu'il lui arrivait de croiser lorsqu'il était enfant, des galibots-paysans qu'un lopin de terre n'arrivait plus à nourrir. À cette époque, trois sites principaux avec des galeries percées à flanc de coteau et des puits profonds étaient en exploitation, une prospérité due en partie aux ingénieurs venus de Cornouailles. À longueur de jour, des tombereaux de minerai tirés par des trains de chevaux, de mules ou de bœufs sillonnaient la vallée venant de Pranal, des sites de Rosiers ou de Roure... Puis les mines de Combres et de Montfermy fermèrent en 1888, celles de Barbecot et de Pranal, inondées par une crue de la Sioule, furent progressivement délaissées... Aujourd'hui ne subsistait que la concession de Roure-Rosiers où haletait encore, à la cadence de six coups par minute, la « Grande Machine » à vapeur chargée de pomper les eaux d'infiltration. Guillaumin se souvint, lorsque accompagné de son frère il vit pour la première fois l'énorme balancier animé par son piston vertical et aux dimensions tout aussi impressionnantes. Comme un monstre insatiable, l'engin plongeait son dard dans les entrailles de la terre et, à chaque souffle mêlé de vapeur, éructait un jet puissant. Il eut du mal à imaginer que dans les profondeurs du puits s'étageaient des galeries de plusieurs kilomètres où des hommes, à la lueur de lampes à huile, s'acharnaient sur les filons ; la plupart des paysans-mineurs avalés par la roche dix heures durant pour un salaire de misère... Ce jour-là, P'tit Louis, qui préparait alors le certificat d'études, lui donna sa première leçon de minéralogie.

« Le minerai extrait se nomme plomb argentifère, dit aussi galène argentifère. Après traitement dans les fours de la fonderie, on obtient du plomb et de l'argent.

– Beaucoup d'argent ?

– Cela dépend des filons, deux à trois kilos d'argent pour une tonne de plomb. Mais l'argent se vend bien plus cher que le plomb.

– Comment fait-on pour séparer l'argent du plomb ? »

P'tit Louis eut l'air ennuyé. Le maître d'école leur avait bien enseigné le procédé nommé « coupellation » mais il n'avait rien compris tant cette opération à base d'oxydation était compliquée.

« Allons plutôt voir fonctionner les bocards de la laverie. »

Ils rejoignirent la Sioule où s'étendaient les haldes de stérile. Mais l'entrée de la laverie leur fut interdite et c'est de loin qu'ils observèrent le martèlement des pilons mus par des roues hydrauliques. Cela faisait un raffut d'enfer...

Guillaumin redouta d'avoir à investir d'un coup ce monde inconnu : la mine ! (À Pontgibaud, on désignait sous ce vocable général tout ce qui se rattachait à l'extraction du minerai et à son traitement.)

Comment allait-on l'accueillir, lui, le gnome que le moindre effort éreintait ? Son père avait évoqué le poste qu'un certain M. Guillot, un des contremaîtres, s'était engagé à lui octroyer, un emploi aux cribles ou aux tables dormantes !... Il savait que le lavage du sable occupait surtout les femmes et les « gamins » (terme consacré à la mine pour désigner les jeunes garçons, on disait « les petiotes » pour les filles). Que tout cela était déplaisant ! Du bout de son bâton, il touilla la boue rougie de la source et tenta d'oublier l'épreuve qui l'attendait pour ne penser qu'à Clémence... Cela lui redonna un peu du baume au cœur. Il regagna la scierie. En chemin, il constata que sa douleur au talon s'était atténuée.

III

Un paquet mystérieux

CHAQUE SOIR, avant de s'endormir, brisé, rompu par son travail aux cribles de la fonderie, Guillaumin songeait à la belle Clémence, à cette rencontre furtive d'un après-midi d'orage.

Sa rancœur contre le destin qui le contraignait à n'être qu'un échantillon médiocre de l'espèce humaine se diluait à la pensée de ce moment, hélas trop court. Moment où il put croire aux prémices d'une relation régie par la simple loi des sympathies, celle qui fait que l'on ressent obscurément une mystérieuse attirance pour l'autre. « Nous nous reverrons certainement », avait-elle dit en le quittant. Bien sûr, ce n'était pas une promesse, seulement une éventualité… Trois semaines s'étaient écoulées depuis la rencontre. Trois semaines à espérer, à croire à une ultime mansuétude de la providence… Mais c'était peut-être trop lui demander, la décourager par tant de présomption ? Plusieurs fois, nanti de son bidon de lait, il avait refait le chemin jusqu'à la ferme des Ponsol. Son cœur avait bondi en vain… Point de Clémence. Et il se fit rabrouer lorsqu'il interrogea la fermière.

« Pourquoi te soucier d'elle ? Tu n'as pas mieux à faire !… En voilà des questions ! Prends ton bidon et file ! »

Cette nuit, il se réveilla en gardant le souvenir d'un rêve étrange… Un rêve où un gendarme venait annoncer à la famille Ponsol la mort du Piarre, écrasé par le recul d'un canon. Clémence ne pleurait pas, elle faisait semblant en se tamponnant le coin de l'œil de son mouchoir… En fait, personne n'affichait une grande tristesse… Guillaumin rejeta son drap. La nuit était chaude et silencieuse, la petite fenêtre sous le faîtage encadrait une lune toute ronde. Nu, il alla s'accouder à la rambarde de bois et demeura ainsi à regarder la myriade d'éclats qui scintillaient sur la Sioule… Ce rêve avait-il une signification ? Guillaumin tenta de l'interpréter. C'est certain, il n'avait jamais porté le Piarre dans son cœur, c'était un garçon rustre, fort en gueule, qui se plaisait à chercher querelle au premier venu. Il avait le coup de poing facile. À la tournée des conscrits, suite à un pugilat avec les gars d'une autre commune, il avait tout bonnement assommé un garde champêtre et cassé deux dents au fils du maire… À deux occasions, pour son malheur, Guillaumin avait eu à croiser son chemin sans pouvoir se défiler à temps. Si, la première fois, le rustaud s'était contenté de proférer des moqueries ayant trait à sa petite taille, la seconde fois, alors accompagné de ses cousins, il lui intima sous la menace de s'asseoir cul nu dans une bouse de vache ! Sous les rires, Guillaumin s'était exécuté, mais avec une passivité qui lassa vite ses bourreaux. L'histoire vint aux oreilles de son frère qui organisa une expédition punitive contre le Piarre et ses cousins. Depuis ce jour, même si son regard proclamait toujours tout le mépris qu'il lui inspirait, le fils Ponsol lui fichait une paix royale. Est-ce que son rêve avait un rapport avec cet épisode ? Guillaumin n'était pas aussi sot pour le croire ! Clémence ! Clémence ! Il en voulait au Piarre d'avoir su la courtiser, d'avoir eu l'audace de l'embrasser dès le premier soir de leur rencontre... Pensée intolérable qui lui fit serrer les poings. Pourquoi avait-elle cédé si facilement ? Le hululement d'une chouette invisible déchira le silence, n'affirmait-on pas que son cri annonçait la mort d'un homme ?... L'image du Piarre broyé par le fût d'un canon lui fit revivre son rêve, s'éploya avec complaisance dans une étonnante clarté.

Guillaumin quitta sa prostration, il fit trois pas dans la soupente, enjamba Trompette qui se contenta de relever la tête, puis revint s'appuyer à la fenêtre. Il renonça à vouloir abréger son désarroi dans un nouveau sommeil, trop assailli par des pensées incommodes... Un moment, il se posa la question de savoir si ce qu'il éprouvait pouvait s'apparenter à de la « jalousie ». Ce lui fut difficile de répondre car c'était là un sentiment presque inconnu pour lui... Aussi étrange que cela puisse paraître, ce genre de dépit ne l'avait jamais atteint, tout juste effleuré sans laisser sa marque. Il y avait une telle différence entre lui et les autres, tous les autres, que l'envie, le simple désir de convoiter l'avantage d'autrui, demeurait définitivement inconcevable, aussi invraisemblable que si on lui avait proposé de gagner la lune ! Il y avait pourtant une raison à ce malaise grandissant qui possédait les singularités d'une frustration. Guillaumin se prit la tête entre les mains, émit un râle en comprenant enfin l'origine de son mal tout entier contenu dans l'irrépressible souhait de revoir Clémence. Alors, il marmonna son prénom, le rythma avec l'intonation d'une supplique : « Clémence, Clémence ! » sachant obscurément que plus rien ne serait pareil, que son trouble avait commencé un travail de sape et qu'il se poursuivrait jusqu'à sa complète destruction... Guillaumin regagna sa couche, accorda deux caresses à Trompette, puis ces quelques mots :

« Mon pauvre chien, la nature m'a joué un sale tour et je crois qu'elle m'en prépare un autre pas piqué des vers ! »

Dimanche, le coq peut s'égosiller, c'est repos. Comme tous les dimanches matin, Guillaumin vit sa mère se préparer pour aller à la messe, revêtir ses habits de laine noire comme si elle était en deuil et ornementés, quelle que soit la saison, d'un châle de même couleur. La mise en place d'une coiffe à grand voile de crêpe était tout un cérémonial. Parfois, elle sollicitait un avis : « Est-il bien droit ? » Puis elle se désolait de ne plus trouver son petit mouchoir orné de dentelle également noire ou son chapelet… Enfin prête, elle jetait un œil réprobateur sur son fils.

« Pourquoi, refuses-tu de m'accompagner ? Je te rappelle que manquer la messe pour un baptisé, c'est un péché !

– Bah ! un baptême où les cloches n'ont pas carillonné, je n'appelle pas ça un vrai baptême.

– Mais, bougre ! elles n'ont pas carillonné parce que, dans la nuit, un coquin de vigneron de la commune voisine en avait dérobé les battants, persuadé que les cloches de Pontgibaud lui envoyaient régulièrement les grêlons ! »

Sa mère avait pu cent fois lui en rappeler ce motif, Guillaumin ne voulait rien entendre, surtout que le P'tit Louis, informé par le fils du sacristain, lui avait rapporté une autre version de l'affaire. À cause d'un temps déplorable, une gelée à pierre fendre, le baptême avait été repoussé, trop au goût du curé qui, en représailles, interdit à son sonneur de se pendre aux cordes !

« Sans le tintement des cloches, ajouta P'tit Louis, le sacrement ne vaut rien ! Si tu viens à trépasser, ton âme errera éternellement dans les limbes !

– Si ça se trouve, les limbes, c'est aussi bien qu'ici ! » avait-il répondu.

Que ce soit pour l'une ou l'autre raison, qu'il fût baptisé ou pas, voilà qui importait peu à Guillaumin ! Le bon Dieu ne lui avait pas fait de cadeau, il se dispenserait donc de L'honorer. Pour cette raison, il refusa toute instruction religieuse, de faire sa première communion, ce qui désola grandement sa mère, mais aussi sa marraine (une cousine d'Olby), qui redoutèrent alors d'être montrées du doigt à l'église. Par chance, son père, qui avait toujours préféré l'animation du cafetier au prône du curé, parut presque approuver son choix…

À 10 heures, ce jour-là, Guillaumin se retrouva seul avec l'Émile, l'ouvrier du père, un vieux garçon qui avait fait la guerre de 70 dans l'armée de la Loire. Chauve, édenté, le teint olivâtre, il était difficile de lui donner un âge… Mais c'était une force de la nature avec un torse musclé qui lui permettait de soulever une solive et de la projeter à trois mètres. Guillaumin ne savait rien de sa vie, excepté qu'il était originaire de l'Aveyron où il repartait parfois les mois d'hiver, qu'il s'était battu contre les Prussiens à Buzenval… C'était à peu près tout. Jamais il n'avait appelé Guillaumin par son petit nom. D'abord, il employa le terme « p'tit gars » puis, plus tard, celui de « Crapautin » sans que ses parents ne trouvent rien à redire. « Crapautin, va me chercher une paire de tenailles… Crapautin, apporte-moi ma chopine… »

Guillaumin mit un bol de bouillie aux pois à sa disposition et le héla.

« L'Émile, la soupe est cuite ! »

C'était là l'une de ses tâches habituelles le dimanche matin, la moins contraignante qu'on exigea de lui. Puis, il se dépêcha de filer à l'écurie pour ne point avoir à le croiser. Nettoyer l'écurie, porter le crottin au fumier ne lui prirent que peu de temps.

Après, il fallut prendre une décision : celle de mettre ou non son projet à exécution. En aurait-il le courage ? Depuis son réveil, remué par son rêve et les deux heures d'insomnie qui suivirent, toutes ses pensées mettaient en balance son désir immodéré d'une nouvelle rencontre avec la jolie Clémence et les conséquences peut-être désastreuses que cette entrevue pourrait provoquer. Avant de se rendormir, il s'était pourtant fait le serment, profitant du repos dominical, de passer outre toutes ses appréhensions... « Je veux revoir Clémence, je le veux ! Je le peux ! » avait-il martelé à son chien Trompette. Rien à faire, il se sentit envahi par un vent de panique qui prit une force intolérable ! Il se mit à genoux, vaincu, et pleura de dépit.

De la cour, la voix de l'Émile claironna :

« Crapautin ! »

Guillaumin ne répondit pas à l'appel. « Qu'il aille au diable ! » De nouveau, la voix forte qui le hélait retentit :

« Crapautin ! Nom de Dieu ! »

L'Émile apparut devant lui avant qu'il n'ait eu le temps de se relever.

« Faut que tu me rendes un petit service, mon gars. »

Par chance, ce coin de l'écurie était sombre, Guillaumin put discrètement évacuer ses larmes et se remettre sur ses jambes.

« Va à Pontgibaud trouver le chef de gare, il tient un paquet à ma disposition.

– Le… le père m'a confié un travail, je dois aiguiser les dents de la scie, toutes les dents, une par une…

– Je m'en charge.

– S'il me surprend à Pontgibaud, je risque de passer un mauvais quart d'heure… »

Objection que l'Émile balaya d'un signe de la main avant d'ajouter sur un ton qui n'admettait plus d'autre discussion :

« Je te sais assez malin pour ne point te faire surprendre. Dépêche-toi, Crapautin, et prends soin du colis… »

Certain que la commission serait faite, l'Émile avait déjà tourné les talons, laissant Guillaumin dans le désarroi. Après tout, cette course pouvait peut-être le servir… Clémence logeait dans une maison à côté de la gare. Si elle venait à s'étonner de sa présence, ce paquet dont il devait se charger, bien mis en évidence, serait son alibi. À partir de cet instant, il n'eut plus qu'une crainte, qu'il ne soit pas le bienvenu… Il en accepta le risque et, trempant ses doigts dans le seau, les passa comme un peigne dans les cheveux. Geste idiot et combien dérisoire ; sa coiffure, bien ou mal mise, n'était pas la première chose que l'on remarquerait chez lui.

Parvenu à Pontgibaud, il fit un crochet pour éviter le parvis de l'église Saint-Benoît et une sortie de messe impromptue. Mais, comme des voix célestes, les « kyrie eleison » qui lui parvinrent en écho le tranquillisèrent. Il délaissa la rue du Commerce animée par ses deux cafés pour grimper tout droit à la gare. Les voies du chemin de fer étaient désertes. Il alla trouver en bout de quai le cheminot occupé à manœuvrer la manche à eau. De mauvaise grâce, celui-ci délaissa sa tâche, l'invita à le suivre jusqu'à un chariot à bagages chargé de colis divers, lui remit un paquet de petit volume. Il lui précisa bien que son contenu était fragile :

« Ne le secoue pas, malheureux ! L'Émile m'a donné des consignes ! Je te les transmets. »

Guillaumin n'eut pas le temps de demander des précisions ; le sifflet d'un train annonçant son arrivée, l'homme lui fit signe de déguerpir. Mais sitôt qu'il eut quitté la gare, il s'empressa de remuer l'objet, de le porter à son oreille. Cela fit comme un bruit de liquide… S'agissait-il d'une fiole de liqueur ? Bizarre, l'Émile n'était pas porté sur les alcools… Il oublia le paquet… Guillaumin avait un autre souci, situer la maison de Clémence. Deux bâtisses pouvaient répondre à la description, toutes deux longeant la voie de chemin de fer. Il s'en approcha le plus discrètement possible. Son cœur battit la chamade. Un pas de plus et il serait à découvert.

Soudain, il la vit.

Elle était seule dans le jardinet, une panière à linge sous le bras, immobile, le visage dissimulé dans l'ombre de son chapeau de paille. Elle semblait regarder le ciel. Guillaumin leva les yeux, ne remarqua rien de particulier… Elle avait disparu. Il s'avança un peu, se demanda s'il n'avait pas eu une vision. Allait-il oser faire le pas définitif ? Aurait-il ce courage ? Ne serait-il pas plus avisé de remettre l'entrevue et ainsi garder une semaine encore le fol espoir de ne pas être rejeté ? Sachant déjà que sa décision était prise, il ferma les yeux de dépit, crispa les poings.

« Guillaumin ? »

Clémence se tenait devant lui, exprimait son étonnement en haussant gentiment les sourcils. Son sourire le rassura. Il leva son paquet et bafouilla :

« Je… on m'a chargé d'une commission à la gare… Je me suis souvenu que tu habitais tout près… Je ne fais que passer… Je ne voudrais pas te déranger…

– C'est aimable de venir me voir. J'ai pensé à toi, une fois ou deux… »

La voix était claire, presque chantante, mais dans le regard persistait une étrange lueur comme si elle avait voulu lui signifier : « On ne me la fait pas, je sais que tu as parcouru tout ce chemin pour me voir ! » Il crut bon de dire :

« Moi aussi, j'ai pensé à toi… »

Il regretta immédiatement ces paroles venues trop vite et aptes à trahir son émoi.

« Eh bien ! ajouta-t-elle, puisque tu es là, tu vas m'aider à écarter le linge. Suis-moi.

– Ton père… Je… je risque peut-être de l'importuner ?

– Mon père ne reviendra pas avant l'après-midi. Et ce n'est pas un ogre qui mange les petits enfants ! » déclara-t-elle en riant.

Être comparé à un petit enfant accentua encore son malaise. Il lui en voulut pour cette maladresse… À moins que ce ne fut un sarcasme ? Ne voyait-elle pas tous les efforts qu'il déployait, les sens totalement affolés, pour ne pas se laisser couler dans l'abîme creusé sous lui ? Comme il restait rivé sur place, elle lança :

« Viens-tu, Guillaumin ? À propos, on m'a rapporté que tu t'étais fait embaucher à la mine, est-ce vrai ?

– Oui, je dois gagner ma pitance. Qui te l'a dit ?

– Quelqu'un qui y travaille… Je ne sais plus qui. »

Il n'osa lui demander en quels termes ce « quelqu'un » lui avait appris la nouvelle ni de qui il pouvait s'agir.

« Et ce n'est pas trop pénible ? questionna-t-elle distraitement.

– Au début, ce ne fut pas facile. Maintenant, ça va mieux…

– Donne-moi des détails.

– À quoi bon ?

– Si, si, je veux savoir ! Comment est-ce dans le fond ? Tout noir je suppose ? Comme dans un trou de taupe ?

– Je ne suis jamais descendu dans un puits. Je travaille à la laverie. »

Clémence montra sa déception d'une petite grimace.

« Mais c'est un travail fait par les femmes ! émit-elle. Les hommes ne s'occupent pas de laver ! Tu n'as donc point de barette ?

– De barette ?

– La barette ! Le chapeau à larges bords en cuir bouilli équipé de sa lampe ! Décidément, tu n'es pas un mineur, tu ne connais rien à la mine ! Et tu laves quoi ? Les pierres ?

– Le minerai, rectifia Guillaumin.

– Dans l'eau de la Sioule ? L'hiver, ce doit être glacé ! Et tu passes dix à douze heures par jour à laver tes cailloux ? Combien te donne-t-on pour ce travail de lessivage ?

– Mon salaire journalier est de 0,55 francs moins la retenue pour la caisse de prévoyance et de secours.

– Ce doit être au moins mille fois moins que le salaire du directeur ?

– Je ne sais pas... Peut-être... Je prends ce qu'on me donne.

– C'est vraiment une paye de miséreux ! Là, là ! Pauvre garçon ! Raconte-moi encore... »

N'étant pas venu pour s'épancher, Guillaumin se tut. Il ne lui plaisait pas d'en dire plus. Clémence le précéda dans le jardinet, lui désigna la panière à linge, puis la corde tendue entre deux arbres. Tout de suite il comprit qu'il ne pourrait pas rendre le service sollicité. Sans l'aide d'une marche, impossible d'atteindre la corde ! Il prit le parti de manifester son incapacité sur le ton de la plaisanterie :

« Il faudra que je grandisse un peu !

– Après tout, le linge peut attendre... Entrons, dehors, il fait décidément trop chaud. Tu es peut-être pressé ?

– Non, non, j'ai tout mon temps… C'est dimanche. »

Il la suivit dans le logis qui se composait de deux pièces mises en enfilade et pauvrement meublées ; la plus grande, faisant office de salle commune, possédait une cheminée et dans le fond un lit clos, l'autre devait être la chambre du père. Guillaumin écarta le banc sur lequel il se hissa.

« Je vais puiser de l'eau fraîche à la pompe », annonça Clémence nantie d'un broc.

Guillaumin examina la pièce plus en détail. Son regard se porta d'abord sur la pendule avec son balancier de cuivre égrainant son lancinant « tic-tac », puis sur la tablette de la cheminée, ornée d'un volant de dentelle qui supportait toute une collection de pots en faïence et de bougeoirs. Il s'attarda encore sur les bois du lit-alcôve décorés d'une croix, d'un rameau de buis et de son bénitier, de quelques médailles pieuses… Encastré sous la fenêtre, dans l'épaisseur du mur, l'évier de pierre était surmonté d'une fontaine-réservoir. Sur la maie trônait une bassine de cuivre d'où débordait un boisseau de thym séché. Dans ce décor austère, Guillaumin essaya d'imaginer quelle pouvait être la vie du père et de la fille, leurs occupations, leurs conversations… Il se détacha vite de ces pensées qu'il jugea inconvenantes et qui l'empêchaient de goûter pleinement à la satisfaction d'avoir su contraindre le harcèlement, puis l'assaut de ses appréhensions. Clémence l'avait accueilli, avait accepté naturellement le tête-à-tête impromptu. Il se douta bien que la partie n'était pas gagnée…

« Veux-tu boire une liqueur de groseille ? Tout le monde l'apprécie. »

Sans attendre la réponse, Clémence, revenue avec sa cruche d'eau fraîche, disposa deux verres, alla quérir la bouteille au sirop vermillon, puis vint s'asseoir à ses côtés. Elle quitta son chapeau de paille, remua la tête, fit retomber ses cheveux sur ses épaules, puis d'un geste les écarta de son cou gracile.

« Je ne m'attendais pas à ta visite… C'est bien que tu sois venu. Je me sens à l'aise avec toi. Tu n'es pas comme les autres…

– Ah ? Et comment sont-ils, les autres ? »

La question était stupide, il s'en aperçut trop tard.

« Les autres garçons ? demanda-t-elle, affichant un air faussement ingénu.

– Oui… Enfin, ceux qui ne sont pas comme moi, puisque tu me trouves différent.

– C'est malheureux à dire, je soupçonne toujours chez eux des arrière-pensées… Il faut faire attention à ce que l'on dit… Certains ont un regard qui en dit long. Avec toi, ce n'est pas pareil.

– Tu te trompes peut-être…

– Ça m'étonnerait… lança-t-elle en riant. Dis-moi, que contient ce paquet ? »

La question coupa court à la démarche de Guillaumin qui cherchait déjà ses mots pour lui faire comprendre que lui aussi pouvait ne pas être insensible aux charmes féminins. À la réflexion, c'était mieux ainsi, cela lui évita de se fourvoyer et, d'entrée, de se rendre ridicule. Un bouffon essayant de déclarer sa flamme à une princesse, voilà qui confinait au burlesque !

« Ce paquet ? J'ignore ce qu'il renferme ! C'est l'Émile, l'ouvrier de mon père, qui m'a chargé de le récupérer à la gare. Quand on le remue, ça glougloute…

– Ça glougloute ? Vraiment ? Et cela ne t'intrigue pas plus ? Tu ne veux pas savoir ?

– Non, ce ne sont pas mes affaires.

– Tu n'es pas d'un naturel curieux. Ce serait pourtant amusant de l'entrouvrir, juste un peu. Ton Émile n'en saura rien.

– Je préfère pas… Au fait, depuis notre dernière rencontre, as-tu reçu une lettre du Piarre ? »

C'était là la dernière chose qui lui importait mais il avait fait mouche, elle oublia le paquet.

– Non, je n'ai rien reçu mais il a écrit à ses parents… Quelques mots pour leur dire qu'il escomptait obtenir une permission courant novembre ou décembre. Qui sait, peut-être passerons-nous Noël ensemble ?

– À toi aussi, il a certainement dû t'adresser une lettre. Elle se sera sans doute égarée. »

Une indulgence destinée à cacher son désappointement. Comment pouvait-on s'amouracher d'un garçon qui ne songe pas à annoncer une telle nouvelle à sa bien-aimée, qui laisse ce soin à d'autres ?

« Le Piarre, l'écriture, ce n'est pas son fort... dit-elle. Et puis, il y a le prix du timbre. C'est qu'il est regardant… Un peu trop, des fois…

– Son père, lui aussi, a toujours eu cette réputation.

– Ah çà ! les Ponsol n'ont pas que des qualités. Et les chiens ne font pas des chats… Il faut faire avec. »

Guillaumin éprouva une maigre satisfaction à l'entendre dénigrer la famille du fermier. Cela lui aurait été facile de s'engouffrer dans la brèche, de lui rappeler avec quelques sous-entendus la rumeur qui avait couru sur le père du Piarre. Ne se serait-il pas vanté, un soir de beuverie à Clermont-Ferrand, d'avoir estourbi un colporteur puis s'être débarrassé du corps dans les cheires du puy de Côme ? Il s'abstint. Des rumeurs, il y en avait bien d'autres dans le canton… Le sirop de groseille était exquis, un peu acide et frais à souhait. Clémence s'empara du paquet.

« Regarde, il y a déjà une petite déchirure. Il suffirait de l'agrandir juste un peu… Tu n'as vraiment aucune idée sur son contenu ?

– Aucune. »

De l'ongle, elle tenta d'écarter l'accroc du carton. Guillaumin la dissuada gentiment de renoncer. Elle reposa le paquet mais affecta une moue de reproche.

« Tu n'es pas gentil…

– Ça n'a rien à voir avec la gentillesse… Je n'aime pas ce genre d'indiscrétion.

– Moi qui pensais que nous pourrions devenir amis… Et voilà déjà que tu me réprimandes…

– Clémence, essaye de comprendre... implora Guillaumin en lui adressant un pauvre sourire, devenir ton ami est également mon désir le plus cher, si tu savais combien ! mais je ne peux trahir la confiance de l'Émile.

– Très bien, n'en parlons plus ! En voilà des histoires pour une broutille ! »

Ce paquet qui devait le servir devenait l'objet d'une chicane ! Guillaumin se tortilla l'esprit pour vite orienter la conversation sur un autre sujet, des choses familières et sans importance, à moins qu'il ne l'entretint de l'affaire Dreyfus ? Non, non, éviter toutes les polémiques ! Mais comment parler du beau temps ou de la sécheresse qui craquelait les sols avec ce maudit paquet bien en évidence sur la table ?

Sans une parole, Clémence se leva pour débarrasser les verres. Était-ce une invite à ce qu'il quitte les lieux ? Les « tic-tac » de l'horloge égrappèrent les secondes dans une lenteur désespérante...

Guillaumin se vit perdu. Il se rendit.

« C'est vrai qu'en procédant avec adresse, avec la pointe d'un couteau, il doit être possible d'entrevoir ce que renferme le paquet. Mais je doute que son contenu présente un intérêt.

– Bien sûr que c'est possible, je me tue à te le dire ! »

Clémence reposa les verres sur la table, ouvrit le tiroir pour se saisir d'une lame et se proposa d'opérer... Elle s'appliqua à agrandir la petite déchirure qui existait, passa son auriculaire à l'intérieur.

« C’est lisse, on dirait un flacon ou quelque chose comme ça… Est-ce que ton Émile aime à se parfumer ?

– Non, sûrement pas ! Ce n’est pas son genre. Bien, tu sais ce que tu voulais savoir.

– Pas encore… »

Au grand dam de Guillaumin, la lame entama un peu plus l’emballage, jusqu’à ce qu’apparaisse une partie de la fiole, ce qui ne la renseigna aucunement sur la nature du liquide l’emplissant.

« Bizarre, c’est incolore, ça ressemble à de l’eau.

– De l’eau-de-vie, sans doute…

– Sans doute… »

Elle rafistola sommairement le paquet qui avait perdu tout son attrait, le repoussa en bout de table. Guillaumin était rempli de honte, il lui semblait avoir commis une faute impardonnable mais il n’était pas dupe, plus que l’indélicatesse c’était surtout le fait d’avoir céder si facilement au caprice de Clémence qui lui laissait un goût amer. Le Piarre aurait certainement adopté une autre conduite… Le Piarre, le Piarre ! Même à l’autre bout de la France, il fallait que cet importun se mêle de lui donner des leçons !

« Qu’as-tu l’intention de faire cet après-midi ? »

Par sa soudaineté, la question décontenança Guillaumin. Pris au dépourvu, il répondit avec gaucherie :

« Rien… Je… je veux dire que je n’ai pas de projet précis. Pourquoi ?

– Alors tu vas m’accompagner.

– Où ça ?

– Dans un endroit ravissant, en remontant sur Le Chastel par la Sioule… Un endroit où nous pourrons nous baigner, une petite grève ensablée… Avec cette chaleur, l'eau doit être exquise. »

Immédiatement, Guillaumin, n'ayant nulle envie, sous couvert de baignade, d'exposer son corps disgracieux, chercha un mobile pour refuser la proposition. Celui qu'il exposa aurait dû clore le chapitre :

« Je suis désolé… Enfant, j'ai failli périr noyé dans le bief de la scierie. C'est stupide mais depuis ce jour l'eau m'effraie. »

D'un ton qui n'admettait pas de réplique, Clémence balaya l'argument :

« Eh bien ! voilà qui n'est pas un obstacle ; tu resteras sagement sur la rive bien à l'ombre sous les saules… »

Guillaumin se sentit pris au piège, invoquer un second prétexte pour ne pas la suivre aurait été malvenu. Il avait envisagé un tout autre tour à la rencontre, une première approche pour « tâter le terrain », créer simplement un lien qui, au fil du temps – des semaines, des mois ? – aurait pu se raffermir. Cette proposition de baignade, donc l'assurance de passer une grande partie de la journée avec elle, allait bien au-devant de ses rêves les plus déraisonnables. Pendant des jours, pendant des nuits, l'image de Clémence s'était imposée, l'avait submergé comme une vague, avait fait battre son cœur d'une charge frénétique, cogner sa poitrine comme des coups de bélier, au point d'ébranler l'édifice d'une vie laborieusement construite dans la solitude avec pour ciment une longue habitude d'humiliations, de détresse et d'ennui. Et cet édifice venait brutalement de s'écrouler, le laissait interdit, désarmé au milieu des débris…

« Eh bien ! qu'en dis-tu ? N'est-ce pas une merveilleuse idée que d'aller se détendre à la rivière ? Je prépare un panier pour nous restaurer…

– Si, c'est certainement une très bonne idée… » approuva mollement Guillaumin.

Ses parents, l'Émile, comment allaient-ils apprécier son absence prolongée ? Jamais il n'avait manqué un repas dominical, le seul où l'on mit une nappe, où l'on but un vin un peu moins âcre et où l'on parla des « choses » de la France ! (Encore l'affaire Dreyfus et de son récent transfert à l'île du Diable.) Il songea à leur inquiétude. « Leur inquiétude ! » Quelle inquiétude ? On se souciait donc de lui ? Non, son absence ne provoquerait qu'un étonnement passager, comme lorsqu'on découvre qu'il n'y a plus de tourte dans la huche à pain ou qu'il manque une poule dans le poulailler, sans doute mangée par le renard.

IV

La baignade

ILS MARCHAIENT depuis une bonne demi-heure. Guillaumin portait le panier aux provisions. Le soleil au zénith tapait fort et l'ombre était chiche. Ils suivaient un sentier étroit qui tentait de longer le cours de la Sioule.

« C'est encore loin, cet endroit ravissant ?

– Non, non, encore dix minutes. »

Pourquoi Clémence qui le devançait marchait-elle si vite ? Essoufflé, Guillaumin s'arrêta, posa le panier, se laissa choir sur le talus. De sa manche, il tamponna son front couvert de sueur. C'est vrai qu'il se fatiguait vite quand l'allure était soutenue. Encore heureux que sa douleur au talon se fasse oublier ! Compatissante, Clémence vint s'asseoir à ses côtés. Elle tritura les rubans rouges accrochés à son chapeau.

« C'est le Piarre, l'été dernier, qui m'a fait découvrir ce coin vraiment délicieux. Il faisait moins chaud qu'aujourd'hui… Si tu as faim, sers-toi. »

Guillaumin se contenta d'avaler quelques gorgées de sirop de groseille contenu dans la bouteille et qu'une étoffe mouillée avait gardé fraîche.

« Où vivras-tu quand tu seras mariée au Piarre ?... Chez les Ponsol, je suppose ?

– Évidemment ! »

Guillaumin aurait bien aimé qu'elle s'épanchât davantage mais elle avait lancé ce « évidemment » avec rage comme pour clore définitivement la question. Pourtant, ce fut elle qui, après quelques longues minutes de silence, aborda de nouveau le sujet.

« Je ne te cache pas que l'idée d'une cohabitation permanente avec les Ponsol me tracasse un peu... »

Elle arracha une herbe dont elle se mit à suçoter l'extrémité, ses yeux clairs fixant un point perdu devant elle.

« Un peu ou beaucoup ? insista Guillaumin sans oser la regarder.

– "Un peu, beaucoup !" reprit-elle en rejetant la tige mâchouillée, quelle importance après tout ?... Tu sais, j'aime bien le Piarre... et puis, mon pauvre ami, ai-je vraiment un autre choix ? Les filles suivent leur époux, c'est comme ça depuis des siècles.

– Moi, si je devais me marier un jour, je n'imposerais rien à ma chérie.

– Tu comptes réellement te marier ? »

Elle accompagna sa demande d'un sourire narquois.

« Cela t'étonne que je puisse y songer ? »

Quoique formulée à dessein, Guillaumin constata sans plaisir la gêne soudaine entraînée par cette dernière question. Il brisa le silence.

« Non, l'idée d'une union ne me préoccupe pas vraiment. À vrai dire, j'en ai fait mon deuil... Qui voudrait de moi ? Comme pour beaucoup d'autres choses, le mariage, c'est pour les autres.

– Je te demande pardon...

– Oh ! le mal n'est pas grand. Depuis le temps, mon cœur s'est fabriqué une sorte de carapace cornée, si épaisse que, parfois, je me demande s'il bat encore... Plus rien ne peut l'atteindre.

– Je ne te crois pas. Tu es sûrement quelqu'un de bon. Je l'ai compris immédiatement, dès notre première rencontre...

– Si tu le dis...

– Bien, on se remet en route ? Là-bas, nous aurons tout le temps de parler. »

Ils continuèrent leur marche. Le chemin rejoignit les berges de la Sioule et, après un dernier tournant à angle droit, déboucha enfin sur une minuscule grève, un croissant de gravillons à l'ombre fournie plongeant mollement dans l'eau calme d'un méandre. Guillaumin fut satisfait, le lieu était retiré, personne ne viendrait les déranger. Clémence alla se mouiller une main.

« Vraiment, tu ne désires pas te baigner ? Il n'y a aucun danger.

– Vraiment ! Mais ne te prive pas de ce plaisir... Veux-tu que je me retourne pour te changer ? »

Elle fit signe que ce n'était pas nécessaire, entreprit de se dévêtir, ne garda qu'une mince combinaison, mais suffisamment ample pour atténuer ses formes…

Au sein d'une nature complice, dans la chaleur écrasante de ce début d'après-midi, Guillaumin s'allongea sur le gravier, ferma les yeux… Paupières closes, le clignement du soleil dans les ramures persista quelques secondes. Une curieuse ivresse l'avait envahi. Tout s'était déroulé trop vite, comme s'il avait été projeté dans un autre monde où ses sens émotifs, en l'absence de repère, se trouvaient déroutés. Il était cet esquif malmené par la vague, poussé par le vent, dérivant au gré d'une force inconnue mais ô combien capiteuse. Alors, il laissa libre cours à des émois incoercibles exaltés par le fantasme d'une Clémence n'opposant aucune résistance à ses audaces, comme celle de la dévêtir complètement, d'effleurer sa peau blanche et lisse, de poser ses lèvres sur les siennes, de s'imprégner de cette vie palpitante et totalement passive.

Un bruit de clapotis lui fit rouvrir les yeux. Clémence, le corps partiellement immergé, battait l'eau de ses pieds. Elle jeta un regard dans sa direction, cria :

« Viens Guillaumin ! Je te soutiendrai si tu as peur de te noyer.

– Un autre jour, peut-être… »

Fini le beau rêve, effacé brutalement par la réalité d'un corps falsifié ! Il se consola en farfouillant dans le panier, trouva un fruit à sa convenance, le dégusta avec lenteur, dans un plaisir terre à terre, un plaisir à sa portée !

Des bruits de voix !

Guillaumin retint son souffle.

Des gens approchaient. Il se leva d'un saut, tendit l'oreille, distingua un flot de paroles, entrecoupé de rires. Il ne tarda pas à en situer la provenance ; aucun doute, elles émanaient des boqueteaux qui frangeaient l'autre rive de la Sioule. Jusqu'à ce qu'il vît la silhouette de trois garçons apparaître, Guillaumin demeura interdit puis, d'un coup, se précipita sous les ramures des saules où une haie de ronciers pouvait le dissimuler. Ramassé sur lui-même, certain de ne pas être vu, il observa par une trouée la venue des intrus. Clémence, qui continuait de patauger avec désinvolture, n'avait-elle rien entendu ? Comment l'alerter ? Enfin, elle se redressa, essora l'eau de sa chevelure, aperçut les garçons, leur fit signe de la rejoindre. Cela acheva de déconcerter Guillaumin qui n'osa plus bouger tout en se maudissant de s'être fourré dans cette situation. Les trois jeunes, qu'ils ne connaissaient pas, eurent tôt fait de franchir à gué la rivière pour venir se planter sur la grève. L'un d'eux lança :

« Elle est bonne ?

– Très bonne, répondit Clémence qui ne manifesta aucune inquiétude.

– On te rejoint ?

– Pourquoi pas ? Chiche ! »

Les garçons parurent se concerter et se mettre d'accord. La prière que fit secrètement Guillaumin ne fut pas exaucée ; tous se dévêtirent dans un empressement bon enfant, se mirent totalement nus et esquissèrent avec force cris des plongeons maladroits dans l'eau peu profonde. Il jouèrent alors à se chamailler, à se poursuivre, à s'asperger… Pour Guillaumin, pas question d'observer leurs jeux plus longtemps. Une seule visée : fuir, ne pas prendre le risque d'attiser des railleries, surtout en présence de Clémence. Une menace bien réelle, déjà mise en pratique par certains jeunes de Pontgibaud… Hélas ! sa décision intervint trop tard, l'un des baigneurs, celui qui semblait être le plus jeune, regagnait déjà la berge. Déguerpir sans attirer son attention n'était plus possible. Guillaumin se tassa un peu plus sur lui-même, oublia de respirer, se vit perdu quand, à leur tour, les deux autres sortirent de l'eau. Ils étaient si proches qu'il put surprendre leurs paroles, une conversation où, parlant de Clémence, ils échangèrent leurs impressions sur les attraits d'une « garce » si accorte.

« J'en ferais bien mon affaire… Je crois qu'elle n'a pas froid aux yeux. Tu as vu comme elle m'a regardé !

– Trois gars bien faits comme nous, ça ne doit pas lui déplaire.

– Pas touche ! dit le troisième. Il me semble bien que c'est la promise du fils Ponsol.

– T'es sûr ? Parce que le Piarre, y fait pas bon s'y frotter.

– Ça non ! C'est pas le genre finaud ! Pas le genre à se laisser soulever sa belle ! Tant pis, les gars, on se contentera de la reluquer... Dommage, elle a de beaux petits “nénés”.

– Dommage ! »

Il s'étendirent sur le dos sans songer à se rhabiller. Coincé dans son fourré, Guillaumin sentit les muscles de ses petites jambes se tétaniser, une douleur physique qui n'était rien en comparaison de l'oppression d'une angoisse intolérable à l'idée d'être découvert. Comment allait réagir Clémence en constatant sa disparition ? « Mon Dieu ! aidez-moi, gémit-il mentalement, aidez-moi ! » Pour toute réponse à sa supplique, il entendit :

« Hé ! les gars ! Où est passé Guillaumin ?

– Qui ça ? demandèrent d'une seule voix les garçons, quel Guillaumin ?

– Celui de la scierie de la Sagne », cria Clémence.

Un seul parut le connaître car il s'esclaffa avant de mettre ses mains en porte-voix pour demander :

« Tu veux parler du nain ? Le frère du P'tit Louis ? C'est bien ça ?

– Oui, de Guillaumin !

– Non, on ne l'a pas vu. On n'a vu personne ! »

Puis il se tourna vers ses compagnons.

« C'est pas vrai, je rêve ? Elle sort avec ce nabot tordu et borgne ! Après tout, il ne risque pas de lui faire grand mal à la donzelle.

– Oh ! ça, tu n'en sais rien… Il paraît que les nains trompent leur monde, que certains sont montés comme des bourricots. Moi, je le crois ! »

Opinion qui déclencha l'hilarité. Mais ils étouffèrent leurs rires quand Clémence se décida à les rejoindre.

« C'est étrange, il n'a pas disparu quand même ! Il était là, assis où vous êtes, avant votre arrivée… Il a sans doute été faire un tour…

– Et il sera tombé dans une ornière ! »

Nouveaux rires.

Curieusement les quolibets ne blessèrent pas outre mesure Guillaumin. Il avait eu à en subir de plus déplaisants. Il fut autrement offusqué par l'attitude de Clémence, par sa grande désinvolture devant la nudité des garçons, par son inconvenance à minauder dans la simple tenue de sa combinaison que l'eau avait rendue transparente. Certes, il ne connaissait rien à la mentalité des filles, ou si peu… Étaient-elles toutes aussi légères, aussi… incongrues ? Du coup, il en oublia presque sa position scabreuse.

« Il y a des choses à grignoter dans le panier. Servez-vous, les gars ! Moi, je retourne me baigner.

– Nous aussi ! On cassera la croûte plus tard ! »

Précédés par des rires mêlés de cris, les « plouf ! » se relayèrent…

Sauvé ! Guillaumin put enfin s'extraire de sa cachette mais prit immédiatement la direction opposée à la Sioule.

Aussi vite que lui permirent ses petites jambes dans les hautes herbes, il fila sans se retourner, coupa à travers prés, ne reprit son souffle que parvenu sur la route menant à Pontgibaud. Là, il eut l'impression de se réveiller avec toutes les affres laissées par un cauchemar. Jetant un œil en contrebas, il lui parut que sa fuite n'avait alerté personne.

Son paquet ! Zut ! il était resté chez Clémence… Pas question d'aller le récupérer. Il raconterait donc une fable à l'Émile… Décidément, ce dimanche n'était pas un bon jour…

« Eh bien ! mon cochon, c'est à cette heure que tu daignes rentrer ? On peut savoir où tu étais passé ?

– Je suis allé me baigner dans la Sioule.

– Te… te baigner ?… Dans la Sioule ? »

Son père ne put réprimer un hoquet qui trahit sa consternation…

« Tu vas te baigner ! reprit-il. C'est nouveau, cette lubie ? Qu'est-ce que tu me chantes ? Tu entends ça, la mère ? Le Guitou va se baigner !

– Bien sûr que j'entends, l'ami, je ne suis pas sourde ! »

Cet accueil peu chaleureux ne surprit pas Guillaumin qui eut même trouvé singulier qu'il en fût autrement.

Pour ses parents, que leur rejeton ait pu prendre une initiative aussi inhabituelle, cela relevait tout simplement de l'inconcevable, de l'invraisemblable, de l'extraordinaire ! Non qu'ils eussent le désir impérieux d'être toujours informés de ses moindres faits et gestes mais, jusque-là, jamais leur fils n'avait eu l'audace de s'absenter une journée entière – et un dimanche, de surcroît ! – sans, au préalable, leur en exposer la raison. Jamais ! Il faut dire à leur décharge que Guillaumin, n'y voyant pas l'ombre d'une contrainte, ne tenta en aucun cas de rompre pareil usage.

« Tu te crois dans une auberge, ici ?... Où tu peux prendre tes aises ? Venir te mettre les pieds sous la table lorsque ça te convient ? Sache que nous t'avons attendu au repas de midi et que ta mère s'est fait un sang d'encre !

– Elle s'en fait moins, répliqua Guillaumin, quand, le matin, elle me voit partir à la mine... À mon âge, je pense être libre d'aller où je veux sans passer le tambour ! J'ai vingt-deux ans... Je pourrais être marié, être père de famille !... avoir donné mon sang pour la patrie. »

Ces derniers arguments, interprétés comme une velléité de rébellion, déclenchèrent chez son père un flot de sarcasmes.

« Eh ben ! elle serait belle, la patrie, si elle n'avait que des hurluberlus comme toi pour la défendre ! P'têt que les Prussiens auraient battu retraite, morts de rire ! Quant à être père de famille... mon pauvre ami... Té ! je préfère me taire, celle qui succombera à tes charmes n'est pas prête de naître ! Le curé pourra carillonner ce jour-là ! Fous le camp, je ne veux plus te voir.

– Tu y vas un peu fort, tempéra la mère. C'est vrai qu'avec son frère nous nous sommes montrés plus accommodants… Et Dieu sait combien de fois il a découché quand il s'est mis à courir les filles !

– Mais le P'tit Louis, il a été mûr de bonne heure, et puis c'est un homme, lui ! Pas un réformé… Pas un… Pas un…

– Pas un nabot, pas un estropié, pas "un" qu'on se dit qu'on aurait mieux fait de le noyer à la naissance, termina Guillaumin. Vas-y, le père, dis ce que tu as sur le cœur ! Ça soulagera tout le monde.

– Je dirais ce que j'ai envie de dire ! Mais c'est qu'il me dicterait ce que j'ai à faire avec son air à donner des leçons à chacun ! De qui il peut bien tenir ? Je me le demande ! »

De colère, tout jetant de tonitruants « Nom de Dieu de Miladiou ! », son père prit sa casquette, le menaça, bras levé, mais ne frappa avec force que le coin de la table. Une nouvelle fois, sa mère tenta de le calmer.

« Bon, Guillaumin est revenu… Il a été se baigner, on ne va pas en faire des histoires jusqu'à la saint-glinglin… Et puis, on ne sera pas toujours là à s'inquiéter pour lui, un jour, il faudra bien que le petit se débrouille seul. »

– "Le petit, le petit !" Ah çà ! pour être petit… il a le pompon ! »

Le plus gros de l'orage était passé. Les courroux du père ne duraient jamais très longtemps. D'ailleurs, en poursuivant pour la forme ses grommellements, il sortit. Pour éviter d'avoir à s'expliquer avec la mère, toujours encline à le questionner, Guillaumin le suivit de peu. Mais ses déboires n'en étaient pas terminés pour autant. À peine avait-il fait trois pas qu'il se cassa le nez sur l'Émile.

« On t'a remis mon colis, Crapautin ? »

Pris de court, il avoua la vérité.

« Je l'ai oublié chez une amie. Je vous l'apporterai demain, sans faute, en revenant de la mine.

– C'est tout ce que tu trouves à dire pour n'avoir pas fait ma commission ? Mais, bougre de saligaud, j'en avais besoin pour ce soir ! Qui est cette amie que j'aille la trouver ? La Fernande, je suppose ? »

La Fernande, qui logeait au sortir du bourg, sur la route de Bromont-Lamothe, avait la réputation de n'être point farouche et d'accueillir « ardemment » la jeunesse des environs. Mille plaisanteries graveleuses couraient à son sujet. Guillaumin fut presque flatté que l'Émile ait pu avoir cette idée… Mais se rendre chez la Fernande lui aurait demandé une hardiesse dont il ne se serait pas senti capable…

« Inutile d'insister, votre paquet, vous l'aurez demain !

– Ça vaudrait mieux pour ton matricule, Crapautin de malheur ! »

En s'éloignant, il envisagea avec angoisse ce retour chez Clémence ; après avoir fui le lieu de la baignade comme un voleur, sans une explication, la réception risquait d'être moins affable que la première fois !

Mais que pouvait donc contenir cette mystérieuse bouteille mal encartonnée pour que l'Émile soit si pressé de la récupérer ?

V

Autres déboires…

Ce vendredi ne fut pas un bon jour pour Guillaumin. Le deuxième contremaître, de méchante humeur, lui en avait fait voir de toutes les couleurs. Certes, l'homme était connu pour avoir ses têtes de Turc mais, jusque-là, s'en était pris uniquement aux plus jeunes dont certains n'avaient pas treize ans. Il les épiait, intervenait sitôt que l'un d'eux relâchait sa tâche. Alors fusait immanquablement la menace d'une retenue sur la quinzaine, ou pire, celle d'un renvoi. C'est dire s'il était craint ! L'ingénieur laissait faire… Pour lui, l'essentiel était que la gueule des fours avale le minerai et que les hautes cheminées de la fonderie continuent d'émettre leur panache. Ce contremaître se nommait Guillot, était originaire de la Creuse. Un patronyme vite déformé en « Godillot » mais dont le bougre ne s'offusquait pas…

Guillaumin, dès le premier jour d'embauche, avait été affecté aux cribles de la laverie, une installation annexe à la fonderie où le minerai était lavé après avoir été concassé par les pilons des bocards. Les cribles, sorte de tamis traversés par des courants d'eau alternatifs, recevaient les sables grossiers que les wagonnets amenaient à pied d'œuvre. Par densité, les sables riches se séparaient des éléments stériles avant d'être pris en charge par les laveuses. Cette nouvelle opération était effectuée par une majorité de femmes et d'enfants continuellement penchés sur des tables inclinées et parcourues de filets d'eau. Après plusieurs lavages, toujours du fait de sa densité, la galène se concentrait alors que les éléments plus fins étaient rejetés dans les bassins d'épuration. Le minerai, riche en plomb et en argent, partait alors dans les différents fours de la fonderie.

Guillaumin fut confié au « maître-laveur » qui lui expliqua sommairement ce qu'on attendait de lui et qui termina sa leçon par : « Les autres te formeront vite. » Les autres ! Ah ! les autres !... L'accueil qu'on lui réserva au crible numéro 2 (il y en avait six) n'eut rien de cordial... On le regarda comme une bête curieuse, puis les réflexions désobligeantes fusèrent. « Eh ! petit ! t'as oublié tes échasses ? – Tu te trompes, ta place est aux tables des laveuses ! » Puis on lui demanda de prendre une pelle pour charger le crible en minerai. En silence, Guillaumin obéit, s'appliqua à déposer chaque pelletée au centre du tamis. Au bout de cinq minutes de ce geste répétitif, il lui parut que le minerai devenait de plus en plus pesant au point d'exiger des efforts exténuants, mais personne ne lui demanda de rompre l'exercice. Une pelletée ne put être portée à bonne hauteur, son contenu alla se déposer au mauvais endroit, ce qui déclencha la colère du maître d'équipe chargé de la surveillance.

« Qui m'a foutu un pareil incapable ? Entends-moi bien, vermine : encore une telle étourderie et je fais un rapport au contremaître ! On n'a pas besoin de manchot au numéro 2 ! Au boulot ! »

Guillaumin serra les dents, empoigna la maudite pelle, se remit à l'ouvrage. Mais rien à faire, les muscles trop douloureux de ses bras refusèrent bientôt de le servir. Il dut poser son instrument et se laissa choir totalement brisé. Curieusement, toute l'équipe se tint coite, s'abstint de tout commentaire. Une voix derrière lui intervint :

« Assez rigolé les gars ! Vous lui donnez maintenant un travail à sa portée ou vous aurez à faire à moi. »

L'homme qui prit sa défense, ainsi que Guillaumin l'apprit plus tard, était le forgeron de la fonderie. Il ne fit que passer en lançant la menace, mais ce fut suffisant pour tempérer l'animosité des cribleurs. Effectivement, le maître-laveur l'assigna à une tâche moins contraignante : repousser les wagonnets vidés de leur contenu vers l'atelier des trieuses, ces femmes qui, après l'opération de « débourdage », séparaient manuellement le minerai en trois lots : le riche, le pauvre et le stérile. L'une des ouvrières parut le prendre en amitié car elle l'abreuva de conseils :

« C'est la coutume ici de brimer les nouveaux venus, même le maître-laveur laisse faire mais c'est un brave homme, tu n'as rien à craindre de lui... Par contre, le deuxième contremaître, le nommé Godillot, c'est un triste sire, l'oreille de la direction, il tuerait père et mère pour se faire bien voir des ingénieurs. Prends-y garde. Ne le provoque pas ! »

Ce vendredi, à peine Guillaumin était-il arrivé au crible que Godillot fit son inspection et se montra tout de suite de méchante humeur. Il contrôla la hauteur du sable tamisé, virevolta soudain pour abreuver l'équipe de reproches bien sentis. Chacun poursuivit sa besogne en silence, sachant que la moindre réplique serait prétexte à des sanctions. Les réprimandes se firent plus acerbes, s'adressèrent au maître-laveur. Celui-ci laissa dire puis, face à l'insistance du contremaître, prit la défense de ses hommes. Il le fit calmement, justifia le retard pris par la faute des pilons dont l'arbre à cames était tombé en rade une partie de la nuit.

« Je ne veux rien savoir des bocards qui ont toujours bon dos ! hurla Godillot. Je mets l'équipe à l'amende. »

En ayant fini avec le crible, il passa chez les laveuses où sa colère se décupla. (On disait les « laveuses » car personne ne faisait grand cas des enfants mâles qui travaillaient en leur compagnie.) Mais celles-ci n'adoptèrent pas la docilité des hommes. L'une, une maîtresse femme qui n'avait pas la langue dans sa poche, se rebiffa.

« J'ai entendu dire que chez toi, tu faisais moins le fier quand ta femme te prenait par la peau du cul pour te jeter dehors ! Ici, soutenu par l'ingénieur, tu as beau jeu ! »

Encouragées par cette audace, les autres lui apportèrent leur soutien par des rires moqueurs. Godillot prit son carnet, gribouilla quelques noms mais dut, sous les quolibets, battre retraite ! Il revint à la charge pour s'en prendre aux gamins, des enfants obligés, quelle que fût la froidure, de laver les schlamms sur des tables dormantes. Curieusement, les femmes laissèrent faire comme si l'injustice à l'endroit des petiots n'avait que peu d'importance. Godillot, tout à son affaire, trouva vite son bouc-émissaire en la personne d'une gamine d'une douzaine d'années. Il la sortit du rang à coups de pied dans le derrière et, à la vue des laveuses goguenardes, sans même légitimer ses tapes d'une quelconque raison, lui fila gifle sur gifle ! Le sang de Guillaumin ne fit qu'un tour ! Lui, si timoré, avec un cran dont il n'eut pas réellement conscience, s'interposa :

« Arrêtez de la battre, monsieur Godillot, sinon…

– Sinon quoi ? demanda l'autre avec une mine stupide, tant il ne devait pas être habitué à recevoir ce genre de bravade…

– Sinon, je me rends à la direction rapporter vos façons aux ingénieurs. »

Éberlué par l'audace d'un tel effronté, Godillot resta figé. Il considéra Guillaumin, sembla vouloir dire quelque chose mais, avant qu'un seul mot ne vînt à ses lèvres, tourna les talons pour disparaître derrière le four du « grillage ». Suite à cet exploit, salué par deux ou trois sifflements admiratifs, on le questionna sur les appuis dont il devait disposer car, sans appui, le seul dénouement était la mise à pied !

« Ben, mon cochon ! T'es pas haut mais comment t'as su le moucher, le Godillot ! T'es-t-y un ami des ingénieurs, un poteau aux Angliches ?

– Comme ça… pas plus… » répondit Guillaumin, certain d'être appelé dans l'heure pour recevoir son congé.

Mais le matin se déroula sans qu'il ne fût convoqué.

Coup de sifflet ! Enfin la pause de la mi-journée…

Quand Guillaumin s'approcha du groupe pour casser la croûte, tous lui tournèrent le dos. Le plus âgé, tout grêle avec une barbe aussi blanche que sa tignasse, se ravisa pour lui souffler :

« Faut nous comprendre, mon p'tit gars ! Il fait peut-être pas bon de s'afficher avec toi… Enfin, si… si tes fameuses protections sont bidons… C'est qu'on tient à la paye, nous autres ! »

Plutôt que de se rendre dans la salle commune appelée « cantine », mais où chacun devait apporter son frichti tiré de la musette, Guillaumin s'isola dans un renfoncement près des forges, tout compte fait heureux de ce petit moment de solitude. Pourtant, quelqu'un vint le trouver, jeta son sac de toile à terre et d'autorité s'assit à ses côtés : la gamine malmenée par Godillot.

« Je te dérange pas ? dit-elle en agrémentant sa demande d'un large sourire.

– Non...

– Je dois te remercier. Tu as été le seul à bouger. Et pourtant, t'es pas du genre costaud... Plutôt du genre... du genre...

– Du genre à être assommé d'un revers de la main ?

– J'ai pas voulu dire ça... T'es comme t'es et puis c'est tout... Je m'appelle Sophie, je vais avoir treize ans... Tu veux un bout de saucisse ?

– Non... Depuis combien de temps travailles-tu à la fonderie ?

– Un an et deux mois... Toujours avec les femmes ! Je préfèrerais être mineur avec la "barette" sur la tête pour faire sauter les filons à grands coups de poudre noire !... Boum !... Boum ! tout le minerai s'écroule avec une poussière du diable... Vivement que je grandisse... Pour toi, euh... ça semble foutu ! »

Sophie se mit à rire en regardant Guillaumin du coin de l'œil, mais son rire n'était point teinté de dérision, c'était un rire franc et espiègle. Guillaumin qui ne connaissait rien aux enfants et qui faisait tout pour les éviter fut intimidé. Comment pouvait-on être aussi déluré au point de parler à un adulte comme à un copain de toujours ? Il devait rester sur ses gardes, ne pas entrer dans ce jeu-là !

« Pourquoi te laisses-tu maltraiter par le contremaître ?

– Quelle question ! Une rebuffade et c'est la porte... C'est mon père qui ferait beau !... Et puis des gifles, j'en ai reçu d'autres. Ce n'est pas grave... Demain, c'est une autre qui prendra.

– Ce n'est pas une raison. Tu devrais aller te plaindre. »

Sophie cessa de mastiquer pour adresser à Guillaumin un regard interrogatif.

« Me plaindre ? Et à qui ?

– À la direction !

– Eh bien ! ça en ferait une histoire si je devais suivre ton conseil ! Toi, tu es un marrant ! À la direction, ils ne savent même pas que j'existe.

– Ils le sauront si tu vas dénoncer les agissements de Godillot.

– T'es sérieux ?

– Bien sûr !

– Ben toi ! t'es un drôle de coco !... Je voudrais te demander...

– Quoi ?

– Tu ne vois vraiment rien de rien avec ton œil borgne ?

– Je perçois les lumières très vives, celle du soleil par exemple...

– Dans le fond, tu ne vois que la moitié de la misère ! Et t'as quel âge ?

– Vingt-deux ans...

– Vivement que j'aie cet âge !... Mais, d'ici là, l'eau de la Sioule en aura fait tourner des rouets... »

Sophie se tut enfin. Toujours le même sourire accroché aux lèvres, elle s'étendit, ramena les mains sous sa nuque et fixa le ciel où se déroulait lentement la fumée montée des trois cheminées. Guillaumin termina son pain étalé de saindoux, picora les haricots dans le fond de sa gamelle et replia sa serviette. Maintenant, indifférente au tapage des pilons, Sophie semblait dormir. Guillaumin en profita pour scruter ce petit visage volontaire encadré de cheveux filasse et clairsemé de taches de rousseur. Sans le vouloir, il en imagina les traits quelques années plus tard, garderaient-ils cette grâce un peu troublante où la féminité cherche à percer sous le charme androgyne de l'enfance ?

Il était temps de reprendre le travail. Avant les coups de sifflet annonçant la fin de la pause, les équipes se reformaient déjà.

Sur les coups de 3 heures, le maître-laveur requit Guillaumin pour brouetter le minerai pauvre, celui destiné à un nouveau bocardage où les pilons libéreraient les ultimes cristaux de galène. Mais, après un premier enlèvement, son chef d'équipe vint le trouver.

« Lâche les mancherons, mon gars, t'es demandé au bureau.

– Au bureau ? Au bureau de quoi ?

– Au bureau de la paye. Le bâtiment avec le perron qui est juste à côté du tas de houille. On veut te voir tout de suite !

– Je suis renvoyé ?

– On ne m'a rien précisé de pareil. C'est peut-être parce que t'as contrarié Godillot ce matin ? Va savoir ! Dépêche-toi, sacrebleu ! »

Cette convocation impromptue ne signifiait rien qui vaille… Guillaumin s'y rendit en traînant les pieds et en affichant une inquiétude qui ne passa pas inaperçue. Puis il se dit que son renvoi éventuel ne serait pas la catastrophe du siècle, que ce serait même une bonne chose… Les tâches aux cribles étaient trop éreintantes… Il n'avait pas la constitution pour les assumer.

Sur l'escalier montant au perron, il croisa un Godillot en colère, celui-ci le bouscula et dit :

« On se retrouvera, je t'en ferai baver, âne mal bâté ! »

L'explication de cette menace lui fut donnée par l'homme qui le reçut, un employé à la comptabilité trônant derrière un modeste bureau encombré de feuillets.

« M. Berger va arriver. Il veut te voir suite à la plainte d'une gamine.

– Une gamine s'est plainte de moi ?

– Est-ce que je sais ? Vos histoires, je m'en contrefiche. Tu peux t'asseoir, ce n'est pas interdit. »

Guillaumin préféra patienter debout en regardant distraitement une carte géologique affichée au mur et qui exposait les concessions accordées à la Société des mines et usines de Pontgibaud. M. Berger ne tarda pas à se montrer. Guillaumin reconnut l'homme qui arpentait la fonderie, toujours pressé, un peu dédaigneux, ne serrant la main qu'aux contremaîtres. Certains, bien informés, rapportaient qu'il était le bras droit des ingénieurs anglais chargés de mettre au point un nouveau four de coupellation, que c'était un technicien venu de Saint-Étienne. Tout de suite, d'une voix calme et posée, il entra dans le vif du sujet :

« Une des petites filles des laveries est venue se plaindre de maltraitances subies. Elle m'a dit s'y être décidée sur vos conseils. Bien sûr, j'ai aussitôt prévenu M. Guillot qu'une pareille conduite est inadmissible… La vie de ces enfants livrés si jeunes au travail me désole… J'ai moi-même des enfants. Vous avez bien fait de l'inciter à venir me voir. »

Ainsi, la petite Sophie, contre toute attente, avait suivi son conseil ! Par chance, l'homme semblait dans de bonnes dispositions. Mais était-il sincère ? Difficile à croire ; les conditions dans lesquelles s'opéraient le criblage et le lavage étaient connues de tous. C'était un rite que de rudoyer les « jeunots », aussi naturel que de donner du bâton à un âne. M. Berger se tourna vers le comptable, lequel, visiblement surpris par le ton fort affable de l'entretien, observait maintenant Guillaumin avec une grande curiosité.

« Pouvez-vous nous laisser dix minutes ? Vos travaux de calcul n'en seront pas trop perturbés ?

– Non, non, monsieur Berger… répondit l'autre qui s'empressa de quitter le lieu après avoir refermé le couvercle de ses encriers.

– Bien, reprit le technicien sans se départir de son flegme, j'aime les gens qui savent prendre des initiatives, qui dénoncent toutes ces petites choses qui entravent la bonne marche de l'entreprise. Et Dieu sait si elles sont nombreuses… Chaque aide allant dans ce sens est la bienvenue… n'est-ce pas ? »

Guillaumin demeura muet. Où l'autre voulait-il en venir ?

« N'est-ce pas ? Vous êtes bien de mon avis ?

– Sûrement que… ce que vous dites est vrai…

– J'aimerais avoir votre aide…

– Mon aide ?… Je ne comprends pas…

– Que vous deveniez mon… comment dire ?… mon assistant ! Celui sur lequel je peux m'appuyer.

– S'cusez-moi, monsieur, je ne comprends toujours pas ce que vous attendez de moi… »

– Vraiment ? De temps à autre, vous venez me faire un rapport. »

Guillaumin ouvrit de grands yeux étonnés.

« Un rapport ? Un rapport sur quoi ? »

M. Berger tortilla nerveusement son crayon, il regarda Guillaumin avec fixité, essayant de discerner si cette mauvaise volonté à ne pas saisir le sens de son propos était le fait d'une grande naïveté ou une façon de signifier un refus.

« Bien, garçon, puisqu'il le faut, je vais vous mettre les points sur les “i”. La société qui vous emploie vous verse un salaire en contrepartie d'un travail. Vous pigez ?

– Oui... Enfin, pas vraiment...

– Or ce contrat, vous ne le respectez pas... En d'autres termes, votre rendement au criblage est loin d'être suffisant... Attention ! n'allez pas vous méprendre, je ne mets pas en doute vos efforts, ni votre application à remplir la tâche que nous vous demandons. Non, non ! Il n'est pas question de cela ! »

Guillaumin resta silencieux.

« Disons simplement que vous n'avez pas les aptitudes physiques requises pour ce genre de travail.

– Vous songez donc à me renvoyer ?

– Pas obligatoirement... Vous avez sûrement d'autres aptitudes.

– Qui ont un lien avec votre demande de... de rapports ?

– Vous saisissez enfin ! Il y a des bruits qui courent, des rumeurs. Certains jugent qu'ils méritent un salaire plus conséquent, affirment que les mines de Bretagne, suite à des grèves, offrent de meilleures conditions... J'aimerais connaître le nom des meneurs et ce que ces derniers nous préparent. Dernièrement, la “sole” d'un de mes “fourneaux” a subi un sabotage... Nous n'avons pu mettre la main sur le coupable. Vous ouvrez vos oreilles, vous traînez vos guêtres à droite, à gauche... Et vous me rapportez discrètement ces petites informations... »

Guillaumin avait compris. Son maintien à la mine dépendrait de son bon vouloir à jouer les délateurs. Voilà qui le mettait dans une position fâcheuse… Berger abattit une autre carte.

« Si vous acceptez, fini le criblage ! Vous rejoignez les enfants au lavage où vous aurez toute autorité sur eux. Ce qui veut dire aussi que vous pourrez les protéger, éviter qu'on les brutalise… De mon côté, je ferai en sorte qu'ils soient mieux traités. »

Comment se défiler, échapper à ce chantage éhonté ? Le technicien lui tournait le dos, attendait une réponse.

« Alors ? »

Guillaumin envisagea les conséquences résultant d'un tel accord. Depuis sa venue à la mine, il avait eu l'occasion d'assister à certaines discussions qui, en l'absence des maîtres-fondeurs, se tenaient le matin derrière la plus haute cheminée des fours. Les meneurs étaient tous des étrangers, pas des gars du pays. Ils paraissaient avoir une autre visée que de vouloir déclencher la grève ; celle de débaucher les ouvriers pour des mines concurrentes, toujours en leur faisant miroiter des payes et des primes qu'ils n'obtiendraient jamais à Pontgibaud. Y avait-il grand mal à les dénoncer surtout si la contrepartie pouvait être une amélioration des conditions de travail pour une poignée de gamins ? Le préjudice subi par les gens du cru serait minime ; en dépit de promesses alléchantes, peu étaient enclin à quitter leur canton, là où étaient leur terre et leur famille… Ce fut le procédé employé qui fit hésiter Guillaumin. La dénonciation n'était pas son fait…

« Alors ?… Il faut vous décider ! Puis-je compter sur vous ?

– Je voudrais y réfléchir…

– C'est bien, réfléchissez ! Pas trop longtemps… Je vous ferai rappeler. »

En proie à un sentiment d'avilissement, Guillaumin regagna son poste au criblage. La manière dont le technicien avait manœuvré pour le rabaisser tout en lui promettant la faveur d'un poste moins harassant aurait dû le faire réagir, provoquer d'emblée un refus définitif. Au lieu de cela, il s'était conduit comme un enfant qui accepte l'injustice parce qu'elle est commise par un adulte ! En repoussant l'offre, il serait mis à pied mais il n'était pas à la rue, de plus, son père, informé de l'affaire, approuverait certainement sa décision… Dans ce cas, pourquoi s'échiner une dernière journée ? Omettant d'en préciser la raison, il avertit ses compagnons qu'on lui avait signifié son renvoi et laissa les heures s'écouler sans reprendre sa pelle. Personne ne se permit une remarque désobligeante. Chose surprenante, certains allèrent même jusqu'à le réconforter en lui rappelant que le salaire de misère octroyé justifiait qu'il tente de chercher du travail ailleurs. Il ajoutèrent désabusés que la Société des mines de M. Taylor, suite à la fermeture progressive des puits, ne tarderait pas à mettre la clef sous la porte…

Vers les 5 heures de l'après-midi, au moment de la deuxième pause, un ouvrier qu'il ne connaissait pas vint le trouver. Il tint à le prendre à part.

« On vient de m'apprendre que l'on songe à te donner ton congé. Quelles raisons a-t-on invoquées ? » demanda-t-il avec un fort accent.

Guillaumin, assez contrit qu'on pût le repérer pour en faire un délateur, n'exposa pas le véritable motif.

« Que je n'ai pas un rendement suffisant... »

L'homme le considéra un instant.

« La belle raison qui intervient d'un coup !... Que tu sois un peu faiblard, cela peut se concevoir, mais il y a d'autres postes où tu pourrais convenir... Aujourd'hui, c'est toi ! Demain, ce sera un autre que ces messieurs jetteront dehors... Tu vas nous donner un bon motif d'agir. Nous sommes une poignée de compagnons bien décidés à ne pas laisser commettre ce genre d'abus. Fais-moi confiance, petit, ils ne vont pas te débaucher si facilement... Les grèves et les sabotages, ça existe et c'est pas fait pour les chiens ! À la direction, ils vont entendre parler de nous et de toi ! Encore une fois, petit, aie confiance. Nous sommes là !

– Non, non... je...

– Quoi, "non, non" ? Qu'est-ce que tu veux dire par ton "non, non" ?

– Que mon possible renvoi n'est pas grave... De toute manière, je ne suis pas fait pour un travail qui exige de gros efforts physiques. À vrai dire, je pensais donner ma démission... Je ne suis pas dans le besoin... »

L'ouvrier balaya l'argument d'un geste évasif.

« Quoi que tu aies envisagé, l'important ne se situe plus là ! De ton renvoi, à partir de cet instant, mes compagnons et moi-même en faisons une question de principe ! Je t'interdis bien de donner ta démission ! Laisse-nous agir. Demain, tu reprends ton poste au criblage. »

Il lui tendit la main comme pour sceller l'accord.

« Ici, ajouta-t-il, tout le monde m'appelle « l'Allemand » à cause de mes origines alsaciennes, tu as dû remarquer mon léger accent ?

– Pas trop... Enfin, si... un peu. »

Un bref coup de sifflet notifia que la pause était terminée. Guillaumin, pris de court, risqua un ultime atermoiement :

« Croyez bien que je ne souhaite pas être la cause d'un conflit. S'il vous plaît, monsieur l'Allemand, ne m'impliquez pas dans vos revendications. »

L'homme resta sourd à sa supplique. Sans lui accorder un regard, il tourna les talons.

Au crible, l'entretien avec le meneur n'était pas passé inaperçu. On se pressa à ses côtés pour connaître les actions projetées. De plus en plus contrarié par la tournure des événements, Guillaumin continua de jouer les niais en affirmant que son renvoi n'avait fait qu'anticiper sa décision de quitter la mine. Une stratégie qui eut le don d'irriter certains.

« Ce n'est pas bien de baisser la garde devant les patrons, pas bien du tout ! Et cela dessert toute la corporation, des mineurs aux fondeurs… C'est comme qui dirait une trahison. Nous devons faire bloc, ne pas faillir. Qu'un seul maillon cède et c'est toute la chaîne qui se fragilise ! Comprends-tu cela, petit ?

– Ben…

– Ne t'avise pas de nous faire faux bond ! ajouta un autre en lui montrant le poing. Les pleutres, on sait les mater. »

C'est avec soulagement que, sur le soir, Guillaumin entendit le long mugissement de la sirène à vapeur…

Une à une, les vannes détournant l'eau de la Sioule s'abaissèrent dans les biefs. Les pilons qui battaient depuis le matin s'immobilisèrent lentement, ils ne reprendraient leur concert qu'avec l'arrivée de l'équipe de nuit. En file indienne, musette sur l'épaule, les ouvriers gagnèrent le porche de la sortie. Ce n'était pas la ruée, une journée de douze heures, ça calme les ardeurs… La plupart prirent la direction du bourg. Seul un petit groupe fit route dans le sens opposé, en majorité des paysans qu'un autre labeur attendait. Comme d'habitude, pour ne pas être contraint de se joindre à lui, Guillaumin s'attarda un peu.

« Oh ! Guillaumin ! Tu fais un bout de chemin avec moi ? »

Il vit la petite Sophie, toujours nantie de son inaltérable sourire, lui adressant des grands signes.

« Non, j'ai une course à faire à Pontgibaud.

– Je peux t'accompagner, je ne suis pas à cinq minutes.

– Jusque sur la place du marché, si tu veux. Après il faudra me laisser.

– Je vois… Tu vas retrouver ta bonne amie ! Elle s'appelle comment ?

– Je n'ai pas de bonne amie… »

S'il n'y avait pas eu le paquet de l'Émile à récupérer, Guillaumin, épuisé par une dure journée à la mine, n'aurait pas demandé son reste. Après un bol de soupe et une caresse à Trompette, il aurait gagné directement son lit. Mais, bon sang de bonsoir ! il y avait ce foutu paquet oublié chez Clémence ! Voilà quatre jours qu'il remettait l'affaire sous des prétextes divers. L'Émile ne voulait plus rien entendre. La pensée de revoir la fille du forestier, dont il n'avait plus de nouvelle depuis le jour de la fameuse baignade, lui donna le courage d'entreprendre la démarche.

« À propos, dit Sophie, j'ai suivi ton conseil… Je suis allé rapporter ce que les petits endurent. Godillot me tire une de ces gueules ! On a dû lui en passer une pas piquée des vers !

– Je sais. Et tu ne t'es pas privée de chanter le nom de celui qui t'a encouragé à le faire. Par ta faute, je suis dans un sacré pétrin. »

Sophie fronça un instant les sourcils mais ne demanda pas de précision… Elle retrouva vite son humeur espiègle pour gambader autour de Guillaumin.

« À vingt-deux ans, tu n'as pas de bonne amie ? Tu n'en as jamais eu ? Tous les gars ont une bonne amie…

– Fiche-moi la paix avec ça !

– Bon, bon, je me tais… D'ailleurs, je vais te quitter là. Moi aussi j'ai un rendez-vous avec un garçon.

– C'est ça, à demain ! »

Bon débarras ! Guillaumin n'était plus très sûr d'apprécier la désinvolture et l'impertinence de cette gamine passablement délurée.

Parvenu à destination, il rôda autour de la maison avec l'espoir d'apercevoir Clémence, ce qui aurait permis de la solliciter hors de la présence de son père. Mais le lieu était désert. Il se rapprocha de la porte, hésita à frapper, enfin se décida à toquer le carreau, timidement d'abord, puis avec plus de force. À l'intérieur quelqu'un se manifesta. La porte s'ouvrit, encadrant un homme à la barbe hirsute, la chemise ouverte sur un torse velu et, à en juger par ses mains rougies de sang, visiblement distrait d'un travail d'étripage. Il détailla Guillaumin des pieds à la tête.

« Qu'est-ce que tu désires, mon gars ?

– J'aurais voulu voir Clémence.

– Ma fille sera là d'ici une demi-heure. Que lui veux-tu ?

– Reprendre un paquet que j'ai oublié ici, dimanche dernier…

– Ah ? Elle ne m'en a pas parlé… Ainsi tu connais ma fille ? Tu es de Pontgibaud ?… Oui, oui, je crois t'avoir déjà aperçu une fois ou deux. »

Guillaumin dut se présenter. L'homme l'écouta tout en ne cachant pas son étonnement, une expression qui voulait dire : « Si je m'attendais à ce que ma fille ait une pareille fréquentation ! »

« Ben, puisque tu es là, finis d'entrer, mon gars. Tu vas l'attendre. »

Bien qu'il eût préféré revenir plus tard, la conversation avec un inconnu n'étant pas son fort, Guillaumin n'osa décliner l'invite. À peine entré, sur les pas de l'homme, il vit le paquet entre deux pots vernissés, au-dessus de la cheminée. Les choses prenaient meilleure tournure ! Il fit part de sa découverte.

« Eh ben ! tu vois, rien ne se perd ici ! dit le père de Clémence déjà attablé devant la dépouille d'un lièvre écorché. Mais tu ne vas pas repartir comme un voleur ! Ma fille ne sera pas longue.

– Non, non ! Je ne voudrais pas vous déranger…

– Tu ne me déranges pas… T'as vu la taille de la bestiole ? Il a des boyaux à remplir une bassinoire ! La chasse a été bonne aujourd'hui. »

L'homme gloussa, lui adressa un clin d'œil… En fait de chasse, Guillaumin comprit qu'il s'agissait de braconnage et crut bon de le lui faire savoir par un bref rire complice. Que dire pour se retirer avant l'arrivée de Clémence ? Qu'il était en retard pour… pour… pour quoi ? Il n'avait décidément aucun sens de l'à-propos. L'homme repoussa son gibier, s'essuya sommairement les mains.

« On va trinquer, mon gars ! C'est pas tous les jours que je reçois les connaissances de ma fille. J'ai un marc qui se laisse boire comme du petit-lait.

– Non, non, ne vous dérangez pas pour moi… Et puis j'ai la route à tailler…

– Mais puisque je te dis que tu ne me déranges pas ! T'es plus têtu qu'un âne à me seriner tes politesses ! Ou… c'est-y que tu aurais dans l'idée de me vexer ? »

D'autorité, il souleva le couvercle de la maie pour s'emparer d'un cruchon et deux verres.

« Ne reste pas debout, mon gars, c'est pas plus cher ! Et c'est quoi, ce qu'il y a dans ton paquet ?

– Je l'ignore, c'est une commission pour l'ouvrier de mon père… »

Horrifié, Guillaumin vit son verre se remplir à ras bord. Beau supplice que de déglutir cette gnôle ! Lui qui ne supportait pas l'alcool ! Une lampée de vin même arrosée d'eau et la tête lui tournait…

« À la tienne, mon gars ! »

Le père de Clémence avala d'un coup sa rasade. Guillaumin ne trempa que le bout des lèvres dans le verre.

« Comment as-tu connu ma fille ?

– Je l'ai rencontrée chez les Ponsol… On va parfois y chercher notre lait.

– Tu sais donc qu'elle compte donc épouser le Piarre ?… Leur grande gueule de fils ?

– Oui, je sais…

– Entre nous, réponds-moi franchement, penses-tu que c'est un bon parti ? Je veux dire : penses-tu qu'elle puisse être heureuse avec le Piarre ? Vous avez bien dû en parler tous les deux ?

– Pas trop… Comme ça !

– Ça signifie quoi, ton “comme ça” ? Vous en avez causé, oui ou non ? » insista le forestier d'un ton acerbe.

Voilà que l'homme le mettait dans une mauvaise position. Pourquoi ces questions ? Clémence ne lui faisait-elle aucune confidence qu'il fût obligé d'interroger le premier venu ? Guillaumin essaya d'abord de biaiser puis, vite convaincu de se fourvoyer, déclara :

« Je m'intéresse peu aux histoires de cœur des autres ! Ça ne me regarde pas… Chacun mène sa vie comme il l'entend.

– Et tu te dis l'ami de ma Clémence ? Quel drôle d'ami dois-tu être ! Allez, finis ton gobelet, mon petit gars, et parlons d'autre chose. »

Guillaumin se résolut à avaler une gorgée d'eau-de-vie dont il sentit la brûlure jusqu'au tréfonds de son estomac. Encore deux autres et son verre serait vide. Alors, il prendrait la décision de partir… Le forestier se leva pour se planter devant la fenêtre, puis il revint au centre de la pièce, l'air soucieux.

« Je n'aime pas l'idée de ce mariage, dit-il comme s'il se parlait à lui-même. Je ne saurai dire exactement pourquoi… Clémence n'est pas une fille ordinaire. Elle a du caractère, tout comme sa pauvre mère… Elle mérite mieux que le Piarre… »

Il se tut, paraissant attendre un avis, retourna se caler devant la fenêtre.

« Elle est jeune, elle peut trouver un autre parti. Pourquoi s'enticher de ce "moins-que-rien" de Ponsol ? Té ! il n'y a pas si longtemps, un des ingénieurs de la mine, un Anglais, lui a tourné autour... J'ai vu ça d'un bon œil... Du jour au lendemain, elle te l'a envoyé balader avec pertes et fracas ! Un Anglais ! C'était autre chose que le bouseux ! Et puis, il y a eu cette amourette avec le fils du garde champêtre, un brave garçon... Attention ! je ne te dis pas que ma Clémence est une aguicheuse ! Non, non ! Ne va pas penser cela... »

Les effets de l'alcool commençaient de se faire sentir. Guillaumin eut de plus en plus de mal à suivre les propos de l'homme. Il gagna le banc, se prit la tête entre les mains, ferma les yeux. Quand il les rouvrit, son verre était de nouveau plein.

« Monsieur, je dois partir. Mes parents vont s'inquiéter... Je ne me sens pas très bien.

– Bois un coup de "gratte", petiot ! Ça remet les sangs en place. Bascule ton godet, te dis-je ! »

Curieusement Guillaumin obéit, presque étonné que le liquide lui glisse maintenant si facilement dans le gosier ! « Partir, partir... » Il repoussa le banc, se mit debout, fit un pas, eut l'heureux réflexe d'agripper la table car ses petites jambes refusèrent obstinément de soutenir... Impossible de regagner la scierie dans ces conditions. Pourquoi fallait-il que tout parte à vau-l'eau, que rien ne se déroule comme prévu ?

Soudain, la porte s'ouvrit.

Guillaumin releva la tête. C'était Clémence ! Elle le vit, réalisa son état, s'adressa à son père.

« Qu'est-ce qu'il fiche ici, lui ?… Mais… il a une sacrée cuite, ma parole !

– Cela fait une demi-heure qu'il t'attend… Une histoire de paquet oublié.

– Eh bien ! qu'il le remporte, son paquet ! Et qu'il retourne chez lui. Tu avais besoin de le faire boire ?

– Deux verres, ma fille, deux petits verres ! On ne se soûle pas avec si peu… »

Clémence s'approcha de Guillaumin, lui empoigna la tête, le secoua, l'obligea à la regarder.

« Oh ! faut pas rester là, garçon ! Allez, debout ! Pars dehors cuver ta gnôle ! »

En pleine confusion, mais comprenant tout de même ce qu'on attendait de lui, Guillaumin fit un effort démesuré pour se lever. Alors, père et fille, chacun d'un côté, le prirent par les épaules, le traînèrent à la porte. Il entendit, tel un son venu de très loin :

« Il n'y a qu'à le déposer sur le banc. La fraîcheur de la nuit finira bien par le dégriser. Si c'est pas malheureux de se mettre dans un état pareil ! »

Une lune toute ronde, toute blanche au-dessus de lui et, presque sur l'horizon, une étoile unique, extraordinairement scintillante… C'est ce qu'il vit d'abord lorsqu'il rouvrit les paupières. Il lui parut aussi que le ciel, à l'est, commençait de s'éclaircir…

Immédiatement, comme si on lui avait brisé le crâne, une douleur lancinante lui rappela ses excès. Son hébétude se dissipa. Avec une singulière lucidité, il recala dans son esprit, une à une, les images tumultueuses qui l'avaient amené à passer la nuit sur un banc. Il lui sembla alors, sous l'emprise de l'alcool, avoir roulé dans la pire déchéance… Cette pensée lui serra la gorge, son estomac se noua, le goût horrible de la gnôle lui imbiba la bouche… Vite, vite, se lever pour vomir. Il courut vers le fossé, se mit à genoux dans les herbes, ouvrit la bouche pareil à un poisson sorti de l'eau, éructa, ne régurgita qu'un filet de bave. Un léger mieux parut se dessiner… « Bafoué, bafoué… moqué… piétiné… » Ces mots s'imposèrent, il les prononça comme une litanie, comme pour chasser le rêve parti en morceaux en l'espace d'une soirée. Comment renouer avec Clémence, après lui avoir donné le triste spectacle de son enivrement ? Bien fait ! Il avait été trop présomptueux, avait cru vaincre la morne succession d'immobilité de sa vie alors que son destin était celui d'une bête engluée, irrémédiablement vouée à se débattre. La leçon avait été bonne, il la retiendrait.

Le paquet ! Il était là au pied du banc, bien visible dans un éclat de lune.

En dépit d'un vertige persistant, Guillaumin se sentit apte à prendre la route.

À la scierie, tous devaient encore dormir… Non, Trompette épiait son retour, dressant l'oreille au moindre bruit.

VI

L'ancien barrage

UNE SEMAINE S'ÉCOULA depuis le fameux soir où Guillaumin, pour la première fois de sa vie, avait été confronté aux atteintes de l'alcool. Une semaine durant laquelle il ne revit pas Clémence et durant laquelle le souvenir de ce terrible soir ne cessa de le hanter. Sa meurtrissure mettrait du temps à se refermer, si elle devait guérir un jour. Clémence, Clémence ! Peut-être avait-elle eu raison de détruire si brusquement ce petit instant de bonheur factice bâti sur l'improbable espoir de voir sa compagnie appréciée ? Une félicité qui, immanquablement, se serait désagrégée un jour ou l'autre et qui l'aurait laissé plus misérable, plus désemparé sur les décombres ? Réflexion qui ne consolait pas. Tous les soirs, étendu sur son lit, bien qu'épuisé, totalement abattu par le tri des minerais, il songeait à ce corps presque dévêtu et se glissant dans l'eau tiède de la Sioule. Alors ses poings serraient la couverture, ses ongles s'enfonçaient dans l'étoffe pour étouffer un cri venu du plus profond de lui-même. Submergé de dégoût, d'une honte indicible, il aurait voulu que tout s'arrête là, tuer l'image de la suprême humiliation d'avoir été jeté dehors, tel une masse immonde, et se tuer aussi ! Vrai, il songea à mourir puisqu'il n'était plus qu'une machine à souffrir. Fini, terminé le combat par trop inégal des affaires terrestres où l'on désigne d'entrée le vaincu, où le vainqueur a eu le choix des armes. Exténué, le sommeil l'engourdissait puis se retirait d'un coup, le secouait d'un sursaut, exaltant la crise, donnant à sa respiration un rythme saccadé. « Clémence, Clémence, devant moi s'ouvre un gouffre immense… »

Face à ses parents, Guillaumin taisait son désarroi, essayait de rester naturel dans son comportement mais c'était une épreuve supplémentaire qui n'abusait pas sa mère.

« Qu'est-ce que tu as à faire cette tête-là ? On dirait que tu supportes toute la misère du monde !

– J'ai rien… Je me sens un peu fatigué.

– On te fait des ennuis à la mine ?

– Non, non… »

À la fonderie, M. Berger ne s'était plus manifesté. Sa proposition demeurait donc en suspens mais c'était sans doute partie remise… Petit à petit, Godillot avait repris ses mauvaises manières en houspillant les petiots, cependant Sophie ne fut plus sa tête de Turc. Pour Guillaumin, persista toujours le même épuisement à manier de sa pelle les sables du crible, à les brouetter soit aux bocards, soit aux tables dormantes des laveuses...

« Alors, c'est que tu as avalé de travers ? » insistait sa mère.

Son père intervenait :

« Laisse-le donc tranquille, la mère ! Ça lui passera avant que ça me reprenne. On n'a pas à supporter les humeurs de monsieur !

– Mais il ne mange rien, repousse son assiette comme si on voulait l'empoisonner...

– Qu'il s'abstienne de manger si c'est son plaisir ! En voilà une histoire ! Il viendra bien chercher la becquée quand il aura faim ! »

Guillaumin baissait la tête puis quittait la table. La compagnie des autres, même celle de sa famille, lui était devenue intolérable... Trompette était le seul à trouver grâce, à demeurer son confident unique.

« Mon pauvre chien, comment puis-je envisager une autre vie que celle de la solitude ?... Aujourd'hui, à vouloir jouer le trublion dans le jeu de ma misérable destinée, je suis comme ce nageur qui s'est laissé emporter par le courant et luttant pour regagner la berge ; quand il reprend espoir, une vague le repousse, lui replonge la tête sous l'eau, le recouvre... Il crie, il se débat, appelle, déjà une autre vague le submerge... Il comprend alors qu'il est perdu, que la noyade est au bout de ses efforts. Je me noie, Trompette... »

« Oh ! Guillaumin ! »

Cette voix ! Cette voix reconnaissable entre mille !

C'était elle, Clémence ! Elle se tenait dissimulée contre un des piliers du porche d'entrée. Guillaumin sentit son cœur s'affoler, bondir à se rompre dans sa poitrine mais il essaya de rester serein et fit avec une lenteur extrême trois pas pour la rejoindre.

« Tu... tu m'attendais ? bégaya-t-il.

– Oui, j'ai besoin de parler...

– Et... et tu as pensé à moi ?

– Tu es le seul à qui je peux me confier... Je ne te dérange pas ? »

Il eut envie de répondre, de lui crier : « Si tu savais combien j'ai espéré ce moment... Si tu savais les nuits interminables où j'ai rêvé de toi ! » mais le pénible souvenir de son ébriété et de sa piètre prestance lui conseilla la modération. Il se contenta de dire d'un ton qu'il aurait voulu plus assuré :

« Tu ne me déranges pas. Je suis très content de te revoir... On ne va pas rester là. Où veux-tu aller ?

– Où tu veux, ça m'est égal. »

Elle lui laissait l'initiative. Bizarre... Ce n'était pas dans sa nature. Qu'importe, il serait tombé à ses pieds pour la remercier d'être là, de ne l'avoir pas oublié. Il y avait donc un bon Dieu sensible à la détresse des nabots et des contrefaits ?...

Ce soir d'été, le soleil était encore haut et, venu de l'ouest, un vent chaud circulait mollement dans la vallée. Guillaumin lui proposa de se rendre vers l'ancien barrage, un lieu retiré mais pouvant être rejoint en dix minutes.

« Ah oui ! approuva-t-elle, l'ancien barrage… Pourquoi pas ? »

Il y avait quelque chose de désabusé dans son acceptation.

Ils marchèrent en silence. Guillaumin ne put attendre d'être arrivé pour la questionner :

« Tu as un visage triste, Clémence, qu'est-ce qui ne va pas ?

– Le Piarre…

– Quoi, le Piarre ?

– Hier, les Ponsol ont reçu une lettre de son corps d'armée… »

Elle s'arrêta comme pour mieux chercher ses mots.

« Le Piarre va être réformé… »

Immédiatement, Guillaumin envisagea ce que cette petite phrase signifiait ; un retour du Piarre et des épousailles qui ne tarderaient guère. Cette idée lui déplut, il ne put s'empêcher de bougonner pour lui demander :

« Réformé ? Pourquoi veut-on le réformer ?

– C'est là tout le malheur… »

Nouveau silence.

« Quel malheur ? Explique-toi.

– Le Piarre a eu la main droite arrachée lors d'une manœuvre. Mon pauvre Guillaumin, j'ai pour fiancé un estropié… Avec une main en moins, ça en fait un invalide… Sera-ce raisonnable de vouloir faire le paysan dans ces conditions ?

– Comment est-ce arrivé ?

– Est-ce que je sais ? La lettre ne contient aucun détail, et même en contiendrait-elle, le résultat est là. »

Ce drame n'émut pas particulièrement Guillaumin. Il n'avait jamais porté le Piarre dans son cœur – animosité encore accrue lorsque sa liaison avec Clémence lui fut connue –, cependant il afficha une mine de circonstance pour compatir avec quelques trémolos dans la voix :

« C'est triste, bien sûr, mais ne désespère pas… Le Piarre est un garçon plein de ressource… Dis-toi qu'il est en vie, que c'est l'essentiel. Et puis, il prendra un aide pour le seconder à la ferme… Crois-moi, il y aura sûrement une solution à son handicap. »

Il aurait voulu ajouter : « La fatalité m'a réservé un sort bien plus cruel, est-ce que le monde s'écroule pour autant ? » mais c'eût été déplacé.

L'ancien barrage, dont il ne subsistait qu'une partie de la digue, formait une crique animée d'un lent remous qui piégeait les ronds de soleil tombant à travers les trouées du feuillage. Ils s'assirent sur le muret du bief, les pieds à fleur d'eau. Ici, peu de bruit, que les sons amortis de la campagne alentour et les clapotis légers de la Sioule trouvant des goulets.

Guillaumin observa Clémence toujours silencieuse et qui regardait fixement, comme hypnotisée, le manège lancinant d'une frange d'écume. Curieusement, son visage n'exprimait maintenant aucune tristesse, seulement une grande lassitude.

« Comment a réagi la mère Ponsol à l'annonce de l'accident ? »

Était-ce la bonne question à poser ? Sûrement pas, mais ce fut la seule qui lui vint à l'esprit.

Clémence prit un gravillon qu'elle jeta devant elle, ensuite une pierre plus grosse qui fit un plouf en brisant le tourbillon.

« Elle a accusé le coup avec un étrange stoïcisme puis, brusquement, sa colère a éclaté. Elle a pris une chaise, l'a fracassée, après, elle s'est emparée de tout ce qui lui tombait sous la main. Une folle, je te dis... Son homme a eu toutes les peines du monde à la calmer. Quand je suis montée la voir, la pauvre était dans un piteux état, prostrée dans la soue à cochons... En ma présence, elle eut l'air de se ragaillardir et m'a tout de suite menacée...

– Menacée ?

– Oui, menacée des pires malédictions si je prenais la décision de remettre le projet de mariage avec son fils. « Je te tuerais, m'a-t-elle dit, car, quand on fait du mal à mon petit, je suis capable de commettre l'impensable. Mais tu es une bonne fille et je sais que cela ne se fera pas. » La garce ! Elle serait bien capable de passer à l'acte... Sa menace m'a fait faire cauchemar sur cauchemar. Tu sais ce qui se dit sur son époux ?

– Oui, je connais la rumeur... Qui ne la connaît pas ? Mais ce n'est qu'une rumeur... Aucune preuve...

– Non, ce n'est pas une rumeur… Le Piarre m'a fait des confidences… Le meurtre du colporteur a bien eu lieu.

– Il a pu dire cela pour se rendre intéressant et t'impressionner… Qu'as-tu à redouter de la mère Ponsol ? Ton intention est bien d'épouser le Piarre, même mutilé de la main droite ? »

La révélation de ce crime aurait dû inciter Guillaumin à réclamer des détails. Un crime impuni, ce n'est pas rien… Non ! Il tenait enfin l'occasion par sa dernière question, et sans trop se compromettre, d'apprendre les réelles intentions de Clémence. La réponse lui procura un curieux frémissement.

« Mon pauvre ami, je suis déboussolée, complètement désemparée… Jusque-là, j'avais le temps d'y réfléchir, de vraiment peser le pour et le contre. Aujourd'hui, avec son retour annoncé, je suis mise brutalement devant le fait accompli… Je… je n'envisage plus d'épouser le Piarre ! Voilà, c'est dit !

– Ta décision est-elle définitive ?

– Oui… enfin, je crois… » se reprit-elle d'une voix à peine audible.

Elle jeta un coup d'œil fugace à Guillaumin pour surprendre sa réaction et, peut-être, attendre un signe de lui.

« Tu dois mal me juger ? demanda-t-elle.

– Non…

– De toute façon, je me fiche du jugement des autres ! »

À ce moment, Guillaumin osa lui prendre la main. Il fut surpris car elle ne repoussa pas ce contact. Il hésita pourtant à resserrer les doigts sur les siens. Plus question de mariage avec le Piarre ! Voilà qu'il se réveille, que la vie reflue, que le soleil baissant sous les branchages l'illumine. Il eut un tremblement de reconnaissance, aurait voulu crier au vent « merci ».

« Moi, je n'ai pas à te juger… Sans doute prends-tu la bonne décision. Tu mérites mieux qu'un époux invalide… Tu es jeune, tu es si… jolie… »

Mais il ajouta avec gaucherie, comprenant que sa dernière remarque était arrivée trop vite :

« Mon avis est négligeable… On le sollicite si rarement… Je… je veux dire qu'en amour, je ne connais pas grand-chose…

– Ton avis, je m'en contrefiche ! »

Elle retira vivement sa main de la sienne. Ce mouvement d'humeur ébranla Guillaumin qui eut l'impression de couler dans un abîme. C'est dans un état second qu'il entendit :

« Et toi ?

– Quoi, moi ?

– Toujours à la mine ?

– Oui… Enfin, plus pour longtemps je pense… »

Lui rapporter ses ennuis ne l'enchanta pas. Il s'y décida pourtant pour couper court à ses états d'âme (puisqu'il était incapable de jouer les confidents sans commettre d'impairs). Clémence l'écouta d'abord distraitement, puis son intérêt se fit plus vif, au point de déclarer avant qu'il eût terminé :

« N'hésite pas. Marche avec M. Berger ! C'est lui qui tient la barre !

– Mais il me demande d'agir en espion ! De lui faire un rapport sur les agissements des ouvriers et des mineurs.

– Et alors ? Tu as des comptes à leur rendre à ces va-nu-pieds ?

– Ces va-nu-pieds, comme tu dis, sont prêts à me soutenir si je suis renvoyé. Ils m'ont assuré de leur solidarité.

– Fadaises, mon petit Guillaumin, fadaises ! Es-tu naïf ! Indirectement, tu sers leur cause. Leur fameux soutien n'a pas d'autre raison. Sois arrangeant, rends-toi indispensable auprès de ce Berger. Accepte le marché. En un mot, prends ta revanche !

– Ma revanche ? Que veux-tu dire ? Ma revanche sur quoi ?

– Sur les autres, sur la vie, sur les humiliations subies, sur les injustices du sort ! Est-ce que je sais ? Tu n'as pas à faire de cadeaux ! Personne ne t'en a jamais fait et personne ne t'en fera. »

Ce ton vindicatif, pour ne pas dire haineux, qui appuyait chaque mot comme un coup de marteau, déconcerta Guillaumin. Était-elle de bon conseil en se montrant si catégorique ou ses propos servaient-ils d'exutoire à sa propre déconvenue ?

« Et si ma félonie vient à être découverte ? Sûr que je serai traité pire qu'un pestiféré.

– Comme tu connais mal la nature humaine ! Te sachant dans les petits papiers de la direction – les contremaîtres ne sont qu'une courroie de transmission –, plus d'un viendra te courtiser, te solliciter pour obtenir une faveur. Tu les verras, ces obséquieux, ces flagorneurs, te donner du “mon cher ami !” et te fournir de quoi alimenter tes rapports.

– Merci du conseil, je vais y réfléchir… dit Guillaumin très incrédule.

– Non ! Toute réflexion est inutile ! Demain, tu iras trouver ce Berger et c'est toi qui lui tendras la main pour sceller votre accord !

– Mais je ne vais pas me présenter comme ça, de but en blanc ! se défendit Guillaumin, je dois attendre d'être convoqué.

– À la saint-glinglin ! Es-tu timoré ! Aie du cran pour une fois ! Dénonce, accuse, invente s'il le faut. Ah ! tiens ! si j'étais à ta place, j'aurais vite fait de me rendre indispensable… Exige bien une contrepartie en échange des informations. Suis mon conseil et tu t'en porteras le mieux du monde..

– Si le meneur, un certain l'Allemand, ne me massacre pas avant ! C'est un costaud qui ne plaisante pas et je ne suis pas dans ses petits papiers.

– Très bien ! Tu as réponse à tout. Parlons d'autre chose. »

Parler d'autre chose ! Et de quoi ? Revenir sur sa liaison incertaine avec le Piarre ? Sujet trop délicat ! Il n'eut pas à se creuser la cervelle très longtemps ; Clémence évoqua l'épisode peu glorieux de la baignade et le questionna sur sa soudaine disparition. Ce qui le mit dans une situation embarrassante. Il se douta, bien qu'elle ne mît aucune malice dans le ton, que sa demande n'était pas innocente. Prenait-elle du plaisir à l'acculer dans des retranchements dont il ne pouvait s'extraire qu'avec des meurtrissures ? Cela lui coûta mais il lui avoua dans quelle détresse la venue des trois autres garçons l'avait plongé.

« Je pense que tu sais le motif de ma fuite. C'est le même qui m'a privé d'une baignade en ta compagnie…

– Je ne saisis pas…

– Alors, je vais t'expliquer… Je ne t'ai pas rejointe dans l'eau car je n'ai point désiré exposer mon vilain corps de nain à ton regard. Ensuite sont arrivés tes compagnons, des garçons sveltes, beaux comme des dieux qui, par jeu, auraient certainement jugé très amusant que je me dévêtisse… “Quoi ! ce nabot seul avec une nymphe, un tel aplomb n'est pas pardonnable !… Il va le payer cher !” Je suis habitué aux vexations, mais j'évite de les provoquer. Tu voulais savoir, maintenant, tu sais. »

Il la regarda longuement, un triste sourire aux lèvres. Pour une fois, sa belle assurance brisée, Clémence baissa les yeux.

« Excuse-moi…

– Tu n'as pas à me présenter d'excuses. J'aurais dû me justifier plus tôt… Je le ferai dorénavant.

– Arrête ! J'ai compris la leçon. S'il te plaît, n'en rajoute pas. »

Alors, il se passa quelque chose de merveilleux ; à son tour, elle approcha sa main de la sienne et la serra très fort. Il se laissa aller à ce contact qui irradia une sensation de félicité et douce comme du miel. Des mots se pressèrent à ses lèvres pour exprimer sa gratitude, des mots qui vinrent naturellement mais qu'il réprima par crainte de briser le rêve. Joie intense, moment exquis... Il ferma les yeux, oublia sa disgrâce, s'imagina doté d'une taille normale, d'un charme viril qui put créer l'émoi mystérieux qui décide et exalte les attirances. Une force irrésistible lui fit appuyer sa tête sur l'épaule à moitié dénudée de Clémence. Celle-ci ne le repoussa pas... Non, il ne rêvait pas, sa joue touchait cette peau d'une blancheur si parfaite, à la saveur de chair fleurie et qu'il eut peur de flétrir. À ce moment, il pensa qu'aucun être n'était plus proche de lui...

« Guillaumin...

– Oui ?

– Je me sens sereine avec toi et je pense sincèrement que tu es quelqu'un de bien. »

Guillaumin redressa la tête de l'appui si doux.

« Merci... merci, je ne croyais jamais entendre un tel compliment. Qu'il était réservé aux autres, pas à moi... Je n'oublierai jamais de toute ma vie ces paroles... Enfermées dans le fond de ma petite cervelle, elles distrairont mes moments de tristesse...

– Je vais te faire un aveu.

– Je t'écoute...

– Quand, l'autre soir, je t'ai trouvé ivre chez mon père, incapable de tenir sur tes jambes, et que nous t'avons porté sur le banc où tu as passé une partie de la nuit...

– Non, n'ajoute rien, supplia Guillaumin, j'ai terriblement honte.

– Il faut que je te dise pourtant. En te voyant si faible et malade du mauvais alcool que tu as dû ingurgiter pour ne pas déplaire à mon père, j'ai éprouvé un immense sentiment de culpabilité. Je n'avais pas le droit de te rejeter ainsi... Je croyais être forte, pourvue d'un caractère qui me rend peu sensible aux malheurs des autres. Là, tu m'as eue ! Tout menu sur ton banc... sans songer à te justifier ni à te rebeller, avec la mine d'un chiot que l'on maltraite sans raison... »

Guillaumin se troubla. Il l'interrompit.

« Ce n'était pas si grave... J'aurais dû refuser l'eau-de-vie, je ne supporte pas l'alcool. »

Il scruta la face volontaire de Clémence, bien qu'adoucie par un demi-sourire au coin des lèvres. Comme cela avait dû lui en coûter de se dévoiler ! De nouveau, elle fit jaillir de sa main des graviers qui se répandirent en une pluie musicale sur l'eau de la crique et dit :

« La mère Ponsol va être folle de rage quand je lui ferai part de ma décision de ne point m'unir à son fils. On va en entendre parler dans les chaumières ! Ah ! la vie n'est pas simple... Rentrons, nous avons assez bavardé ! »

Elle réajusta son vêtement sur l'épaule.

« Au fait, je suis curieuse… Que contenait le fameux paquet destiné à l'ouvrier de ton père ?

– De l'eau bénite !

– De l'eau bénite ! répéta-t-elle en éclatant de rire… Tu es sérieux ?

– L'Émile a une sœur qui habite Lourdes, c'est elle qui la lui a expédiée. Il s'en frictionne les articulations. Il dit que ça lui calme les douleurs… Il s'est confié à ce sujet, l'autre jour, à table…

– C'est trop drôle ! Comment peut-on être aussi ballot ? Peut-être que si j'en faisais boire à la mère Ponsol, elle deviendrait plus conciliante ? C'est vraiment cocasse, cette histoire ! »

Elle partit d'un nouveau rire inextinguible. Ce qui laissa Guillaumin dans une perplexité sans nom et le découragea de reposer sa tête sur l'épaule chérie.

VII

La mine (bis)

« AINSI, TU AS RÉFLÉCHI ?

– Oui, monsieur, je suis prêt à rendre le service que vous m'avez demandé.

– C'est bien. Nous ferons ensemble un bon travail... Pourtant, hier, tu n'étais pas très chaud... Qu'est-ce qui t'a fait changer d'avis ?

– Le fait de pouvoir chaperonner les petiots, je pense... »

Certes, Guillaumin ne mentait pas en exposant cette raison pleine d'humanité, mais ce fut surtout la crainte de décevoir Clémence qui entraîna sa décision. Il savait que tout ne serait pas aussi simple qu'elle s'était complu à lui faire entendre, qu'il lui faudrait assumer les conséquences de ce qui pouvait s'apparenter à une « trahison ».

« Je peux déjà vous informer que mon renvoi, tel que vous l'aviez envisagé, aurait servi de prétexte à un mouvement de revendication, peut-être à une grève... »

M. Berger opina du chef, resta silencieux le temps de se servir un verre de vin qu'il se mit à sucrer abondamment.

« Une grève ? Non, non ! Une grève ne se déclenche pas sur un simple claquement de doigt. La menace d'aller se faire embaucher ailleurs si les gages ne sont pas augmentés m'inquiète beaucoup plus... Essaie de savoir ce que proposent les mines concurrentes, celles de Bretagne surtout.

– Monsieur Berger, je voudrais savoir...

– Quoi donc ?

– Est-il vrai que la fonderie de Pontgibaud est dans une mauvaise passe et qu'elle risque de fermer ? Les filons d'ici sont-ils si pauvres ? »

M. Berger parut embarrassé.

« On dit beaucoup de choses... La mine de la Brousse donne actuellement cinq kilogrammes d'argent par tonne de plomb, ce qui n'est pas si mal...

– Mais ce n'est pas suffisant, n'est-ce pas ?

– Aujourd'hui, en cette fin de siècle, beaucoup de conceptions sont à revoir et les actionnaires sont exigeants... Des fonderies n'hésitent pas à s'approvisionner en minerai espagnol ou sarde plus facile à extraire. Veux-tu trinquer avec moi ? »

D'autorité, il disposa devant lui un verre vide, le bouteillon levé au-dessus, prêt à le remplir.

« Non, je ne bois pas, déclara Guillaumin.

– Un bon point supplémentaire à ton crédit ! Nous allons bien nous entendre ! »

La porte s'ouvrit. Entra un homme jeune, au visage émacié et pâle, plutôt bien fait de sa personne, qui les salua d'un signe de tête. Guillaumin voulut se retirer.

« Restez, je vous en prie, dit l'homme avec un fort accent. Je ne tiens à déranger personne. »

Il accompagna sa déclaration d'un sourire poli.

« C'est donc vous, le sieur Guillaumin, employé chez nous depuis peu ?

– Oui, monsieur…

– Enchanté. Je suis John Richardson, de Manchester, ingénieur minéralogiste et chimiste, chargé de mettre au point les nouveaux fours Zeppenfeld… avec l'aide précieuse de M. Berger.

– Enchanté, monsieur Richardson.

– Des nouveaux fours, reprit l'Anglais, et plus particulièrement de la détermination de la hauteur du “pont de chauffe” ainsi que de la configuration des deux “soles”. Ces fours fonctionneront en continu et auront une capacité de traitement de 7 500 kilogrammes par vingt-quatre heures.

–Ah ?… J'en suis bienheureux pour vous. »

Pour Guillaumin, qu'un ingénieur daigne s'adresser à lui, c'était déjà surprenant, mais qu'il lui donnât ses qualifications et ses fonctions, cela lui parut aberrant… « Pont de chauffe, sole, four Zeppentruc », autant de termes techniques dont il ignorait le sens !

« Monsieur Berger, poursuivit-il, m'a entretenu sur votre bon vouloir à nous fournir quotidiennement votre… sentiment sur les quelques turbulences qui agitent le carreau… Il va de soi que nous saurons vous dédommager de la fiabilité de vos informations. Quel poste occupez-vous ? »

Le contremaître répondit à sa place.

« J'avais l'intention de l'affecter aux tables dormantes avec les petiots.

– Bien, bien… »

Guillaumin se rapprocha de la porte et, comme personne ne le retint, sortit.

Le pacte avec la direction était scellé. Cela s'était déroulé avec une facilité inattendue… Maintenant, il lui faudrait assumer son double jeu… Il n'eut pas le temps de se perdre dans des réflexions où déjà s'immisçaient les préludes d'une grande perplexité : au bas de l'escalier, deux hommes lui barrèrent le passage et ne s'écartèrent qu'après lui avoir soufflé :

« Suis-nous sans histoire ! »

Ils le conduisirent dans le recoin d'un entrepôt accolé aux ateliers de la forge. L'angoisse envahit Guillaumin quand il reconnut l'Allemand, le meneur qui l'avait déjà accosté suite à l'affaire Godillot, et qu'il se retrouva seul face à lui, les deux hommes s'étant déjà éclipsés…

« Alors ? Ils t'ont fichu dehors ? Raconte, bourrique !

– Non…

– Non quoi ?

– Je suis affecté aux tables avec les petiots.

– Tu te fiches de moi ? J'ai vu que l'Angliche vous avait rejoints dans la baraque. Ce n'était pas pour te réciter la messe dans son charabia, ni pour prendre la décision de te mettre aux tables ! »

L'Allemand le prit par le collet, le contraignit à le regarder bien en face et avec une telle force que Guillaumin dut se hausser sur la pointe des pieds pour ne pas finir étranglé !

« Attention ! petit, ne me débite pas de balivernes. Qu'est-ce qui s'est dit dans la cambuse ? Pourquoi ont-ils changé d'avis à ton sujet ?

– Sans doute ont-ils eu pitié de moi, monsieur… Ils me donnent une dernière chance aux tables de triage. Que puis-je dire d'autre ?

– En contrepartie de quoi ? Qu'ont-ils exigé ? Parle, vermine ! Tu me prends pour un âne ? Je connais leurs manières…

– Je ne sais pas ce que vous voulez dire… Qu'auraient-ils pu exiger de moi ? S'il vous plaît, relâchez-moi… »

Guillaumin se débattit sans baisser le regard. Le meneur le libéra.

« C'est bon… Rejoins les autres ! Un dernier conseil : tiens-toi peinard ! J'espère que tu comprends ce que "peinard" veut dire. On t'aura à l'œil ! Petite précision : aux pilons, il y a déjà eu des mains malencontreusement écrasées… Et je peux t'assurer que c'est pas beau à voir, des doigts en bouillie. »

Guillaumin réalisa toute la gravité de la menace.

« Je comprends… » concéda-t-il avant de s'enfuir au crible.

En suivant l'avis de Clémence, il s'était mis dans un sacré pétrin ! Ceux qu'elle traitait si complaisamment de va-nu-pieds étaient loin d'être des tendres… Et l'Allemand n'était pas le dernier ! L'avait-elle fourvoyé volontairement dans ce guêpier pour se réjouir de ses déboires ? Il eut honte que cette pensée intolérable chasse toutes les autres… Clémence, bien que fantasque et pourvue d'un rare aplomb, était-elle capable d'une telle vilenie ?… Non, non ! Ne pas laisser prendre forme à une pareille chausse-trappe ! Efforts vains ; voilà que reflua le souvenir de la baignade avec la venue des trois garçons et de l'embarras qui s'ensuivit. Malaise qui suscita immédiatement la même interrogation ; n'y avait-il pas eu connivence de leur part pour donner à l'escapade un piment dont il devait faire les frais ? Non, non ! Il devait se ressaisir, c'était stupide de s'enferrer dans d'obscures suppositions.

Aidé par l'accueil reçu au crible, le trouble de Guillaumin se dissipa un peu… La petite Sophie ne cacha pas sa joie en apprenant la nouvelle affectation de celui qui, quelques jours plus tôt, avait pris sa défense. Sans une parole, les autres petiots le regardèrent avec de grands yeux étonnés. Enfin, le plus jeune se détacha du groupe, s'approcha en lui tendant la main.

« C'est toi notre chef maintenant ? demanda-t-il. Avec toi, on fera du bon travail. Tu verras, il y a un coup à prendre pour trier le schlamm. »

Il fut immédiatement rabroué par Sophie :

« Fous le camp, p'tit merdeux ! Ici, c'est moi qui me charge de son apprentissage ! »

Un apprentissage, aux dires de celle-ci, qui demandait patience et précision. Sur les tables inclinées, il fallait verser un peu moins de trente kilogrammes de schlamm, ces sables fins, résidus des lavages précédents, et qui s'étalaient sous l'effet d'un courant d'eau. Avec une sorte de balai, promené constamment sur la table, on séparait le minerai des déchets. Quand la matière avait acquis la richesse convenable, on stoppait l'eau en bas de table, augmentait son arrivée vers le haut. Le schlich, nom du minerai prêt à fondre, se dégageait brutalement dans la case prévue à cet effet...

« Schlamm, schlich ! » Tout ce jargon ennuya fort Guillaumin.

« Et tu fais ce même travail depuis le premier jour d'embauche ?

– Je ne sais rien faire d'autre !... Au début, les soirs, il m'arrivait de pleurer tellement j'avais mal aux bras. Maintenant, ça va... En fait, le plus pénible, c'est l'hiver avec le froid et le vent qui glacent les os. Avec le nouvel ingénieur, M. Richardson, on a eu droit à un brasero, mais qui ne fait que chauffer le cul ! L'hiver, la barre du rouable se colle à la peau, fait des craquelures qui s'infectent... C'est très dur pour les plus jeunes. »

Sophie lui présenta ses mains à la callosité prononcée. En même temps, dans son regard, il y avait une fierté qui voulait dire : « Ne me plains pas, je n'ai que douze ans, bientôt treize, mais je travaille comme une grande ! » Plus tard, Godillot vint inspecter le tas de minerai tamisé. Il ne fit aucune remarque sur la présence de Guillaumin, il n'eut à son adresse qu'un sourire imperceptible et ses seules paroles furent :

« Les mioches ! Que le schlich soit transporté à la fonderie avant la pause ! »

Puis il s'éloigna.

Cet enlèvement s'effectua dans un manège de brouettes poussées par les plus âgés. Manœuvre rendue fastidieuse à cause des ornières que des planches branlantes enjambaient par endroits. Aux dernières pelletées, les plus lourdes à soulever, retentit le sifflet salvateur des contremaîtres. Midi ! Trois quarts d'heure de pause qui permirent à chacun de trouver un coin d'ombre pour souffler et se restaurer... Guillaumin délaissa sa musette, il n'avait pas faim.

« Tu as tort, fit remarquer Sophie, il faut prendre des forces, sinon gare au coup de pompe de 5 heures... Tu veux boire ?

– Volontiers... »

Il accepta la bouteille d'eau que lui tendit la gamine, avala deux gorgées d'eau tiède, et la regarda dévorer sa tranche de pain noir accompagnée du sempiternel morceau de saucisse. Épuisé, Guillaumin aurait voulu s'allonger, fermer les yeux, dormir, oublier... tout oublier. Sophie le secoua.

« Dormir, ça coupe les jambes. Accompagne-moi au four du grillage, je veux te présenter quelqu'un.

– Plus tard, Sophie, plus tard...

– Non, maintenant ! Viens, on a un petit moment devant nous... »

Guillaumin céda. Le four en question ressemblait à l'enfer, irradiant une chaleur à couper le souffle, dégageant par son gueulard des vapeurs de soufre... Trois hommes, le torse nu, s'activaient, enfournaient des pelletées de charbons dans la bouche géante de ce monstre... L'un reposa sa pelle pour les accueillir.

« Mais c'est la petite Sophie avec... avec... »

Il hésita, tout en se tamponnant le visage qui dégoulinait de sueur.

« Avec un copain, finit-il par dire en lorgnant Guillaumin. Qu'est-ce qui vous amène, les p'tits gars ?

– Je suis chargé de former ce “commençant” dit Sophie (qui souffla à Guillaumin : C'est comme ça qu'on appelle les nouveaux.)... Alors, je voudrais que tu lui expliques à quoi sert ton fourneau. »

L'homme s'esclaffa :

« C'est que c'est pas une petite affaire ! Je vais quand même essayer... Disons pour simplifier qu'avec le minerai je confectionne un gâteau qui passera ensuite dans un autre four pour la réduction...

– Un gâteau ? s'étonna Guillaumin, déçu d'être pris pour un benêt.

– Ne te méprends, jeune homme ! Le gâteau est le terme pour désigner le minerai devenu pâteux. Pour parler comme les métallurgistes, pendant le grillage du minerai s'opère une oxydation qui élimine le soufre de la galène…

– Je vois, dit Guillaumin qui ne comprit rien à l'explication. Au-dessus de la fonderie s'élèvent trois cheminées. Il y a donc trois fours ?

– Tout juste, p'tit gars ! Trois fours de type différent, un pour le grillage, un pour la réduction, un pour la coupellation. Trois fours… pour trois cheminées qui bientôt ne fumeront plus ! Car pour les rentabiliser, il faut importer le minerai d'ailleurs et ce n'est pas un bon signe…

– Je n'ai pas bien compris à quoi servent les deux autres fours…

– Plus le temps de t'expliquer ! Un autre jour… Le gâteau est cuit ! Au boulot, compagnons ! »

Les fondeurs les firent reculer avant d'ouvrir une porte du four. Ils prirent chacun un râble et se mirent à touiller puis à extraire la masse noirâtre informe et fumante qui s'y trouvait. Sophie tira Guillaumin par la manche.

« Je suis sûr que tu es comme moi, incapable de savoir ce qui se passe réellement dans ces fours du diable ! Il faut avoir fait des études pour comprendre la métallurgie ! Je sais simplement qu'à la sortie toute cette caillasse donne du plomb et de l'argent et qu'avec cet argent on fait de belles pièces de monnaie ou des bijoux et que tout ça enrichit les Anglais, pas les péquenots que nous sommes !

– Plus pour longtemps puisque les mines vont fermer… »

VIII

Le retour du Piarre

DEPUIS LEUR ENTREVUE à l'ancien barrage, dix longs jours s'étaient écoulés...

Chaque soir, au sortir de la mine, Guillaumin reprenait espoir, s'attardait en guettant sa venue. Point de Clémence. Pourquoi une aussi longue absence ? Elle lui avait pourtant promis, sans préciser le jour, de venir le retrouver là, sous le porche de la fonderie...

Chaque nuit, dans son lit, avant de s'endormir, il repassait en imagination les phases du merveilleux moment où, silencieux l'un et l'autre, leurs doigts s'étaient croisés. Avait-il fait preuve d'une naïveté singulière en ayant cru que ce simple contact charnel pouvait sceller une amitié à jamais acquise ? Trop de questions, trop de pleurs... Et puis, il y avait le retour du Piarre ! Ce Piarre mutilé qui saurait peut-être la convaincre de renoncer à la rupture. Avait-elle employé le mot « rupture » ? Non, elle avait dit qu'elle n'envisageait plus cette union... N'avait-elle pas ajouté, quand il lui eut demandé si cette décision était définitive : « Oui… enfin, je crois… » Quand on croit en Dieu, on est sûr de son existence, quand on croit qu'il va pleuvoir, on est déjà moins sûr ! Alors croire que l'on va rompre, ça veut dire quoi ?

« Alors, tu viens ? Tous les soirs, c'est la même chose ! Elle n'est pas là et elle ne viendra plus ! »

Habitant non loin de Peschadoires, Sophie avait pris l'habitude de faire un bout de chemin en sa compagnie. Jamais Guillaumin ne lui avait parlé de Clémence, était-ce à elle qu'elle faisait allusion ?

« Pourquoi dis-tu ça ?

– Parce que je pense que tu es amoureux ! »

Sophie le regarda en éclatant de rire. Ce rire perturba Guillaumin qui ne sut comment se comporter face à cette déclaration, hésitation de quelques secondes qui permit à l'autre de rajouter :

« Ta belle te fait faux bond et toi tu es malheureux. Avec les filles, il y a toujours des problèmes ! Je la connais ?

– Non !

– Si, si, je la connais ! C'est la fille du forestier. »

Et elle se mit à chantonner :

« C'est la fille du forestier… C'est la fille du forestier… »

Guillaumin sursauta. Comment pouvait-elle savoir ? Sommée de s'expliquer, Sophie lui déclara qu'il lui arrivait de pêcher vers l'ancien barrage et qu'elle les avait aperçus, lui et Clémence, assis côte à côte « comme des amoureux ».

« Ne te méprends pas, entre elle et moi n'existe qu'une grande amitié...

– Une grande amitié ? Pas plus ? Vraiment ?

– Vraiment !

– Je te crois. C'est bon, n'en parlons plus... »

Sophie lui jeta une œillade accompagnée d'un sourire narquois qui signifia qu'elle n'était pas dupe, puis elle s'écarta pour, de son bâton, faucher lestement un bouquet de chardons. « Amoureux ! » Ce mot tout simple, jeté comme un irrévocable qualificatif, agita chez Guillaumin des sentiments complexes et contradictoires, la gêne qu'une gamine de douze ans ait pu si aisément le mettre à nu – au point de le faire rougir – mêlé au trouble indéfinissable d'un orgueil qui se rebelle avant de se soumettre avec complaisance...

« Amoureux ! » Bien sûr, qu'il l'était. Amoureux fou, amoureux grotesque, amoureux caricatural, amoureux pitoyable ! Il ferma les yeux dans un sursaut, serra les poings...

« Moi aussi, dit Sophie, j'ai un “bon ami”. C'est mon cousin Noël de Fougères. Chaque fois que je l'embrasse, il me dit que ce n'est pas bien, que c'est un péché. C'est sûrement le curé qui lui a mis cette idée dans la tête...

– C'est toi qui prends la décision de l'embrasser ? Pas ton cousin ?

– Ce qu'il aime, c'est regarder sous ma jupe. Mais avant, il faut qu'il me montre son oiseau ! »

Immédiatement, Guillaumin la détesta, eut envie de l'envoyer au diable. Qu'avait-il besoin d'écouter les confidences d'une mioche qui persistait à le harceler comme s'il avait été son copain de jeu ! « Elle embrasse son cousin Noël, la belle affaire... Non, décidément, pensa Guillaumin, je ne suis pas fait pour cette complicité. » D'une voix dure, il lui fit savoir :

« Je me fous de tes histoires, p'tit merdeuse ! Marche devant et oublie-moi !

– Pourquoi ? Qu'ai-je fait ? »

Pas de réponse. Sophie le regarda avec des yeux de chien battu, puis accéléra la marche pour le devancer. Plusieurs fois, elle se retourna, quêta une explication qui ne vint pas.

Quand, à Peschadoires, leurs chemins se séparèrent, Guillaumin retrouva un peu de sérénité, put analyser les raisons de sa haine soudaine et qui maintenant s'étiolait. Puisqu'il vivait dans le monde hors norme des exclus, les lois obscures qui décident des sympathies ou des aversions ne le concernaient pas et cela avait été une erreur immense d'avoir accepté de se laisser guider par elles. La grande loterie de la vie, qui depuis toujours lui avait présenté des dés pipés, avait dû se dérégler, favorisant sa rencontre avec Clémence. L'aveu de Sophie, par sa spontanéité, avait agi sur lui comme le révélateur de son imposture, celle de cette balbutiante liaison – et combien incongrue – qui n'aurait jamais dû se produire. L'ineptie de ses tortueux raisonnements lui apparut soudainement avec une telle acuité qu'il ne put retenir un cri de désespoir. Accablé, il s'effondra sur le bas-côté, pleura de rage.

« Guillaumin ! Oh ! Guillaumin, que t'arrive-t-il ? »

La voix de Sophie ! La gamine était là, encore là, immobile, à deux pas de lui, et le regardait avec des yeux tout ronds… Guillaumin se releva aussitôt en refusant la main tendue.

« Pourquoi es-tu venu me rejoindre ? demanda-t-il d'une voix mauvaise.

– Parce que… parce que j'ai cru comprendre que tu n'allais pas bien. Je n'aime pas te voir comme ça ! Parle, dis-moi ce qui se passe.

– À quoi bon ? Tu ne peux rien pour moi…

– Mais si, je peux ! Je suis ton amie.

– Je n'ai pas d'ami… Personne ! Fais demi-tour, retourne chez toi… Je vais mieux…

– Tu es malheureux à cause de la fille du forestier, je le sais… C'est ça, n'est-ce pas ? »

Que pouvait-elle savoir, la petite enquiquineuse ? Il fut sur le point de la rabrouer avec pertes et fracas mais, à voir sa tristesse qui était sincère, sa hargne s'émoussa.

« Je sais que tu es une amie… Tu as raison, je suis malheureux…

– À cause de la fille ?

– Oui… Elle se nomme Clémence.

– Tu l'aimes ?

– Je ne sais pas…

– Bien sûr que tu l'aimes ! Et elle le sait ?

– Je ne pense pas…

– Tu ne lui as jamais dit que tu l'aimais ?

– Non… Jamais.

– Je comprends… fit Sophie pensive, mais je suis certaine qu'elle s'est rendu compte que tu l'aimais. Les filles ont le nez pour ça. Les filles… les filles, elles sont finaudes !… Eh ben ! mon pauvre Guillaumin, il faut que tu fasses le premier pas, lui dire carrément que tu l'aimes. Je vais t'apprendre comment faire ! »

Cette assurance fit sourire Guillaumin car son expérience devait être aussi pauvre que la sienne. Il valait mieux en rester là, ne pas ajouter le ridicule au pitoyable.

« Tu es une bonne fille, Sophie. Ne t'inquiète plus pour moi, je saurai me débrouiller… Reste discrète sur tout cela.

– Il faut lui dire que tu l'aimes ! Et vite ! Le plus tôt sera le mieux… Pourquoi pas maintenant ?

– Maintenant ? Tu déraisonnes ! Elle m'enverrait paître !

– Qu'en sais-tu ? Il faut tenter le coup. Si elle t'envoie paître, tu seras fixé, tu devras alors te dire que tu t'es trompé et aller roucouler ailleurs… Deuxièmement…

– Arrête avec tes conseils ! Qu'est-ce que tu peux comprendre à ce que je ressens ?

– Bon, bon… je ne dis plus rien…

– Pour savoir, ce deuxièmement, c'était quoi ?

– Je ne dis plus rien !… Plus rien, plus rien !

– Je t'écoute, tête de mule ! Alors, ce deuxièmement ?

– T'es toujours en train de te plaindre... C'est le meilleur moyen de recevoir des coups de pied au cul !

– Ça suffit, morveuse ! Je n'ai que faire de tes leçons. Un autre t'aurait déjà mis une volée.

– Oui, mais toi, avec tes petites jambes, il faudrait d'abord que tu me rattrapes ! »

Elle fit un écart, prête à s'échapper, puis se rapprocha à nouveau avec un grand sourire, une bonhomie qui désarma Guillaumin.

« Je sais que tu as raison... que tes conseils sont avisés... Les mettre en application, c'est une autre histoire. Je n'ai pas une morphologie à faire pâmer les donzelles... T'as dû le remarquer...

– On y va ? Je voudrais bien la connaître.

– Connaître qui ?

– Ta belle ! Tu verras, tout se passera bien.

– Pas question !... Tu me demandes l'impossible. Demain...

– Ou après-demain... Guillaumin, fais-moi confiance, je sais arranger les choses.

– Tu ne sais rien, petite vipère. Inutile d'insister.

– Allez ! Décide-toi, c'est trop bête d'être comme tu es. Allez, Guillaumin, on y va ! »

Le ton convaincant de Sophie jeta le trouble dans l'esprit de Guillaumin. La nuit ne tomberait pas avant une heure. En marchant vite, ils pouvaient être à Pontgibaud en quinze minutes... Comme il faisait doux, Clémence serait peut-être dans le jardinet.

– On y va ! dit-il du ton de celui qui se jette à l'eau. Je veux savoir pourquoi elle se plaît à me délaisser. Mais ce serait mieux que je trouve un argument pour justifier ma venue…

– Un argument, c'est quoi ?

– Un motif, une raison…

– Viens, on les trouvera en chemin… »

Sans doute par crainte d'un revirement, Sophie partit devant. Après une ultime hésitation, Guillaumin lui emboîta le pas… Jusqu'aux portes de la fonderie, ils marchèrent sans échanger une parole, ne ralentissant l'allure qu'aux premières maisons du bourg. Ils évitèrent les rues passantes, ne furent l'objet d'attention que de quelques commères au regard inquisiteur croisées près du lavoir, et de trois vieux assis sur un banc et dont l'un leva sa canne en guise de salut… 9 heures sonnèrent au clocher de l'église. À cent mètres de la maison du forestier dont les persiennes étaient déjà closes, ils s'arrêtèrent. L'angoisse de Guillaumin était à son comble.

« Alors, que vais-je lui dire ? Que nous passions par hasard devant chez elle ? Faisons demi-tour.

– Ah non ! ce n'est plus le moment ! » s'insurgea Sophie.

Il se rapprochèrent en longeant la voie du chemin de fer. Personne dans le jardinet. La porte d'entrée était ouverte. En tendant l'oreille, ils purent discerner des voix émanant de l'intérieur, deux voix d'homme, fortes par moments, comme celles d'une discussion animée. Ils étaient encore trop éloignés pour percevoir des paroles intelligibles. Sans se concerter, pas après pas, dissimulés par des bosquets taillés en haies, ils se rapprochèrent un peu plus. Guillaumin tressaillit quand il vit le père de Clémence sortir sur le seuil pour donner un grand coup de pied dans le seau devant lui, puis se retourner pour jeter à l'adresse de celui qui restait invisible :

« Ma fille fait ce qu'elle veut ! Je te le répète : je n'ai pas à intervenir dans sa décision !

– Bon Dieu ! mais tu es son père ! cria quelqu'un de l'intérieur, c'est toi qui dois la ramener à la raison… Tu n'as donc aucune autorité sur elle ?

– Ma fille est majeure. Oui, majeure ! Tu sais ce que ça veut dire ?

– Majeure ! Le beau prétexte ! Nous nous étions pourtant mis d'accord. »

Guillaumin se mit à trembler comme une feuille et n'en crut pas ses yeux quand enfin le deuxième personnage vint rejoindre sur le pas de la porte le père de Clémence. Il avait le bras droit emmailloté, soutenu à l'épaule par une grande bande blanche. Le Piarre !

Nom de Dieu ! le Piarre !

Le Piarre ici ?

Il avait donc été réformé et renvoyé dans ses foyers ! Guillaumin saisit la main de Sophie, la serra avec force et murmura :

« Le Piarre, il est revenu !

– Qui ça ? demanda la gamine dans un souffle.

– Le Piarre, le fils des Ponsol, le fiancé de Clémence…

– Clémence a un promis ? Alors là, mon petit vieux, c'est plus pareil ! Ça se complique pour toi !

– Chut ! tais-toi. Je pense connaître le sujet de leur désaccord. »

Hélas ! les deux hommes réintégrèrent la pièce commune en tirant la porte sur eux et plus rien ne transperça.

« Qu'est-ce qu'on fait ? questionna Sophie.

– On s'en va. Le moment est mal choisi et visiblement Clémence est absente. »

Toujours avec la même discrétion, courbés derrière la haie, ils quittèrent le lieu. Une dernière fois, Guillaumin se retourna, la maison du forestier était cachée par d'autres. Alors, ils reprirent leur marche côte à côte.

« J'aimerais que tu m'expliques, dit Sophie légèrement furieuse, tu fréquentes donc une fille qui va se marier. Et tu le connais, ce Piarre ? Pourquoi ne m'as-tu rien dit ?

– Clémence ne veut plus épouser le Piarre.

– Allons bon, v'là autre chose ! Et pourquoi ?

– À cause… »

Guillaumin hésita à lui en donner la raison. Mais la connaissait-il lui-même ? Il n'était pas sûr que la récente mutilation du Piarre fût le seul motif de sa désunion avec Clémence. Avant d'apprendre l'accident du garçon, n'avait-elle pas exprimé ses doutes sur le projet de ce mariage ?

« Pourquoi ? insista Sophie.

– Pourquoi ! Pourquoi ! Les filles, c'est compliqué. C'est toi-même qui me l'as dit… Elle ne veut plus de ces épousailles, c'est tout ! »

Sophie grimaça, affecta une moue d'enfant grondé, montrant que la réponse ne la satisfaisait pas, mais sut qu'elle n'obtiendrait pas d'autres explications. Alors, comme si l'affaire ne la concernait plus, elle se mit à siffloter et joua à pousser les pierres du chemin du bout de sa chaussure… Avec la nuit qui avait envahi les rues, tous volets tirés, Pontgibaud était désert. Inutile de faire un détour, ils coupèrent par la place de la Poste chichement éclairée par son unique réverbère. Et sous ce réverbère se tenait quelqu'un d'absolument immobile ! À leur approche, cette ombre bougea enfin et se dirigea vers eux, d'abord lentement, puis au pas de course avec ce cri : « Guillaumin ! » Clémence ! Il s'agissait bien d'elle ! Son expression avait quelque chose de pathétique.

« Que fais-tu là toute seule dans le noir ? » demanda Guillaumin.

Elle répondit par un seul mot lâché telle une malédiction.

« Le Piarre ! »

Relevant enfin le visage, son regard allant de Guillaumin à Sophie, elle ajouta :

« Le Piarre est revenu… Il a très mal pris mon désir de ne plus me marier. Il est devenu fou !

– Nous savons… Nous revenons de chez toi.

– De chez moi ? Pourquoi ? dit-elle affolée.

– Cela fait plus d'une semaine que tous les soirs je t'attends sous le porche de la fonderie. Je m'inquiétais… C'est Sophie qui m'a conseillé de…

– Sophie, c'est moi, dit la gamine. La plus grande amie de Guillaumin ! Si tu avais vu comme il était malheureux ! Et moi je…

– Laisse-nous, l'interrompit promptement Guillaumin, va m'attendre plus loin. »

Sophie s'éloigna et, sans les quitter des yeux, alla s'asseoir sur une borne. Tout près, une porte cochère s'ouvrit, la silhouette d'un homme portant une lanterne se dessina dans l'encadrement. Il siffla deux fois. Un chien accourut à ses pieds, la porte se referma.

« Raconte-moi, dit Guillaumin.

– Un soir, il y a deux jours, sans prévenir, le Piarre a débarqué par la diligence de Clermont. Avec le père on l'a fait souper. Il a fallu lui couper sa viande. C'était une pitié que le voir manger avec maladresse… Il nous a raconté comment est survenu l'accident, son amputation à l'hôpital militaire… Puis il a tenu à me voir seule. Nous sommes allés faire quelques pas sur la route de Bannières. Tout de suite, il a évoqué la date de notre mariage, la liste des invités, la manière dont nous allions organiser notre cohabitation avec ses parents, tout quoi ! Pour lui, c'était chose faite et pas une fois il n'a sollicité mon avis. Ensuite, il a voulu m'étreindre, me serrer contre lui pour m'embrasser. J'ai senti son moignon contre ma poitrine… Cela m'a fait un drôle d'effet. Il aurait été malhonnête de ne pas lui avouer que je ne l'aimais plus, de remettre ça à plus tard... Je l'ai donc repoussé en lui en expliquant le motif.

– Le motif ? Tu lui as vraiment dis que tu ne l'aimais plus ?

– Le crois-tu ? Eh ben oui ! Je lui ai dis d'un coup que je n'étais plus sûre de mes sentiments.

– Et alors ?

– Et alors, mon pauvre Guillaumin, il aurait reçu un coup de marteau sur la tête qu'il n'aurait pas réagi autrement ! Totalement hagard comme si je lui avais parlé dans une langue inconnue. Puis il s'est mis à rire longtemps, longtemps... d'un rire que je ne lui connaissais pas. Il n'était plus lui-même. Soudain, il a arraché la bande retenant son bras, a levé son moignon tel un trophée et a crié : “C'est au service de la France que je fus blessé et toi, tu me méprises, toi une fille de rien !” J'ai essayé de le calmer, lui expliquant que sa mutilation n'avait rien à voir avec ma décision, lui répétant que mes sentiments n'étaient pas assez forts, bref qu'un mariage serait une erreur, que lui et moi serions amenés à regretter. Rien n'y fit. Il a saisi un gros bâton, m'a menacée et a juré de me tuer si je ne changeais pas d'avis. Puis il a dit qu'il allait arranger l'affaire avec mon père et que, d'une manière ou d'une autre, je deviendrais sa femme ! Je me suis enfuie... Tu te rends compte, il a envisagé de me tuer ! Il le fera, c'est quelqu'un de haineux...

– Garde ton calme... Entre la menace lancée dans un moment de colère et l'acte, il y a une marge ! Tu as plus à craindre de la mère Ponsol. C'est une garce. Quant au père, il ne vaut pas mieux et lui, il a réellement estourbi un homme. Tu dois peut-être composer…

– Composer ! Composer ? Que veux-tu dire ? s'exclama-t-elle en reculant.

– Ce que je veux dire, c'est que ces gens-là, il ne faut pas les heurter de front. »

Guillaumin se rendit compte immédiatement de la stupidité de ses paroles. Il se mordit les lèvres.

« Et leur diffuser à petites doses mon refus d'épouser leur fils ! se révolta Clémence. Ce sont des gens frustes, ça ne changera rien… Mon pauvre Guillaumin, toi tu as passé ta vie à transiger, à capituler… Tu as vu où cela t'a mené ? À ce qu'on te recrute pour faire le délateur !

– Bien, dit Guillaumin qui ne releva pas la pique, donc il y a deux jours, il a menacé de te tuer, et ensuite ?

– Hier, il est revenu, a tourné autour de la maison. Mon père n'était pas là. J'avais tiré le verrou et je suis restée la journée entière à l'observer derrière le rideau. Il n'est reparti que le soir.

– Et aujourd'hui ?

– Nous étions en train de souper quand il est apparu et a toqué à la porte. Il était posé, souriant, avait apporté un canard plumé et des fleurs. Malgré mes suppliques, mon père lui a ouvert. Il m'a totalement ignorée, puis a déclaré vouloir s'entretenir seul à seul avec lui. Mon père m'a fait signe de m'éloigner.

Ce que j'ai fait. Mais au moment de franchir la porte, il m'a retenue par la manche et m'a soufflé dans le creux de l'oreille, pas assez fort pour être entendu de mon père : "Tu deviendras ma femme ou..." Puis il s'est mis le doigt sur le cou. Tu sais, j'ai vu son regard ! J'en tremble encore...

– On ne tue pas les gens comme ça...

– Lui, si ! Tu dois m'aider ! »

Guillaumin sursauta.

« T'aider ? Je ne vois pas quelle aide je puis t'apporter... D'une seule gifle, le Piarre peut me démolir.

– J'ai peut-être une idée... Nous en reparlerons.

– Non, non, de quelle idée s'agit-il ?

– Laisse-moi le temps d'y réfléchir... Tu sais, Guillaumin, je n'ai que toi pour ami. Tu es le seul qui puisse me comprendre. »

Dans d'autres circonstances, cette déclaration l'aurait comblé de bonheur. Curieusement, à cet instant, l'aveu de Clémence ne le toucha pas, il subodora qu'il était lié à son appel à l'aide. À quoi envisageait-elle de le mêler ? Il aurait bien aimé en savoir un peu plus sur cette idée à laquelle elle se devait de réfléchir...

« Je peux compter sur toi ? dit-elle en rapprochant son visage du sien et en le regardant droit dans les yeux.

– Bien sûr, répondit Guillaumin distraitement, bien sûr...

– Le Piarre n'a pas dû s'éterniser chez mon père. Je vais rentrer. Je m'arrangerai pour te revoir...

– Où ? quand ?

– Je m'arrangerai ! Ça doit te suffire. »

Guillaumin la vit disparaître, absorbée par la première ruelle qui s'ouvrait sur la place avec la noirceur d'un four. Sophie sauta de sa borne, se hâta de le rejoindre.

« Raconte ! J'ai l'impression qu'elle s'est fichue dans de sacrés ennuis, ta Clémence.

– Oui, et l'affaire risque de mal tourner…

– Qu'est-ce que tu comptes faire ?

– Je ne sais vraiment pas… Rentrons, tes parents doivent s'inquiéter. »

Sophie haussa les épaules, eut un geste signifiant que cette question était sans importance.

« Ils s'inquiéteront le jour où je n'amènerai plus la quinzaine ! »

Comme nul commentaire ne vint, elle ajouta, l'œil braqué sur le quartier de lune qui venait d'apparaître :

« Même si je ne rentrais pas de la nuit, ce ne serait pas un drame. À cette heure, mon père doit cuver son vin, quant à ma mère, elle… »

Sophie s'interrompit, Guillaumin s'était écarté de quelques pas et suivait d'un regard vide, l'air totalement absent, le vol d'un papillon de nuit qui s'obstinait à heurter le verre brûlant du réverbère.

« Tu te fiches de ce que je te dis !

– Non, non… Allez, on rentre ! »

En silence, ils se mirent en marche.

Incapable d'une pensée organisée, Guillaumin ne put que ressasser les paroles de Clémence assorties d'un ton tantôt virulent, tantôt anxieux. Aucune réflexion ne vint qui aurait pu lui faire entrevoir le moyen de contrarier la menace du Piarre. Pourtant, il s'était engagé – bien mollement – à lui apporter son aide... Une fois encore, ce fut Sophie qui lui proposa un début de solution.

« Ce Piarre, tu le connais ?

– Oui, enfin pas plus que ça... C'est quelqu'un qui, lorsque j'étais plus jeune, s'amusait à me chercher noise à tout propos. J'étais terrifié à l'idée de le croiser sur mon chemin. Aujourd'hui, à l'occasion d'une rencontre chez ses parents – je vais parfois y chercher le lait –, il m'ignore ou se met à rire bêtement en me fixant comme une bête curieuse.

– Essaye de te rabibocher avec lui pour connaître ses intentions.

– Impossible, totalement impossible ! Et je ne saurais pas comment m'y prendre. C'est comme si tu me demandais d'aller recueillir les confidences d'une mule. Idée à rejeter !

– Dans ce cas, sous le prétexte d'acheter du lait, tu te rends chez ses parents et tu tâtes l'atmosphère... Demain, c'est dimanche, je peux même t'accompagner.

– Quand je vais chez les Ponsol, je ne m'attarde pas.

– Alors je ne vois pas ce que tu peux faire... »

Mais la suggestion de Sophie n'était pas si sotte, elle trotta dans l'esprit de Guillaumin. Après tout, que risquait-il à tenter l'affaire ?

À deux cents mètres de Peschadoires, ils se séparèrent sur une rapide poignée de main. Mais Guillaumin la rappela.

« J'ai oublié de te remercier.

– Me remercier de quoi ?

– Pour tes conseils, pour l'intérêt que tu me portes, pour tout... T'es une brave petite. Pourquoi t'accroches-tu à moi ?

– C'est un reproche ? Je suis gênante ?

– Non, non ! Mais tu dois bien avoir d'autres copains ou copines de ton âge ?

– Pas beaucoup...

– Et avec tes parents, ça se passe comment ?

– Je te l'ai déjà dit mais tu ne m'écoutes pas : mon père boit, je trinque !

– Il te bat ?

– Parfois, il essaye... mais pour me coincer il a fort à faire ! Alors, je me venge, je lui cache sa bibine, mets des saloperies dans sa blague à tabac... Que veux-tu, c'est la vie ! Enfin ma vie... Au revoir, Guillaumin.

– Au revoir, petite. »

IX

Un dimanche peu glorieux

UN SOLEIL GÉNÉREUX et chaud inondait toute la soupente quand les gémissements insistants de Trompette réveillèrent Guillaumin.

Même les jours de congé, ce n'était pas dans ses habitudes de rester au lit si tard. Il repoussa son drap, s'étira, décida de s'accorder encore quelques minutes de repos. L'Émile et le père devaient déjà s'activer à en juger par le « tac-tac » de la scie battante qui mordait le bois en crissant sur les nœuds. Trompette grimpa sur le lit, vint haleter à ses côtés.

Guillaumin ferma les yeux pour mieux revivre les événements de la veille dont le plus important était le retour du Piarre. Non ! Il ne devait pas se voiler la face ; la réapparition inopinée du fils Ponsol n'était pas le fait essentiel, il serait bien revenu un jour ou l'autre... Un seul événement comptait, un seul s'imposait dans le flot d'images qui le submergeait dans un beau désordre : Clémence avait renié le

Piarre et lui avait fait savoir ! Clémence n'épouserait pas le Piarre ! Jamais ! Clémence était donc libre… Libre pour qui ? Les doigts serrés sur l'oreiller, Guillaumin chassa cette question pernicieuse.

Une voix venant de la cour :

« Guitou ! Dépêche-toi de descendre avant que j'aille te chercher ! Tu m'entends, sacré feignant de bon à rien ? Il y a quelqu'un qui te demande. »

En maugréant, il chassa Trompette hors du lit, alla jusqu'à la fenêtre, aperçut sa mère qui jetait du grain aux poules, il vit aussi l'Émile occupé devant l'écurie à atteler la jument. Personne d'autre, qui pouvait le demander ? Il dévala quatre à quatre l'escalier, sortit de la remise pour se casser le nez sur Sophie qui s'était réfugiée dans l'ombre de l'auvent.

« Qu'est-ce que tu fais là ?

– Je t'attends, pardi ! Ta mère a raison, t'es un sacré feignant ! Allez, on monte chez les Ponsol.

– Pas si vite, morveuse ! Il faut que j'y réfléchisse… Et c'est à moi de décider.

– Alors, tu as déjà changé d'avis ? Et moi qui suis venue le plus rapidement possible sans rien avaler.

– Suis-moi, je te paye un bol de café. On va prendre un peu de temps pour en discuter.

– D'accord ! »

Du coin de l'œil, Guillaumin observa sa mère qui, de loin, sans cesser de nourrir la volaille, ne perdait pas une miette de leur échange. Bizarre qu'elle n'ait pas mis Sophie dehors, habituellement, les inconnus qui se présentaient à la scierie se voyaient rabrouer avec, s'ils n'obtempéraient pas dans la seconde, la menace d'un lâcher de chiens...

« Je vais lui expliquer que tu travailles avec moi à la fonderie... Elle doit se poser des tas de questions.

– Inutile. Je me suis déjà présentée. Tout va bien. Ta mère n'est pas aussi revêche que tu me l'as décrite. Elle a même rigolé quand je lui ai dit que tu étais amoureux !

– Que tu lui as dit quoi ? s'exclama Guillaumin prêt à lui sauter dans les plumes.

– Rien ! Je ne lui ai rien dit, bougre d'âne ! Je sais tenir ma langue. »

Elle se mit à rire comme d'un bon tour joué.

La cafetière bouillait sur le poêle. Guillaumin en remplit deux bols, y trempa du pain noir. Ils allèrent s'asseoir sur la marche du pas de la porte, dégustèrent en silence le café brûlant...

« Je voudrais te demander, dit Sophie en reposant son bol vide, toi et Clémence... »

Elle laissa sa phrase en suspens, fronça les sourcils, comme gênée par sa question.

« Je t'écoute.

– Toi et Clémence, reprit-elle, c'est sérieux ?... Je veux dire : vraiment sérieux ? Tu veux remplacer le Piarre ?

– Bien sûr que non ! Aucune fille ne pourrait accepter que je devienne son “bon ami”. Elle aurait trop honte. »

Il fut étonné et en même temps soulagé d'avoir pu spontanément apporter une réponse prête depuis longtemps.

« Mais alors... fit remarquer Sophie dont l'expression trahit une confusion, mais alors... pourquoi te donner tout ce tracas ? Laisse-la se débrouiller... Les histoires de cœur des filles, c'est trop compliqué !

– Quand on n'a rien et aucun espoir de posséder quelque chose un jour, il ne reste que le rêve... Le rêve que le mur infranchissable que l'on a dressé devant soi se désagrège, qu'un de ses pans s'écroule... On sait bien que c'est impossible mais le rêve c'est ça, c'est de faire comme si... Ne supprime pas mon rêve, Sophie, j'en mourrais !

– Je comprends... Moi aussi, il m'arrive de rêver que le travail à la fonderie, c'est fini... Que je pars loin, loin d'ici dans des pays où l'hiver avec ses engelures ne crevasse plus les mains... où mon paternel, soûl comme une bourrique, ne me met plus la raclée. Je ne veux pas détruire ton rêve. Partons voir les Ponsol et cherchons à savoir ce qui se trame ! »

Discrètement, Guillaumin s'empara du bidon à lait alibi et, pour éviter d'avoir à fournir des explications aussi bien à sa mère qu'à l'Émile, contourna la remise et l'étable. Il retrouva Sophie sur la route de Montfermy. Il n'était que 10 heures du matin mais déjà le soleil dardait ses rayons avec force dans la vallée, ce qui promettait une belle suée pour grimper chez les fermiers... Sophie marcha devant. Un moment, Guillaumin la rattrapa pour lui confier :

« Je connais, à deux pas d'ici, un coin près de la Sioule où j'ai toujours aimé me réfugier. C'est tranquille et il y a une source d'eau qui pétille. Quand j'étais enfant, j'imaginais que c'était une oasis… Un lieu magique où j'oubliais mes peines…

– Je connais ce genre de source. L'eau est imbuvable et fait des dépôts de couleur rouge… C'est quoi une oasis ? »

– Un bout de terre verdoyant, isolé dans le désert avec un oued et des palmiers… On n'est pas pressé à la demi-heure…

– Allons-y ! »

Ils obliquèrent en direction de la rivière, durent franchir des bosquets de ronce en les écartant à l'aide de bâton, remonter sur une centaine de mètres la rive tout aussi peu praticable… Effectivement, l'endroit était tout près. Due à l'ombre des saules étirant leurs branches jusque sur la surface de la Sioule, une fraîcheur inattendue les accueillit. Seule déception : la source ferrugineuse était tarie.

« On s'assoit ?

– Volontiers, mais n'oublie pas que nous sommes en mission… » rappela Sophie.

Après s'être allongée près de Guillaumin, en étirant les bras comme pour saisir les nuages, elle parut réfléchir.

« Une oasis, c'est un peu comme une île, n'est-ce pas ? demanda-t-elle.

– Un peu… Mais une île entourée par les sables, des sables à perte de vue…

– Alors, ici, nous pouvons imaginer que nous sommes deux naufragés… Rien que toi et moi…

– Deux naufragés de la vie, ma pauvre Sophie…

– Jamais je ne verrai une véritable oasis…

– Qui sait ?

– C'est tout vu.

– Dans une vieille boîte, j'ai gardé des images d'Épinal, des images soustraites à l'école par mon jeune frère. L'une, en couleur, représente une palmeraie perdue dans le désert. Je sais, c'est un maigre cadeau mais cela me ferait plaisir que tu l'acceptes.

– Ton image ne me quittera jamais, je la mettrai là, contre mon cœur… Promis ! »

Elle se releva, prit appui sur ses coudes.

« En attendant, je vais voir si je trouve des écrevisses. On les mettra dans ton bidon. »

Elle se déchaussa, retroussant sa jupe, entra dans l'eau à mi-mollet, se mit à farfouiller sous les pierres.

Toujours étendu, Guillaumin suivit un instant son manège, puis son regard se perdit sur les plus hautes branches des saules illuminées de soleil et qu'aucun souffle n'animait. Il se dit que la gamine était d'une compagnie agréable mais que cette amitié ne saurait durer et qu'elle avait même quelque chose de déraisonnable… Bah ! il verrait plus tard comment y mettre un terme… Il fut prêt de renoncer à rendre visite chez les Ponsol, certain qu'il y avait mieux à faire pour aider Clémence. Alors, une idée folle lui traversa l'esprit ; en dernier recours, tuer le Piarre ! Une idée fugace, rapide comme une flèche, qui le tira dans un soubresaut de sa torpeur. Tuer le Piarre, l'issue définitive, la seule envisageable... Pourquoi n'y avait-il pas songé plus tôt ? La réponse s'imposa, on ne tue pas un homme comme on tue un renard pris au piège, cela exige une hardiesse dont Guillaumin se sentit terriblement dépourvu. Et même s'il avait eu ce cran, il restait à choisir la bonne arme pour ne pas louper l'affaire... Demeurait aussi la difficulté de se débarrasser du corps... Décidément, trop d'aléas... Cris de Sophie :

« J'en ai trouvé un !

– Un quoi ?

– Un écrevisse ! Un beau !..

– On ne dit pas “un écrevisse” mais “une écrevisse” Relâche-la, on s'en va ! »

Penaude, Sophie remit sa prise à l'eau, gagna la rive pour se rechausser.

« Tu m'amènes ici, dans ton oasis, et à peine arrivés, nous devons repartir. Et tu fais une drôle de tête ! Quelque chose ne va pas ?

– Rien... Midi s'approche, je ne veux pas surprendre les Ponsol en plein repas. D'autre part, j'ai réfléchi et je pense qu'il serait mieux que j'y aille seul.

– D'accord, j'ai compris ! Tu veux te débarrasser de moi... Guillaumin, je croyais que nous étions amis... Tu t'es confié à moi, je t'ai soutenu... Moi, je n'oublierai jamais que tu as pris ma défense contre Godillot !

– Arrête avec ce Godillot ! Ce que je veux te dire c'est que je n'aurais jamais dû te mêler à mes histoires…

– Puisque je te dis que j'ai compris ! Tu es bien comme les autres… C'est bon, je retourne chez moi. Salut ! Ton image, tu peux la garder ! »

Sans se retourner, Sophie sauta le fossé de la source.

« Attends-moi, tête de cochon ! cria Guillaumin en la rattrapant, tu ne me laisses pas le temps de m'expliquer.

– Eh bien ! vas-y, explique-toi !

– Comment te faire comprendre certaines choses ? Pour toi, tout est tellement simple… Quand tu affirmes que je suis comme les autres, combien tu te trompes ! Regarde-moi bien, Sophie, ose dire que je suis comme les autres.

– Bon, tu es petit, un peu bossu et borgne. Ça n'empêche pas de…

– Si, justement, ça empêche tout ! Tout !

– Tout quoi ? demanda Sophie en bougonnant.

– Fais l'effort de t'imaginer à mon âge. J'ai vingt-deux ans… Je vais faire cet effort à ta place. Seras-tu désespérément seule à en crever, redoutant chaque regard porté sur toi ? Je les connais tous, ces regards ; ils sont curieux, interrogatifs, narquois, amusés, caustiques, abjects… Il y aussi ceux qui se détournent. Les pires, ce sont les regards compatissants, ceux que l'on m'adressait lorsque j'étais petit garçon… Un regard, c'est pire qu'une remarque désobligeante parce qu'il te transperce, atteint directement ton âme. Non, à mon âge, tu auras des amis, les conscrits qui viendront te courtiser, ceux que tu auras accompagnés au bal du samedi soir, et puis, tu fréquenteras… Tu sauras tout le bonheur qu'un baiser déposé en cachette sur tes lèvres peut procurer. À ce moment-là, toutes les misères du monde n'existeront plus pour toi… J'ai vingt-deux ans et je suis là, seul avec toi à maudire ma vie… Fuis-moi, Sophie.

– Et Clémence ? Tu l'oublies ? N'étais-tu pas heureux lorsque je t'ai vu avec elle à l'ancien barrage ?

– Un bonheur en trompe-l'œil qui ne peut avoir de lendemain et qui aura un prix, un bonheur juste bon à me broyer le cœur… »

Sophie hocha la tête, leva les yeux au ciel avec une mimique découragée…

« Je suppose, dit-elle, que cela t'a fait du bien de me parler comme tu viens de le faire, de me charger de ta peine… Tu as eu raison, les amis sont fait pour ça, mais moi, je n'ai que douze ans, bientôt treize… Il ne faut pas m'accabler. »

Ce « Il ne faut pas m'accabler ! » prononcé si simplement, mais qui avait l'intonation d'une supplique ou d'un ordre, provoqua un frémissement chez Guillaumin qui réalisa d'un coup toute l'incohérence de sa misérable complainte. Il fut prêt de s'excuser, ne le fit pas ; c'eût été ajouter une quête d'apitoiement à la stupidité de son discours. Il céda :

« D'accord ! Si tu y tiens, accompagne-moi chez les Ponsol. »

Sophie feignit de réfléchir à ce revirement. Guillaumin se reprit :

« J'aimerais que tu m'accompagnes...

– Bien, bien ! Je te suis... »

Sans autre parole, ils atteignirent la route de Montfermy, puis obliquèrent vers la sente bordée de genêts qui escaladait le flanc de la vallée. À mi-chemin, Guillaumin retrouva le rocher en aplomb où, avec Clémence, il s'était abrité de l'orage. Ce jour-là, il était à mille lieux d'imaginer que cette rencontre allait bouleverser sa vie... Devant lui, sous les pas de Sophie, les pierres roulaient...

« S'il te plaît, marche moins vite, je suis épuisé !

– Tu me rattraperas au sommet ! »

Guillaumin s'arrêta, essuya de la manche la sueur perlant sur son front...

Comme à chaque visite chez les fermiers, les molosses se précipitèrent jusqu'à se retrouver étranglés par leur chaîne. Les aboiements firent sortir la mère Ponsol sur le seuil.

« Reste là, avertit Guillaumin, inutile de compliquer la situation par ta présence.

– Comme tu veux... » admit Sophie.

Guillaumin s'avança en brinquebalant son pot à lait. L'accueil sans chaleur ne le surprit pas. Après l'avoir toisé, la fermière lui déclara sans ménagement de s'en retourner, la traite du matin étant destinée à la confection des fromages. Mais, au moment où elle allait regagner l'intérieur, ce fut le Piarre qui apparut sur le pas de la porte, son bras en bandoulière, la mine pâle et déconfite.

« Qu'est-ce qui veut le nabot ? demanda-t-il en dévisageant Guillaumin.

– Il voulait du lait, répondit sa mère. Il n'y en a plus !

– Il tombe bien… J'aurais deux mots à lui dire, au nabot ! »

Il bouscula la fermière, s'avança, l'air menaçant. Guillaumin recula de deux pas, un peu apeuré, puis se dit qu'il ne risquait pas grand-chose à l'écouter. Curieusement, planté devant lui, le Piarre quitta son air austère.

« Marchons jusqu'à la clôture du pré, je voudrais te poser deux ou trois questions. »

De plus en plus intrigué, Guillaumin le suivit. Quand ils furent assez éloignés de la ferme, le Piarre alla s'asseoir sur le brancard d'une carriole abandonnée et désigna de sa main valide une place à ses côtés.

« Je ne tiens pas à ce que ma mère entende notre conversation. Tu dois savoir de quoi je veux t'entretenir ?

– Non, balbutia Guillaumin, aucune idée…

– Aucune idée ?

– Non, aucune !

– Tu as vu le souvenir que j'ai rapporté de mon incorporation ? »

Le Piarre fit un bref mouvement de l'épaule pour soulever son bras mutilé. Allait-il lui décrire les circonstances de l'accident ? Guillaumin douta que ce fût la raison de leur tête-à-tête... Il se tint sur ses gardes quoiqu'il ne discernât pas d'animosité particulière dans le ton adopté par le fils Ponsol.

« Oui, j'ai vu... Je suis désolé.

– Bien sûr, tu es désolé... Tout le monde est désolé... J'ai entendu dire que tu t'étais déniché une amie. Tout se sait très vite dans le patelin. »

Guillaumin demeura silencieux.

« Je crois même que je la connais, ajouta le Piarre avec un étrange sourire aux lèvres.

– Tu veux parler de Clémence, ta promise ?

– D'elle-même !

– "Déniché !" Je n'ai déniché personne ! Nous nous sommes rencontrés ici un jour où je venais chercher du lait. Depuis, c'est vrai, nous nous voyons quelquefois... »

La franchise de Guillaumin parut étonner le Piarre, une expression furtive qui laissa place à une autre beaucoup moins amène.

« Et elle te plaît bien, ma Clémence ?

– Elle est gentille avec moi... Mais ne va pas te méprendre, je... »

La situation prenait une vilaine tournure.

« Me méprendre ? Loin de moi cette idée ! Qui pourrait se méprendre ? interrogea-t-il en lui jetant un œil plein de dédain. Si tous ceux qui tournent autour de Clémence sont de ton acabit, je peux dormir tranquille ! »

Guillaumin encaissa la dérision sans broncher.

« Je dois redescendre. On m'attend en bas. Alors dis-moi ce que tu avais à me dire. »

Le Piarre se gratta le dessous du menton, réajusta sa bandoulière sur l'épaule.

« Avec la Clémence, nous avons le projet de nous marier…

– Je sais…

– Bien sûr que tu le sais ! Ce n'est un secret pour personne… Laisse-moi poursuivre ! Quand tu es avec elle, je suppose que vous ne vous contentez pas d'enfiler des perles, vous avez dû vous faire des confidences… Que t'a-t-elle dit à mon sujet ? Ça restera entre nous.

– Rien de particulier…

– Ne me prends pas pour un imbécile ! Comment a-t-elle réagi en apprenant mon accident ?

– Elle a été navrée…

– Navrée comment ?

– Navrée comme quelqu'un qui est navré ! Pourquoi m'importunes-tu avec ces questions ? »

Guillaumin se leva mais l'autre, avant qu'il n'ait pu esquisser un seul pas, lui accrocha la manche de sa main valide. D'une secousse, il tenta alors de se dégager, comprit, vu la fermeté de l'emprise, qu'il n'y réussirait pas.

« Pourquoi cherches-tu à fuir ? Je ne te veux pas de mal. On se connaît depuis trop longtemps… On peut bien discuter calmement entre hommes…

– Discuter de quoi ?

– Est-ce que je sais ? Pour te prouver ma confiance, je vais te confier mon tracas. Depuis mon retour obligé, ma Clémence n'est plus la même. »

Il se tut, semblant attendre que Guillaumin lui demande des précisions. Puis il reprit, le regard fixé sur la pointe de ses souliers :

« Son humeur a changé au point de… de vouloir renoncer à ce que nous nous marions…

– Ah ?

– Tu ne vas pas me dire que c'est normal… C'est comme si on lui avait jeté un mauvais sort, mais je suis prêt à tout pour la convaincre de revenir sur sa décision, à tout !

– Et si tu n'y parviens pas ? se hasarda à dire Guillaumin.

– Je la tue ! Et je me tue après ! »

Le Piarre, l'œil perdu dans le vide, ébaucha le geste de se trancher la gorge, puis il courba le dos, s'avachit comme si un poids énorme était venu s'abattre sur ses épaules… Une piteuse attitude, toute morgue envolée, qui, bien plus que l'odieuse déclaration, dérouta Guillaumin. Était-ce vraiment le Piarre à côté de lui, ce garçon redoutable, le fils arrogant, la fierté des Ponsol ? Il n'était plus rien, qu'un homme ordinaire mettant à nu, et sans pudeur, une faiblesse insoupçonnée.

« Allons, le Piarre, la situation n'est pas aussi désespérée. Tu sauras redresser la barre avant d'arriver à de telles extrémités… Les filles, c'est compliqué ! »

Tiens, voilà qu'il lui servait l'expression utilisée par Sophie ! Une remarque qui fit mouche.

« T'as raison, les filles, c'est pas simple, c'est comme des girouettes, admit-il à mi-voix... Et elles s'y entendent pour nous mener par le bout du nez... Clémence comme les autres. Finalement, je t'aime bien, Guillaumin, t'es un brave gars.

– Bizarre, c'est la première fois que tu emploies mon prénom. Il n'y a pas si longtemps, j'étais le “nabot”, le “bout d'homme” !

– Tu sais, on dit parfois des mots sans réfléchir... Ils viennent naturellement... Tu fais grand cas de peu de chose.

– Sûrement !... Je me souviens également du jour où toi et tes copains m'avez obligé de m'asseoir cul nu dans une bouse de vache. Pendant des nuits, je me suis réveillé en entendant vos rires.

– L'idée ne venait pas de moi...

– Peu importe, tu as ri comme les autres...

– Si tu le dis... Oublie cette histoire. Je ne vais quand même pas me mettre à genoux pour me faire pardonner ?

– L'idée que tu aies pu y songer me suffit. Le Piarre, il faut que je redescende... Désolé, je n'ai toujours pas compris ce que tu attendais de moi ni pourquoi tu m'as attiré ici...

– J'y viens... Tu vas aller trouver Clémence, lui parler de moi, de ma peine, lui dire que son Piarre ne peut continuer de vivre sans elle... Qu'il va dans les bois pour crier son nom… Qu'il n'a plus de goût à rien. Moi, elle ne veut plus m'écouter.

– C'est un service peu commun que tu me demandes et bien délicat… Je ne sais si je dois accepter…

– Sois généreux, sois bon. Ne m'oblige pas à te supplier, je serais ridicule de maladresse… »

D'abord, Guillaumin ne fut pas sûr d'apprécier ce ton implorant qui le troublait sans vraiment l'émouvoir, puis une impression prévalut, celle de posséder un brusque pouvoir sur l'autre et dont il ne devait en aucun cas se dessaisir… Il allait donc céder à sa demande, s'immiscer dans sa vie amoureuse, devenir subtilement le relais indispensable…

« D'accord, je vais plaider ta cause, mais je veux agir à ma guise, au moment opportun…

– Je saurai me montrer reconnaissant. À Pontgibaud, la nouvelle de notre amitié se répandra vite, plus personne ne te manquera de respect. On n'offense pas impunément un ami du Piarre !

– Autre chose : il vaudrait mieux pour me faciliter la tâche que tu cesses momentanément de voir Clémence.

– Cela me demandera un effort de chaque instant. Je ne te promets rien… Est-ce vraiment une clause nécessaire ?

– Non, non, une simple recommandation… »

La mère Ponsol réapparut sur le devant de la ferme. Manifestement intriguée par l'entretien qui s'éternisait, elle arpenta la cour sans cesser de jeter un œil curieux de leur côté. Enfin, elle se dirigea vers eux pour lancer à l'adresse de son fils :

« C'est pas bientôt terminé ta discussion avec ce bon à rien ? On t'attend pour manger. »

Avant qu'elle ne les eût rejoints, le Piarre se leva.

« Reviens me voir demain, dit-il. Plutôt le matin…

– Impossible, je travaille à la fonderie.

– Alors ce sera moi qui reprendrai contact avec toi… »

Il lui tendit sa main valide, une main étonnamment sans vigueur et un peu moite, que Guillaumin serra avec dégoût.

Plutôt que d'avoir à repasser devant la ferme, Guillaumin escalada la clôture pour retrouver le chemin de la vallée. Sophie, qui devait l'épier, se précipita à sa rencontre :

« Alors, raconte ! Ça a duré ! J'ai cru que vous alliez y passer la journée.

– Le Piarre est complètement déboussolé… Il a appris que je voyais Clémence de temps à autre…

– Oh ! là, là ! Il devait être furieux ?

– Même pas ! Si, un peu au début… Puis il s'est montré sous un jour que je ne lui connaissais pas…

– C'est-à-dire ?

– Totalement défait ! J'ai presque eu pitié de lui… Il s'est traîné à mes pieds pour que je tente une ébauche de réconciliation auprès de Clémence…

– Sa fierté a dû en prendre un sacré coup ! Tu as refusé ?

– Non, un refus aurait coupé le lien que j'ai pu établir avec lui…

– Ah ?… Et ses menaces en cas de rupture définitive ?

– Un beau carnage ! Il veut tuer Clémence et se tuer après !

– Le salaud !

– En fait, c'est un pleutre, je ne le crois pas capable de les mettre à exécution… »

Sophie s'arrêta pour arracher la longue tige d'un arbrisseau qu'elle se mit à effeuiller avant de la faire siffler dans l'air. Puis, se tapotant le mollet avec, dit :

« Tu te trompes peut-être ? Son père a bien zigouillé un colporteur dans les cheires ! Et surtout, il y a la mère Ponsol ! Cette bonne femme, c'est une dure à cuire, elle peut le pousser à bout…

– Non, pas dans l'immédiat… Tant que le Piarre aura un tout petit espoir de reconquérir sa dulcinée, il se contentera de gémir… Et ce petit espoir, je vais m'appliquer à l'entretenir ! Comme un feu de brindilles prêt de s'éteindre et qu'on ranime en soufflant dessus… Ce Piarre, je le hais !

– Je m'en rends compte ! Ce jeu peut être dangereux…

– C'est ce qui en fait le charme ! »

Sophie eut un rire contraint. Avec sa badine, elle se cingla les mollets de plus en plus fort. Un coup plus appuyé que les autres la fit grimacer…

« Pourquoi fais-tu ça ?

– Comme ça, pour voir jusqu'à quel point je supporte la douleur.

– C'est idiot ! »

Sophie dévala une partie du sentier en criant : « Je suis une idiote, je suis une idiote ! » Feignant de trébucher, elle se laissa choir sur le bas-côté, attendit que Guillaumin la rejoigne pour dire :

« C'est toi, l'idiot ! Tu as oublié ton bidon chez les Ponsol.

– Très bien, tu marques un point… Espèce de garçon manqué !

– C'est marrant. Tu n'es pas le premier à me dire que je suis un garçon manqué ! Mais je suis une fille ! J'ai pas de zigounette !

– Je ne voulais pas te vexer… Mais avoue que tu peux parfois jeter le trouble… quand tu déclares par exemple que ton souhait plus tard est de te coiffer de la barette et de manier la poudre noire ! Ce sont les garçons qui ont ce désir, pas les filles.

– Je disais ça pour te faire rire, couillon !

– Vraiment ?

– Tu m'embêtes… »

X

Où les choses se gâtent…

LA PLUIE ATTENDUE ARRIVA, non plus sous forme d'orages, mais avec la constance d'ondées fournies avec des nuages bas occupant tout le ciel. En deux jours, la Sioule gonfla, se mit à transporter des branchages qui encombrèrent le bief de la scierie. Le bel été semblait avoir définitivement tiré sa révérence.

Dès le lendemain de sa visite aux Ponsol, sa journée de labeur à la fonderie terminée, Guillaumin se rendit seul chez Clémence. Ce fut son père qui le reçut et qui lui signifia que sa fille avait pris la brusque décision de partir quelques jours chez une cousine demeurant à Rochefort-Montagne. Il était incapable de préciser le jour de son retour.

« Je pense qu'elle a bien fait, commenta-t-il, sa relation avec le Piarre tournait au vinaigre… Qu'elle se fasse oublier et tout le monde s'en portera mieux… »

La déception de Guillaumin fut grande, mais peut-être était-ce effectivement le meilleur moyen d'apaiser les choses. Il allait s'en retourner quand la pluie, dans une saute de vent, redoubla d'ardeur. Sans parapluie, il serait vite trempé...

« T'es pas pressé à la minute ? Attends que ça passe, lui conseilla l'homme, on va boire un coup !

– Non, non, refusa Guillaumin qui gardait en mémoire sa cuite prise ici même, je vais essayer de trouver un bout de toile pour m'abriter. »

L'autre n'insista pas.

« Ah ! j'allais oublier la commission... J'ai une lettre à te remettre.

– Une lettre ?

– Enfin... un bout de papier plié en quatre où ma Clémence t'a écrit quelques mots. »

Il farfouilla entre les pots vernissés alignés sur la tablette de la cheminée, finit par trouver la missive. Elle contenait trois ou quatre phrases d'une écriture tellement minuscule que Guillaumin les déchiffra avec difficulté...

Cher Guillaumin,

Comme tu l'as vu, le retour du Piarre m'a chamboulé l'esprit. Je ne sais plus trop où j'en suis... Peut-être ai-je eu tort de mal me conduire avec lui ? Chez ma bonne cousine de Rochefort, loin de sa présence, je vais prendre le temps de peser le pour et le contre. Porte-toi bien. À bientôt.

Ayant terminé sa lecture, le papier lui tomba des mains.

« Mauvaise nouvelle, mon gars ? Tu en fais une tête ! J'ignore ce qu'elle te dit, je ne sais pas lire…

– Non, non, marmonna Guillaumin… Rien d'important… Elle m'écrit simplement qu'elle sera absente quelques jours…

– User de l'encre pour te dire ça ! Elle a bien du temps à perdre… »

Il écarta le rideau :

« La pluie a l'air moins violente, tu devrais en profiter, surtout que la nuit va vite tomber… »

Sur le chemin du retour, il dut faire une halte sous l'avancée d'un hangar et attendre la prochaine accalmie. Il relut plusieurs fois le mot de Clémence. Comment interpréter ce *je vais prendre le temps de peser le pour et le contre* ? La rupture avec le Piarre pouvait donc être remise en question ? En fonction de quelle influence, de quel élément, allait-elle prendre une décision ? Guillaumin ne put répondre à aucune de ces interrogations et l'idée d'une possible réconciliation le plongea dans un trouble sans fond. Clémence était devenue sa chose ! Elle n'avait plus le droit de jouer avec ses sentiments, même s'il ne les avait jamais exprimés ouvertement… Il froissa avec hargne le bout de papier, eut un remord, le temps d'en parcourir une ultime fois son contenu, puis le déchira en mille morceaux qu'il dispersa dans l'eau du caniveau. Alors, il ne s'occupa plus de la pluie qui tombait à verse, reprit dans la nuit le chemin de la scierie en se promettant d'agir pour contrecarrer l'éventualité de ce mariage honni. Il imagina le Piarre expirant sous ses coups… Non, ce n'était pas la bonne solution… Il y avait sûrement d'autres moyens… Il fallait y réfléchir posément… Tout absorbé par ses pensées, il ne vit pas une carriole bâchée ralentir son allure pour s'arrêter à ses côtés.

« Grimpez donc, mon petit monsieur, ce n'est pas un temps à cheminer sans parapluie ! »

D'instinct, Guillaumin prépara un refus, mais changea d'avis en voyant la mine avenante du conducteur. Il remercia l'homme de sa sollicitude, se hissa dans la carriole.

« Où puis-je vous déposer ?

– À la scierie de la Sagne, après Peschadoires… Si c'est votre chemin…

– C'est mon chemin… Vous êtes de la famille des Rouget ?

– Oui, je suis l'aîné des fils.

– Ah ?… »

L'homme tourna la tête pour regarder attentivement son passager. On aurait dit, à voir son expression, qu'un embarras soudain venait de le gagner.

« Je me rends chez vous… lâcha l'homme. Je suis docteur en médecine. On ne vous a donc pas averti du malheur ? »

Guillaumin dut pâlir. Dans un souffle, comme redoutant la réponse, il demanda :

« Non… Quel malheur ?

– Votre mère… votre mère a fait un malaise… On m'a prévenu à 7 heures.

– Un malaise… répéta Guillaumin.

– C'est votre père qui l'a retrouvée sans connaissance, allongée dans l'écurie… »

Pourquoi s'interrompait-il ? « Sans connaissance » ne signifiait pas « sans vie »… À moins que ce malaise n'eût un dénouement tragique ? Mais à quoi bon quérir un docteur dans ce cas ? Tout s'embrouilla dans l'esprit de Guillaumin. Il voulut contraindre le sort :

« Ma mère s'en remettra, c'est une forte femme. »

Il guetta la réaction de l'homme.

« Tant que je ne l'ai pas examinée, je ne peux me prononcer. Sommes-nous encore éloignés de la bifurcation ? Avec cette fichue pluie et la mauvaise mèche de mes lanternes, on ne voit pas plus loin que le bout de son nez. »

Ils avaient dépassé la dernière maison de Peschadoires, Guillaumin le guida pour obliquer sur le chemin de la scierie.

Le docteur serra le frein, prit sa mallette, sauta en jurant dans la boue. Excepté Trompette qui se précipita dans les jambes de Guillaumin, personne ne vint les accueillir. Une seule fenêtre, celle de la chambre, dessinait son halo tremblotant dans la nuit…

D'abord Guillaumin ne vit que sa mère qui semblait dormir, allongée sur le lit, tout habillée, dans une raideur bizarre, les bras bien alignés le long du corps. Sa poitrine se soulevait avec une grande lenteur et elle avait le visage serein, mais si blême qu'il accentuait la couleur anormalement sombre de ses lèvres. Son père et l'Émile étaient à son chevet, debout comme s'ils veillaient une morte. Quand le docteur entra, ils s'écartèrent.

« Ça a dû lui arriver d'un coup, dit le père. Quand je l'ai découverte étendue dans l'écurie, elle serrait encore entre ses doigts le manche de son parapluie.

– Hum, hum ! » fit le docteur qui, l'air très grave, approcha le bougeoir du lit.

Guillaumin alla chercher sa lampe Pigeon. Quand il revint nanti de ce meilleur éclairage, l'homme de science était en train de scruter les pupilles de sa mère...

« Bien qu'un peu faible, déclara-t-il, le pouls est normal, la respiration est régulière, pas de palpitations notoires... Mme Rouget présente tous les symptômes d'une attaque d'apoplexie. À ce stade, je ne peux que réserver mon pronostic...

– Mais dans combien de temps va-t-elle recouvrer ses esprits ? interrogea Guillaumin.

– Difficile à dire... Cela peut être rapide ou...

– Ou quoi ?

– Ou plus long... Dans ce genre d'affection qui peut léser le cerveau, on ne peut rien affirmer de définitif. Qu'on m'apporte un récipient, je vais pratiquer une saignée de l'artère temporale...

– Une saignée ? Mon Dieu ! vous allez nous la tuer ! s'écria son père.

– J'aurais préféré des sangsues sur les jugulaires mais je n'ai pas le choix… »

Au moment où il plongea la main dans sa mallette à la recherche de ses lancettes, et peut-être à l'entendement de ce qui allait lui être appliqué, la mère de Guillaumin ouvrit les yeux tout grands et émit des sons inintelligibles. Chacun recula.

« Foin de vos saignées et de vos sangsues, lança le père, voilà que ma bonne femme reprend vie… Allons, ce n'était pas si grave. »

Pas si grave ? Pourtant, à partir de ce jour, la vie de Guillaumin allait connaître d'autres déboires dont il se serait bien dispensé.

Ce jour-là, comme tous les matins, en présence de son père et de l'Émile, Guillaumin disposait les bols pour le café de 7 heures. Depuis l'accident vasculaire qui tenait sa mère alitée, c'était l'une des tâches dont il se chargeait. Dans la pénombre de l'aube, il pleuvait toujours, les seuls bruits audibles étaient ceux des coutelas tranchant les tourtes noires de suie et ceux du ruissellement de l'eau s'écoulant du toit sur le perron. Aucune parole échangée…

Soudain, son père tapa du poing sur la table et se releva du banc pour dire :

« La fonderie, c'est fini ! Tu vas enfin te rendre utile, depuis le temps que tu nous encombres ! »

Guillaumin accusa le coup.

Son père lui avait déjà servi le même argument pour l'obliger à s'embaucher, mais ce nouveau revirement n'avait rien d'un caprice ; Guillaumin savait quel genre de services on attendait de lui. Il protesta :

« C'est vraiment injuste de me traiter de parasite… Je gagne ma vie à la fonderie. Chaque quinzaine, une partie de ma paye assure ma subsistance, l'autre remplit ta cagnotte !

– Elle ne la remplira pas longtemps.

– Ce qui signifie ?

– Ce qui signifie que ton travail là-bas ne satisfait personne… On te garde pour une raison obscure… »

Il ajouta, clignant l'œil à l'adresse de l'Émile :

« Peut-être pas si obscure que ça… On sait ce qu'on sait…

– Que veux-tu dire ? demanda l'ouvrier.

– Je me comprends… »

Guillaumin crut d'abord que son père faisait allusion au pacte passé avec le contremaître, mais il n'en avait jamais dit mot à personne, excepté à Clémence. Émaillée de sous-entendus, cette manière pour le convaincre de quitter la fonderie lui déplut et l'exhorta à se rebeller…

« Non, papa, tant que l'on ne m'aura pas donné mon congé, je resterai à la mine.

– Tu feras ce que je te dis ! hurla son père en martelant la table si fort que les bols de café en tremblèrent et que Trompette prit la fuite. À partir de demain, tu t'occuperas exclusivement de ta mère. Il n'y a pas à y revenir. Tu es d'ailleurs la seule personne disponible pour cela… C'est bien le moins que tu puisses faire, après tout l'embarras que tu lui as donné ! »

Guillaumin bondit.

« Je ne l'ai pas plus embarrassé que mon frère et sûrement moins. Pourtant, elle ne s'est jamais beaucoup souciée de moi… J'avais tout juste trois ans… Trois ans, quand elle a jugé bon de me reléguer dans la remise avec pour couche une paillasse ! L'ai-je embarrassée quand les nuits d'hiver je frissonnais autant de froid que de solitude, quand, le matin, je devais me vêtir tout seul, quand elle m'expédiait chez les Ponsol avec un bidon aussi haut que moi ?

– Assez Guillaumin ! Assez ! Si la pauvre femme t'entendait, elle en mourrait de chagrin ! Dire cela d'une mère ! Tu entends ça, l'Émile ? Mon fils a vraiment un mauvais fond !

– J'entends, j'entends… » marmonna l'ouvrier visiblement contrarié d'être mêlé à la discussion et qui préféra quitter la table.

Devant son père le suivant des yeux comme Trompette quêtant un os, Guillaumin débarrassa la vaisselle, torchonna la table, rangea la tourte dans la maie, puis se réfugia dans la souillarde. Il présuma que la mésentente ne pouvait pas en rester là, qu'il allait devoir payer au prix fort son insoumission. Engluées dans un silence pesant, trois longues minutes s'écoulèrent…

« Guillaumin, arrive mon petit… Il faut que nous parlions calmement. Mes mots ont dépassé ma pensée… Examinons la situation… »

Aïe, aïe ! ce ton doucereux qui se voulait placide n'augurait rien de bon.

« La situation est la suivante ; ta mère a besoin de soins, il faut la nourrir comme un bébé, la changer, être près d'elle… Me crois-tu apte à remplir cette tâche sans que mon travail à la scierie en pâtisse ? Réponds, mon enfant, réponds !

– Non…

– D'autre part, avons-nous les moyens de prendre quelqu'un à demeure pour nous seconder ? Je réponds à ta place, c'est non…

– Inutile de répondre à ma place ! La seule solution raisonnable est celle que tu viens de suggérer tout en l'écartant trop vite. Il y a des femmes courageuses à Pontgibaud et qui seront contentes de nous servir.

– Cré vingt dieux ! Tu es plus entêté qu'une bourrique ! Et qui les payera ? Qui les nourrira ?

– Moi, avec ma quinzaine de la mine.

– Avec ta quinzaine ! La belle idée ! Une étrangère chez nous et qui se croira bientôt chez elle, qui… qui nous volera le peu que nous avons ! Tu vas finir par me mettre hors de moi. Donc, tu refuses de t'occuper de ta mère ? C'est cela, j'ai bien compris ?

– Tu as bien compris et je ferai ce que j'ai dit. Dès demain, je vais me mettre en quête d'une aide que je rétribuerai sur ma bourse. Ma seule concession est, tant que je n'aurai pas trouvé cette assistance, l'engagement de consacrer une petite partie de mon temps à m'occuper de maman. N'exige rien de plus ! »

Abasourdi par ce ton intransigeant, un ton dont Guillaumin n'avait jamais fait usage, l'homme battit en retraite.

« Très bien, mon fils, agis à ta guise… »

Il se leva mais, avant de franchir la porte, fit brusquement volte-face pour lâcher :

« Nous en reparlerons ! Devant Dieu, je le dis bien haut : quelle misère que d'avoir un fils qui se complait dans l'ingratitude et qui méconnaît le premier de ses devoirs. »

Guillaumin ne renia pas sa parole. Il donna à sa mère tous les soins requis par son état. Lors de ces moments particuliers, une curieuse relation, faite de dégoût et d'indulgence, s'établit. Ce n'était plus sa mère paralysée qui se laissait manipuler, mais une femme inconnue, totalement passive, le regard vide et incapable d'exprimer la moindre émotion. Malgré le peu d'amour qu'elle lui avait prodigué, il s'étonna qu'aucun tressaillement ne se manifeste dans son cœur, qu'aucune fibre d'inclination filiale, même ténue, ne lui procure de la compassion. Cette femme lui avait donné la vie, nourri à son sein, le même sang que le sien coulait dans ses veines, pourtant le lien mystérieux unissant l'enfant à sa génitrice n'existait décidément pas, avait-il d'ailleurs jamais existé ? Plusieurs fois, en ceignant ce corps amorphe pour le déplacer, Guillaumin se surprit à murmurer comme une litanie : « Ma pauvre maman, ma pauvre maman… » Des mots instinctifs de pitié qui, dans une singulière procuration, n'étaient destinés qu'à lui-même... Heureusement, la servitude trouva son terme quand l'Émile lui dit connaître une personne apte à remplir cette tâche, une cousine éloignée.

« La Fernande de Laudine n'est pas du genre à rester les deux pieds dans le même sabot. Contre une petite rétribution, elle sait s'occuper des malades. »

Guillaumin mena la transaction, la Fernande débarqua dès le lendemain, en dépit de la vive désapprobation de son père...

« Cette bonniche que tu payes de tes deniers ira voir ailleurs si j'y suis quand on te chassera de la mine à coups de latte dans le cul ! Pas question de te rouler les pouces si tu n'as plus de boulot ! Et puis un fils doit assistance à sa mère ! »

Mais il mit de l'eau dans son vin, ne renvoya pas la femme quand, quatre jours plus tard, Guillaumin fut mis à pied.

« Mon pauvre Guitou, je te l'avais bien dit que tu ne ferais pas long feu à la fonderie ! Foutu dehors comme un malpropre, le Guillaumin ! »

Tout se déroula très vite... Il avait plu tout le matin, une pluie drue et tenace. Les chariots de minerai n'en finissaient plus de s'embourber dans les ornières, les jurons des muletiers fusaient. Peu avant la pause de midi, l'un des cribles à piston tomba en panne. (Le piston, mis en mouvement par un système de maîtresses tiges relié à un arbre à came, donnait à chacune de ses courses l'impulsion à un courant d'eau.) Le défaut de fonctionnement provenait du système des tringles situé dessous les tamis. La réparation nécessitait de ramper sous la machine pour remboîter l'axe principal sur son pivot. Ce n'était pas la première fois que ce genre de crible posait un problème. Guillaumin avait déjà dépanné l'engin, connaissait la manœuvre à effectuer, aussi se porta-t-il volontaire pour replacer l'axe défaillant. Il alla découpler la bielle qui imprimait le mouvement au crible puis, couché dans la boue avec des torrents d'eau lui coulant sur le visage, il empoigna l'axe, banda ses muscles... Rien à faire, la tige était trop lourde, trop glissante. Pourtant, il ne restait que deux centimètres pour insérer la virole sur les pivots. C'est alors que Sophie plongea sous le crible pour le rejoindre.

« Fous le camp, morveuse ! Tu me gênes !

– Je veux t'aider ! À nous deux, on peut y arriver !

– Une dernière fois, retire-toi !... »

Il cria à l'adresse de ceux qui suivaient ses efforts :

« Nom de Dieu ! il n'y a personne pour lui faire comprendre ? »

Soudain, l'axe émit une secousse. Guillaumin réussit à se dégager à temps. Sophie cria. Tout le monde comprit le drame qui venait de se jouer. Deux gamins prirent aussitôt l'initiative de tirer la gamine par les pieds. Quand Guillaumin s'arracha à son tour de dessous du crible, il la vit, le visage grimaçant de douleur, et qui se tenait le poignet droit visiblement brisé sous la violence du brusque contrecoup. Arrivée du contremaître qui piqua une grande colère avant de se calmer pour entendre la version de chacun. Guillaumin exposa de son mieux l'origine de l'accident qui avait pour seule cause la mise en branle inexpliquée du mécanisme. Il fut aussitôt tenu pour responsable et convoqué chez l'ingénieur.

Plus question d'amabilités, comme lors du premier entretien ; tout de suite, M. Richardson lui adressa des reproches nourris.

« Vous n'aviez pas à vous faire seconder par une petiote ! C'est à se demander si vous aviez bien toute votre raison ! Dire que j'avais votre confiance.

– Je n'ai sollicité personne pour m'aider ! La petiote s'est glissée sous le crible de sa propre initiative. J'ai voulu la repousser, elle ne m'a pas obéi.

– Bref, le risque que vous avez pris est impardonnable. Par chance, les dommages corporels se limitent à un poignet foulé. Mais cela aurait pu être plus grave… beaucoup plus grave !

– J'avais pourtant découplé le dispositif, gémit Guillaumin. Comment a-t-il pu se remettre en marche ?

– Est-ce que je sais ? Parce que, dans votre hâte, vous n'avez pas vérifié convenablement la rupture de prise de force.

– J'ai observé toutes les consignes, monsicur, commc à chaque fois que nous avons dû intervenir sur ce genre de panne.

– Sans doute, sans doute ! Mais le mal est fait. Au vu de la faute professionnelle commise, je ne peux vous garder plus longtemps à mon service. Nous allons donc faire votre compte… Et ne cherchez aucun soutien du côté des meneurs, je peux vous prédire qu'ils ne seront vraiment pas enclins à vous défendre. Comprenez-moi à demi-mot… Eh oui ! mon petit monsieur, il faut parfois tenir sa langue…

– “Tenir ma langue ?” Que voulez-vous dire ? Pourquoi cette précision dont je ne saisis pas le sens ? »

Guillaumin se sentit stupide d'avoir pu poser une telle question. En fait M. Richardson en avait dit suffisamment pour l'éclairer. La mission de délation dont on l'avait chargée et qui aurait dû être tenue secrète avait été éventée… Sa position à la mine, faute professionnelle ou pas, n'aurait plus été tenable. Guillaumin chercha en vain le responsable de l'indiscrétion. Seule personne informée : Clémence !

« Vous pouvez disposer. Un dernier conseil bien amical : faites-vous oublier, il y a des rancœurs tenaces… »

Guillaumin attendit d'être seul pour pleurer de dépit ; des larmes rares qui ne persistèrent que le temps de retourner au crible où il s'inquiéta du sort de Sophie. Les jeunôts qui avaient repris le travail l'informèrent qu'on avait conduit la malheureuse à Pontgibaud pour un examen de son poignet puis, avec une touchante sincérité, se désolèrent en apprenant la sanction prononcée par l'ingénieur. Godillot arriva. Il houspilla la troupe puis vint se planter devant Guillaumin.

« Tu devrais déjà avoir quitté la fonderie ! Je vais te faire un aveu, ton départ me fait plaisir. Car ici, vois-tu, nous n'aimons pas beaucoup ceux qui jouent un double jeu… Et tu serais bien surpris si je t'apprenais le nom de celui qui a dénoncé ta forfaiture…

– Quelle forfaiture ?

– Tu oses le demander ? Sale mouchard !

– Qui vous a appris ? demanda Guillaumin qui sut que l'autre n'aurait aucune réticence à lui fournir ce renseignement.

– Ton propre père ! Ton cher papa lui-même ! Belle famille en vérité où la délation doit être comme une seconde nature !

– Mon père… répéta Guillaumin d'une voix sourde. Vous mentez ! »

Quitte à avoir le dessous, il fut tout prêt de se jeter sur un Godillot goguenard, mais se retint quand la remarque sibylline proférée quelques jours auparavant par son père lui revint à l'esprit : « On te garde pour une raison obscure… peut-être pas si obscure que cela ! » Il se souvint du coup de coude lancé à l'Émile en disant cela. Guillaumin, déconfit, totalement accablé, prit sa musette et se dirigea vers le porche, ce porche qu'il ne franchirait plus jamais… Maintenant, il en était certain ; l'accident avait été provoqué par quelqu'un qui avait volontairement remis en marche le crible. Une odieuse manœuvre destinée à le blesser et dont Sophie avait fait les frais. Pauvre petite Sophie qui subissait dans ses chairs les effets de la méprisable manigance.

« Alors, petite vermine, tu prends le parti de nous quitter ? »

Une voix à l'accent alsacien !

C'était le meneur, l'Allemand, qui, à deux mètres du porche, lui barrait le passage. Guillaumin, sans répondre à l'insulte, fit un détour pour l'éviter. L'homme d'un seul écart se replaça devant lui, un sourire mauvais aux lèvres.

« Un conseil, le nabot ! Ne t'avise plus de croiser mon chemin. Vu comme t'es fait, je pourrais te démolir d'une pichenette… t'écraser comme le sale moucheron que tu es ! Parce que tu es une vraie crevure ! Dis que tu es une crevure !

– Je suis une crevure, marmonna Guillaumin qui tenta de forcer le passage.

– Plus fort, il faut que tout le monde l'entende.

– S'il vous plaît, laissez-moi passer, supplia-t-il.

– Pas avant que tu n'aies répété bien haut que tu es une sale crevure ! »

Puis, mettant ses mains en porte-voix, l'homme cria à l'adresse d'un petit groupe d'ouvriers occupés à charger des poutrelles sur un tombereau.

« Venez tous, le nabot tient à nous faire un aveu ! »

Guillaumin se vit perdu, désespérément seul, un abîme sans fond ouvert devant lui. Son tourmenteur avait la partie belle, il parut beaucoup s'amuser de son exigence. Près du tombereau, les manœuvres toujours avides de se mêler à des altercations avaient suspendu leur travail. L'un se détacha du groupe pour se rapprocher, bientôt suivi par un deuxième…

« Je suis une crevure ! » cria Guillaumin.

L'Allemand s'écarta en riant.

« Fous le camp, petite merde, et ne t'avise plus de croiser mon chemin. »

Rouge de honte, le cœur en déroute, Guillaumin se dépêcha de franchir le porche. Il courut droit devant à en perdre haleine, ne s'arrêta que lorsque la plus haute cheminée de la fonderie eut disparu. Ses petites jambes se dérobèrent, il ne chercha pas à résister, s'affala d'un bloc dans le fossé où, tout en reprenant laborieusement son souffle, se força à contraindre la terrible humiliation qui le submergeait... Pire qu'une humiliation, une flétrissure ! De celles qui vous marquent à jamais de son fer rouge... « Crevure, crevure ! Je suis une crevure ! » Une voix intérieure lui scandait ces mots avec la constance des pilons de la fonderie... « Crevure, crevure ! » Il cria pour les couvrir, se pressa la tête entre les mains. « Crevure, crevure ! » Toutes autres tentatives étant vouées à l'échec, il lui parut n'exister qu'un moyen de sortir d'une telle désespérance, qu'un seul moyen d'abréger son amère rancœur contre le destin : mourir, disparaître... Ah ! ne plus exister, ne plus être ce médiocre échantillon de l'espèce humaine, une « crevure », comme l'avait si bien qualifié le meneur ! Pourtant, bizarrement, cette pensée lugubre prit dans son esprit le tour d'une nouvelle lâcheté. Aurait-il le courage de se supprimer ? Serait-il lâche ? Assez, assez ! C'était trop aisé de se livrer, telle une proie consentante, aux affres de l'amertume. « Veule, veule ! » Éternel lamento... Alors, quelque chose se dénoua chez Guillaumin, des ressorts détendus se contractèrent… « Clémence, mon amie, mon amie… émit-il dans un imperceptible râle, je ne veux plus subir, me courber comme le boxeur frappé à l'estomac, plus jamais ! Je veux haïr le monde plus qu'il ne me hait ! »

Couvert de boue, Guillaumin se releva du fossé. Il s'aperçut que la pluie tombait toujours et qu'il tremblait de tous ses membres. Il songea à Sophie. Sans doute, suite à son poignet foulé, l'avait-on incité à rentrer chez elle. Pouvait-il, la ferme de ses parents n'était qu'à un quart d'heure de marche, se permettre de la rejoindre pour la réconforter ? Mais quel accueil allait-on lui réserver ? Le père de la gamine était un rustaud toujours enivré et qui pourrait mal interpréter le sens de cette visite… Il renonça.

Partie II

XI

Une visite à Rochefort-Montagne

GUILLAUMIN PROFITA d'une course à Pontgibaud pour utiliser la carriole sans avoir à en exposer la raison. Son père, avec lequel il était en froid, ne lui aurait sûrement pas permis un si long trajet. Rochefort-Montagne, ce n'était pourtant pas le bout du monde, et la route qui suivait pour une bonne part le cours de la Sioule ne présentait aucune difficulté.

Guillaumin voulait savoir. Savoir pourquoi Clémence tardait à revenir et surtout connaître son sentiment réel vis-à-vis du Piarre Ponsol. Cela faisait maintenant quinze longs jours qu'il était sans nouvelle. Plusieurs fois, il s'était rendu chez le forestier, toujours pour recevoir la même réponse : « Ma fille doit se trouver bien chez sa cousine et, là-bas, le Piarre lui fiche la paix, reviens demain ! » Quinze jours à se morfondre, à s'interroger, à imaginer, à passer des nuits blanches… Et une visite faite au fils Ponsol, une semaine après son lamentable renvoi de la mine, fut loin de le rasséréner…

Le Piarre fut presque content de le voir débarquer. Il vint même à sa rencontre, tout souriant. Pour un peu, il l'aurait embrassé ! Évidemment, quand Guillaumin lui apprit qu'il n'avait pu s'entretenir avec Clémence, sa mine s'était un peu rembrunie, mais seulement l'espace de quelques minutes.

« Je pense que les choses s'arrangent entre elle et moi. Quand elle reviendra de Rochefort-Montagne, nous aurons une discussion sérieuse sur la manière dont nous pourrons envisager l'avenir… »

Le cœur de Guillaumin s'affola.

« Tu l'as revue ?

– Oui, avant-hier, je suis allé lui rendre visite chez sa cousine…

– Sa cousine de Rochefort ? Tu es allé à Rochefort-Montagne ?

– Nous avons tout remis à plat… Nous avons aussi parlé de toi… Elle t'estime beaucoup.

– Ah ? »

Des questions se pressèrent sur les lèvres de Guillaumin, mais comment les exprimer sans trahir l'intérêt porté à cette entrevue ? Il se força à sourire, trouva un biais :

« M'inviterez-vous à la noce ? demanda-t-il d'un air détaché. Vous êtes mes amis…

– Oui, oui, bien sûr… Souviens-toi, je te l'ai promis. Nous aurons le temps d'en reparler. »

La tiédeur de cette réponse donna à penser que le projet d'une telle union était loin d'être abouti. Le Piarre s'en expliqua :

« Clémence redoute que ma mutilation soit une entrave pour reprendre la ferme du père. Elle appréhende d'avoir à accomplir seule les tâches les plus rudes. Je l'ai rassurée en lui certifiant que j'embaucherais un aide. Je conçois ses craintes... »

Il modifia le ton pour ajouter :

« Mais une bonne épouse, même si cela demande parfois des efforts, ne doit-elle pas participer sans rechigner à la bonne marche du ménage ? Clémence fait un peu sa mijaurée... Son père lui a passé ses caprices... Il faudra que je redresse la barre, d'abord en douceur, puis... »

En avait-il trop dit ? Sans doute, car il se reprit avec l'expression ennuyée de quelqu'un qui a le sentiment d'avoir commis un impair :

« Ne va pas imaginer des choses, de mon côté je suis prêt à faire des concessions... Enfin, jusqu'à une certaine limite. D'ailleurs, ma mère sera là s'il faut la remettre dans le droit chemin. »

Guillaumin en avait assez entendu, il aborda un autre sujet.

« L'armée va-t-elle te verser un dédommagement suite à ton amputation ? Une rente ou quelque chose comme ça ?

– Le capitaine de ma compagnie a envoyé une requête en ce sens et qui devrait aboutir, l'arme que je manipulais a été reconnue défectueuse... mais on m'a prévenu que la commission chargée de l'affaire mettrait des mois avant d'émettre un avis définitif.

– Tu as une idée du montant ?

– Aucune… »

Passé Massages, la pluie redoubla de violence sous les coups du vent. Malgré la toile huilée dont il s'enveloppa, en peu de temps, Guillaumin se retrouva trempé comme une soupe. Heureusement Rochefort-Montagne n'était plus qu'à cinq kilomètres. En fait, la cousine ne demeurait pas au bourg lui-même mais, ainsi qu'il l'apprit, au lieu-dit la Maison brûlée, ce qui l'obligea à emprunter un chemin de traverse défoncé d'ornières. Aveuglée par les sautes de pluie, la jument regimba, puis refusa d'avancer. Guillaumin attacha sa longe à un arbre, termina le reste du trajet à pied.

C'est ruisselant et crotté jusqu'aux genoux qu'il se décida à frapper à la porte de l'unique maison tapie à l'orée d'un bois. Le chemin n'allait pas plus loin. Curieuse bâtisse, isolée de tout, érigée en pierres taillées, avec un toit à quatre pans couvert de lauze. La femme qui vint lui ouvrir était de petite taille, au maintien raide, vêtue de noir. Le chignon bien tiré dégageait un front volontaire, sans ride. Quarante, cinquante ans ? Plus ? Elle scruta Guillaumin d'un regard chargé d'une lourde suspicion.

« Que voulez-vous ? interrogea-t-elle.

– Me serait-il possible de voir Clémence ? Je viens tout exprès de Pontgibaud. Je suis Guillaumin, un de ses amis… »

Toujours ce même regard qui semblait vous accuser de quelque délit équivoque et ténébreux !

« Guillaumin, dites-vous ? Je vais voir si elle désire vous recevoir », déclara-t-elle d'une voix sèche et méprisante.

Elle referma la porte. Quelques minutes s'écoulèrent. C'était donc elle, la fameuse cousine ? Cette femme revêche propre à couvrir de confusion le plus honnête homme ! Quand, enfin, la porte se rouvrit, ce fut pour encadrer Clémence, une Clémence tout aussi peu avenante que sa cousine et qui ne le gratifia d'aucun sourire.

« Qu'est-ce que tu viens faire ici ? D'abord, le Piarre ! Et toi maintenant ! Qu'avez-vous donc, tous, à me poursuivre ?... Qui t'a permis de venir ?

– Je ne te poursuis pas... Si ma présence te gêne, je peux m'en retourner sur-le-champ.

– Non, non ! Maintenant que tu es là, entre. »

Guillaumin se déchaussa, pénétra dans le corridor qui se terminait au pied d'un escalier. Il suivit Clémence à l'étage supérieur.

« Ma cousine a horreur des intrus. Il ne faudra pas rester trop longtemps. Suis-moi dans la chambre. Dieu ! tu dégoulines et tu as mouillé partout. Il faudra que j'efface ces traces...

– Excuse-moi...

– Je veux dire que tu aurais pu attendre un temps meilleur pour venir... Évite de toujours culpabiliser sans raison. »

Ils pénétrèrent dans une petite pièce qui n'avait d'une chambre que le nom. Il s'agissait d'un débarras où, entre les objets les plus divers, gisait à terre un matelas avec des couvertures en désordre.

« Alors, pourquoi voulais-tu me voir ? Il doit y avoir une bonne raison ?

– Parce que j'ai... j'ai eu envie, bafouilla Guillaumin de plus en plus décontenancé par l'accueil reçu.

– C'est tout ? Tu as fait tout ce chemin avec un temps de chien parce que tu as eu envie ? »

Devait-il lui avouer d'emblée qu'il avait récemment rencontré le Piarre puis lui révéler les propos échangés ? Non, il préféra lui rapporter l'attaque d'apoplexie subie par sa mère et les séquelles qui en résultaient. Clémence l'écouta distraitement, avec ce simple commentaire quand il eut terminé :

« C'est bien triste... Mais comme tu ne l'aimes pas, ta peine doit être légère ?

– C'est ma mère...

– Bien sûr, bien sûr... Et qui s'occupe d'elle ?

– Moi... Je suis le seul disponible depuis mon renvoi de la mine.

– Pourquoi t'ont-ils renvoyé ? »

Il lui expliqua dans le détail les circonstances de sa mise à pied. Ce qui parut beaucoup plus l'intéresser que l'infirmité de sa mère.

« Je n'aurais peut-être pas dû suivre tes conseils, conclut-il. Mon travail de mouchardage a été un désastre. J'ai failli me faire écharper. Et encore, je n'avais pas eu l'occasion de moucharder quoi que ce soit !

– Est-ce ma faute si quelqu'un t'a dénoncé ? l'interrompit-elle avec brusquerie. Tu aurais dû être plus discret. »

Guillaumin s'abstint de lui préciser qu'elle avait été la seule personne mise au courant... Il n'avait plus devant lui la Clémence si séduisante, si affable, connue un soir de l'été finissant à l'ancien barrage. Il se rendit compte que sa présence était déplacée, voire inconvenante, en éprouva un fort dépit et se résolut à quitter le lieu.

« J'espère que je ne t'ai pas trop ennuyée avec mes histoires ? Mais mes histoires ne sont jamais très réjouissantes... Je dois y aller. »

Pour la forme, en guise d'adieu, il lui adressa un maigre sourire et allait sortir de la pièce quand elle le retint d'une seule parole :

« Reste !

– À quoi bon ? Je vois bien que ma venue ne t'a pas enchantée et je crois surtout que l'on s'est tout dit... puisque l'on n'a rien à se dire.

– Ne sois pas stupide. On ne s'est pas tout dit et tu le sais très bien.

– Peut-être pas tout... Mais, maintenant, est-ce que cela a encore une quelconque importance ?

– Plus que jamais... Guillaumin, suis-je, oui ou non, ton amie ?

– Parfois, je me le demande... Tu n'as manifesté aucun plaisir en me découvrant – bien piteux, je l'admets – sur le pas de la porte. Sans mentir, j'ai presque hésité, tant mon malaise fut grand, à franchir le seuil…

– Mets-toi à ma place, tu débarques comme ça, sans prévenir… Je te rappelle que je ne suis pas chez moi et que ma cousine n'apprécie pas les têtes nouvelles. Allez, vide ton sac, mon garçon ! Je viderai le mien après… Une minute ! »

Clémence alla refermer discrètement la porte de la chambre, puis vint s'asseoir sur le bord du matelas. Elle fit signe à Guillaumin de prendre place à ses côtés.

« Le Piarre est venu me voir…

– Je sais, il me l'a dit…

– Tu me raconteras après. Il m'a supplié de le laisser entrer… Bien sûr, j'étais réticente. Mais tu aurais vu sa mine défaite avec ses yeux de chien battus ! Jamais je ne l'avais connu ainsi ! Lui si arrogant, à la parole si assurée… Il n'était plus que l'ombre de lui-même. En plus, comme pour m'attendrir, il se tenait le moignon bien en évidence et enveloppé dans un pansement où l'on devinait des traces anciennes de sang. J'ai eu pitié de lui. J'ai refusé qu'il entre, mais ai accepté de faire quelques pas avec lui devant le perron. Il a commencé par s'excuser de s'être mal conduit avec moi et avec mon père.

– Était-il sincère ?

– Va savoir ?… Il faisait tout pour le paraître… J'étais quand même sur mes gardes… Il a insisté en larmoyant pour que je lui pardonne ses écarts et ses menaces mis sur le compte d'un traumatisme lié à son amputation.

– Et tu lui as accordé ton pardon ?

– Pas immédiatement, cela aurait été trop facile… J'ai dit qu'il fallait que j'y réfléchisse.

– Bien sûr…

– Quoi, "bien sûr" ? Si tu dois me couper à chaque instant, autant que j'arrête là !

– Continue, je ne t'interromprai plus.

– Alors, il m'a reparlé de mariage, m'a affirmé qu'il ne pouvait pas envisager de faire sa vie sans moi, qu'il serait capable de mettre fin à ses jours si cette union devait ne pas avoir lieu… Bref, que je tenais son existence entre mes mains. Puis il a désiré m'embrasser, "comme autrefois", a-t-il ajouté. Je l'ai repoussé. Il n'a pas insisté, il s'est même écarté de moi comme un petit enfant boudeur auquel on a refusé une faveur… Ensuite, il a voulu me prendre la main… J'ai également refusé… »

Guillaumin se fichait de ces détails. Il aurait eu envie de lui crier : « Viens-en au fait ! » Clémence semblait prendre un malin plaisir à lui narrer par le menu chaque phase de l'entrevue. Il en vint à se demander s'il n'y avait pas un calcul pervers de sa part à faire traîner les choses. Mais il avait promis de se taire. Il se tut.

« "Donne-moi le petit espoir que tout n'est pas perdu", implora-t-il. Je le lui ai donné en imposant mes conditions. D'abord, qu'il ne vienne plus m'importuner chez la cousine, puis qu'il abandonne l'idée de me faire mener une vie commune avec ses parents, surtout avec sa mère... »

Guillaumin perçut le bond que son cœur fit dans sa poitrine. Il trahit sa promesse.

« Ces conditions remplies, tu ne rejettes donc plus le projet de t'unir à lui ?

– Ne soit pas sot... Tu imagines le Piarre quitter le toit familial ? Il ne se séparera jamais de sa mégère de mère !

– Comment a-t-il réagi ?

– Ah çà ! le bougre était bien embarrassé... Sais-tu ce qu'il m'a répondu ?

– Non ! Comment le saurais-je ?

– Que je pouvais lui infliger toutes les conditions du monde, que pas une seule ne le rebuterait ! Si c'est pas de l'amour, je n'y connais rien ! »

Clémence éclata d'un rire sonore, tout étonnée que son hilarité n'entraînât pas la même manifestation chez Guillaumin.

« Tu aurais dû te contenter de lui signifier fermement un refus définitif, lui reprocha celui-ci. Il ne te lâchera plus puisque tu lui as laissé un espoir.

– Mais non, grand benêt que tu es ! Tu ne m'as donc pas écoutée : je refuse de vivre avec sa mère. Où irions-nous, grands dieux ? En plus, le Piarre n'a pas un sou vaillant.

– Et si...

– Si quoi ?

– Rien, j'allais dire une bêtise...

– Alors, il vaut mieux te taire ! »

Guillaumin n'exprima pas ce qui venait de lui passer par l'esprit, c'était certainement stupide… Le Piarre, prêt à tout, pouvait fort bien répondre à la deuxième exigence en éloignant temporairement sa chère mère de la ferme et la faire revenir, une fois le mariage entériné. Clémence jouait à un jeu dangereux… À moins que… à moins que… Cette idée l'effraya… À moins que les dés de ce jeu ne fussent pipés et qu'il fût, lui, le berné ! Clémence devait bien être consciente de l'intérêt qu'il éprouvait à la fréquenter. On ne fait pas dix kilomètres sous une pluie battante pour rejoindre quelqu'un si aucune inclination ne vous y pousse ! N'était-elle pas, tel un chat avec une souris, en train de s'amuser avec ses sentiments, non dévoilés certes, mais qu'une nature féminine peut aisément reconnaître ?

Guillaumin voulut chasser cette pensée. Non seulement il n'y réussit pas, mais elle lui en inspira une autre tout aussi périlleuse… Clémence avait été la seule qui fut informée de la proposition faite par M. Berger… Qui d'autre aurait pu instruire son père des conditions de sa maintenance à la mine ?

« Guillaumin, qu'est-ce qui t'arrive ? On dirait que tu es sur ton nuage…

– Rien… Je crois que tu finiras par épouser le Piarre.

– Tu crois, tu crois ! Je n'en ai rien à faire de ce que tu crois ! Peut-être l'épouserai-je, peut-être pas… Parle-moi plutôt de ta rencontre avec lui. Que t'a-t-il dit ?

– Rien de bien intéressant…

– Mais encore ?

– Je ne sais plus… On ne s'est pas vu longtemps. Je dois partir, mon père peut avoir besoin de la carriole. »

À ce moment, comme si elle avait épié la conversation, la cousine tambourina à la porte. Guillaumin fut soulagé de cette diversion, il se leva.

« À bientôt Clémence.

– À bientôt », répondit-elle sans prendre la peine de lui jeter un regard.

Il attendit quelques secondes avant de quitter la pièce, elle ne chercha pas à le retenir. Au bas de l'escalier, il salua la cousine faussement occupée à remonter les poids de l'horloge et qui répondit par un bref grognement.

Une fois dehors, la tête embuée de pensées contradictoires, il mit un temps infini à lacer ses chaussures puis, tout espoir perdu que Clémence ne le rappelle – pourquoi l'aurait-elle fait ? – courut jusqu'à la carriole. La pluie tombait toujours aussi dru en lui cinglant le visage, et la frange des nuages commençait d'effleurer la cime des plus hauts arbres…

« Idiot, je suis un idiot ! » lâcha-t-il en dénouant la longe de la jument. Qu'est-ce qui lui avait pris de partir si précipitamment sans rien révéler de qu'il savait sur les intentions du Piarre ? Maintenant il lui faudrait reprendre tout à zéro… « Idiot, idiot ! » répéta-t-il en se martelant le front. Peut-être n'était-il pas trop tard pour faire machine arrière ? Non, il était trop tard, définitivement trop tard… Et puis tous ses arguments seraient sans poids car, en dépit de ses dénégations, Clémence semblait bien décidée à épouser le Piarre. La petite Sophie avait raison : les filles, c'est vraiment compliqué !

En donnant du fouet à la jument qui s'obstinait à prendre le mauvais côté du chemin, là où les ornières étaient les plus profondes, Guillaumin n'eut qu'une hâte, fuir, échapper à ce lieu, faire comme s'il n'avait jamais existé ou seulement dans un rêve exécrable. Mais les rêves exécrables ne se laissent pas facilement oublier !

Sur la route devenue carrossable, debout, ses rênes claquant l'air, il fit prendre le trot à sa monture. Il ne tenta plus de se protéger de la pluie, au contraire, il la reçut avec allégresse, ferma les yeux pour mieux en sentir les mille petites morsures. Une rafale de vent emporta ses cris : « Clémence, Clémence ! »

XII

Les pierres d'évêque

GUILLAUMIN AJOUTA un morceau de beurre à la purée qu'il venait d'écraser, puis il touilla rageusement la mixture. 7 heures du soir, l'heure du repas de sa mère, une tâche qui le rebutait mais dont il se chargeait quand la Fernande de Laudine prenait son jour de congé… Elle lui avait donné les consignes : « Veille bien à ce que les aliments ne soient pas brûlants, attends qu'elle ait dégluti avant de lui présenter une autre cuillerée ; si elle s'étouffe, redresse-la et donne-lui des tapes dans le dos, enfin n'oublie pas de lui parler car elle entend peut-être… »

Guillaumin ressentait toujours le même malaise en pénétrant dans la chambre de sa mère grabataire, une sorte de sensation nauséeuse. Au début, il se refusa à lui parler. À l'évidence, ce soliloque aurait été stupide, sa mère n'était qu'une machine à engloutir dénuée de toute perception, un monceau de chairs amorphes. Puis il lui adressa quelques mots, de simples recommandations non suivies d'effet – rien, absolument rien, ne la faisait réagir –, mais qui concédaient un peu de commisération dans ce contact déshumanisé. Pourtant, dans les premiers jours, son état parut connaître une légère amélioration. Tandis que Guillaumin lui essuyait la bouche, elle eut la force de détourner légèrement la tête pour l'observer avec une fixité étrange. Cela dura à peine une minute et ce regard semblait dire : « Je te reconnais, bon à rien ! »

Il lui arrivait parfois de lui décrire les événements de la journée, ses altercations avec son père ou l'Émile… Il s'interrompait brusquement, comme si l'ineptie de ce monologue que seules les mouches pouvaient entendre se dévoilait soudain… D'un geste mécanique, il présentait la cuillère, poussait du doigt la nourriture dans cette bouche constamment ouverte comme celle de l'oisillon quêtant la becquée.

Le lendemain de son entrevue avec Clémence, il eut une réelle envie de se confier, de tout déballer, comme on se débarrasse d'un fardeau devenu trop lourd. Le bol de purée serait long à engloutir, il pouvait prendre son temps, certain de ne pas être interrompu. En présentant à la bouche bée la première cuillerée, il dit :

« Tu sais, maman, hier je me suis rendu à Rochefort-Montagne, chez la cousine qui a accueilli Clémence. Il pleuvait comme vache qui pisse… Ç'a été plus fort que moi, il fallait que j'y aille… Mais si, souviens-toi ! Clémence !… Clémence, la fille du forestier que j'ai connue chez les Ponsol, la première fille qui soit entrée dans ma pauvre vie de reclus et dont je suis tombé amoureux fou… Fou, maman, elle m'a rendu fou d'amour… Est-ce que cet amour est partagé ? Il faut que je réponde à cette question ? Plus tard, maman, plus tard ! Avale, c'est en train de refroidir. Sans Clémence, je suis perdu, anéanti, broyé… juste bon à me noyer dans le bief ! C'est ce que tu aurais dû faire à ma naissance ? Je sais, tu me l'as si souvent répété ! Non, non ! Ne recrache pas ! Chez la cousine, quand Clémence s'est présentée à la porte, je n'étais pas fier et je devais avoir l'air d'un chat mouillé… Je voulais lui rapporter ce que m'avait dit le Piarre, la prévenir que ses intentions, dans un premier temps, étaient de faire le dos rond, quitte, ensuite, à lui faire comprendre que le maître c'était lui. Lui et sa mère, sa mégère de mère ! Comment ? Ce ne sont pas mes affaires ? Je me mêle de ce qui ne me regarde pas ? Qu'en sais-tu ? Ne t'ai-je pas dit, il y a un instant, que j'étais amoureux fou de Clémence ? L'idée qu'elle puisse envisager d'épouser le Piarre me retourne les sens, me détruit, me lamine… Eh bien ! maman, je me suis tu… Pas un mot sur les desseins du Piarre, ça n'a pas voulu sortir. J'ai craint qu'elle ne me croie pas. Enfin, je suppose que c'est la raison… Que dis-tu ? Tu connais le véritable motif de mon mutisme ? Pour Clémence, je ne suis qu'un jouet, un jouet qu'elle va se plaire à briser ? Tais-toi, maman, tais-toi, je t'en supplie ! Qu'importe, je vais tuer le Piarre ! Ne fais pas ses yeux ronds, tu m'as bien entendu ; je vais me débarrasser du Piarre. Comment vais-je m'y prendre ? Je ne sais pas encore. Je trouverai le moyen… Oui, c'est horrible ! Mais la vie est horrible… »

Guillaumin rompit l'inepte monologue. Depuis combien de temps tenait-il sa cuillère levée tandis que sa mère, bouche ouverte, attendait son bon vouloir ? Il termina de vider le bol avec plus d'application, encouragea par deux ou trois paroles aimables les laborieuses déglutitions… Tout de même, c'était la deuxième fois que la pensée de supprimer le Piarre lui traversait l'esprit… Accomplir un tel acte, décider froidement d'occire un être humain, relevait de l'irraisonnable, de l'extravagance la plus échevelée… Il se jugea trop placide pour se libérer d'un rival par la seule voie du crime. C'eût été entrer avec effraction dans le rang des dominants alors que sa nature le maintenait dans celui des asservis. Pourtant l'idée de tuer le Piarre ne le quitta plus et il envisagea mille méthodes pour parvenir à cette fin.

Guillaumin descendit le cours de la Sioule bien au-delà de la source ferrugineuse.

Sur la rive gauche, à un endroit qu'il n'avait plus à déterminer, subsistait l'entrée d'une ancienne mine qui ne devait plus être exploitée depuis fort longtemps. On disait que certaines galeries dataient des Gaulois… Cette cavité, il l'avait découverte par hasard, à la poursuite de Trompette, l'année de ses treize ou quatorze ans. Il avait le souvenir de l'étroitesse de son entrée avec, pour la défendre, une porte ferrée.

Le lieu était difficile d'accès, encombré d'inextricables branchages et très pentu. Cela faisait près de deux heures qu'il arpentait les berges sans parvenir à découvrir le moindre indice sur sa situation exacte. Quand le flot de la Sioule se resserra au pied d'un escarpement, ne rendant plus la progression possible, il faillit renoncer. Des éboulements de terre s'étaient produits, l'un avait certainement occulté l'ouverture de l'ancien gisement. Il jeta un dernier regard sur le flanc abrupt au-dessus de lui et, soudain, une image lui revint à l'esprit. Il reconnut une avancée pierreuse envahie de mousse. Il en était sûr, la mine était sous cet aplomb. Il reprit courage, gravit à quatre pattes les cent mètres de pente, escalada un immense tronc d'arbre couché, se faufila à travers un dédale de branches pourries et se retrouva enfin devant la petite porte de fer bien sertie dans la roche. Elle était passablement rouillée, couverte de végétation. Pas de poignée, aucun mécanisme d'ouverture. Guillaumin s'empara d'une pierre qu'il projeta contre la ferraille. Aucune chance de l'ébranler par ce moyen. Sur le côté droit, il découvrit un interstice qui laissait passer un léger courant d'air et qui pouvait servir d'ancrage à un pied de biche. À défaut de cet outillage, il enfonça dans l'espace l'extrémité d'une grosse branche. Une première poussée fit vaciller la cloison de fer mais, à la seconde, son levier improvisé se brisa. Guillaumin déclara forfait, il reviendrait avec une barre à mine empruntée à la scierie. Une déception tempérée par le fait que l'endroit, bien retiré et visiblement jamais visité, convenait parfaitement à son plan. C'est alors que la chance lui sourit ; à peine visible sous le tapis d'humus, il avisa, de la longueur d'un bras, un morceau de ferrure. Immédiatement, il se remit à l'œuvre, sentit que la résistance pouvait céder. La porte qui s'entrouvrit légèrement ne possédait pas de serrure, seule la terre amassée à son pied empêchait son ouverture. La ferrure servit de pioche. Une opération aisée qui dégagea vite la porte de sa cangue. Nouvelle pression sur le levier, c'était gagné. La cloison bascula sur ses gonds, s'ouvrit sur un boyau plongé dans un noir complet. Guillaumin dut se courber pour y pénétrer. Il patienta, le temps que son œil s'habitue à l'obscurité, et poursuivit sa progression sur une vingtaine de mètres. Il aurait pu s'enfoncer plus avant sans la nappe d'eau qui stagnait dans le reste de la galerie… Il se demanda comment des hommes avaient pu autrefois travailler dans ces conditions d'étroitesse… Ce fut un jeu d'enfant que de repousser la porte et de la tenir bien close en l'encombrant de branchages.

Guillaumin regagna la berge, satisfait d'être parvenu à ses fins.

Un seul problème demeurait ; comment attirer le Piarre dans cet endroit désolé ?

Il allait y réfléchir.

Deux jours plus tard, son plan était établi.

« Pour un peu, il aurait fallu te couper le poignet, comme le fils Ponsol… »

Sophie accueillit la plaisanterie avec le sourire. Elle remua la main pour montrer qu'une telle amputation aurait été superflue.

« Dans l'affaire, j'ai gagné huit jours de repos et je n'hésite pas à dire que je souffre beaucoup pour avoir la paix. »

Son beau sourire s'effaça.

« Ton renvoi est une injustice. Tu vas beaucoup nous manquer, à moi surtout…

– J'ai du temps libre, dit Guillaumin touché par l'aveu, je viendrai de temps à autre t'attendre à la sortie du soir.

– Seulement de temps à autre ? Moi, je voudrais que tu viennes tous les jours. Alors, dis, tu me parles de Clémence ? »

Ils parcouraient sans se presser le chemin de traverse qui serpentait en pente douce vers la vallée. Une simple promenade en direction de Fougères choisie pour sa facilité. Guillaumin n'avait pas songé à s'attarder autant auprès de Sophie, juste le temps de s'inquiéter de sa convalescence, mais c'est avec joie qu'il avait accepté la proposition d'une petite randonnée. Un instant, tandis qu'elle le précédait, il se demanda pourquoi cette relation, qui n'avait plus lieu d'être, lui procurait un tel plaisir. La réponse vint d'elle-même ; à douze ans, obligée de travailler dans de dures conditions, subissant les colères d'un père alcoolique, l'enfant n'était guère mieux lotie que lui, ce qui ne l'empêchait pas d'afficher un sourire naturel, une insouciance déroutante et un culot monstre ! Mais, à vouloir seulement identifier sa faiblesse à la sienne, c'était aller trop vite en besogne, il y avait maldonne. La joliesse de Sophie, avec sa gracieuse frimousse, ne pouvait lui échapper… Un atout qui lui assurerait une tout autre destinée, qui lui attirerait biens des faveurs, celles qui font que l'on devient le roi ou la reine d'un jour !… Sophie se retourna.

« Je veux savoir. L'as tu revue ?

– Qui ?

– Clémence, pardi !

– Oui. Je suis allé à Rochefort-Montagne chez sa cousine. C'est là qu'elle demeure pour l'instant…

– Ah ? Et alors ?

– Alors, je l'ai revue !

– C'est tout ce que tu as à me dire ? Tu ne tiens pas à en parler ? Ça s'est mal passé ?

– Pas trop bien… Je crois qu'elle se moque de moi.

– Tu crois ou tu en es sûr ?

– Je crois… »

Sophie dodelina de la tête.

« C'est moche… Et le Piarre ? T'es monté le voir ?

– Oui… Il s'est un peu calmé. On a discuté comme si nous avions été toujours amis. Il pense que le mariage se fera…

– C'est "remoche"… Et toi dans tout ça ? Tu laisses tomber ?

– Non ! L'histoire n'est peut-être pas finie… Il peut encore se passer des choses…

– Quelles choses ?

– Des choses... Je ne tiens pas à en parler... »

Sophie fit une petite moue contrite en comprenant que Guillaumin n'ajouterait rien. Elle renonça à le questionner davantage, pressa le pas pour le devancer. Au sortir d'une futaie de hêtres, le chemin devint boueux, nanti en maints endroits de flaques infranchissables. Ils durent pour les éviter escalader le talus et se frayer un passage au travers d'un fatras de ronces... D'un commun accord, ils décidèrent alors de faire demi-tour. Au premier embranchement surmonté par une croix de fer toute tordue, Sophie suggéra :

« Nous ne sommes plus très loin de Fougères. En coupant par le bois de Villelongue, on peut y être en dix minutes. Ma tante sera heureuse de nous accueillir.

– Je ne sais pas si c'est une bonne idée... Je n'aime pas trop les nouvelles têtes...

– Ma tante est une brave femme, toujours le cœur sur la main... Fais-moi plaisir, allons-y. Et puis, je te présenterai Noël, mon cousin...

– Le petit Noël, celui qui se laisse embrasser en disant que c'est un péché ?

– Il est bête... Comme tous les garçons ! Mais je l'aime bien. »

À la grande joie de Sophie, Guillaumin accepta le détour.

Le hameau de Fougères était situé sur le plateau dénudé dominant la vallée de la Sioule, tel un immense marchepied des monts Dôme tout proches. Ce jour-là, la crête des puys était emmitouflée de nuages cotonneux...

La tante de Sophie habitait une modeste bâtisse, toute basse, close par un muret de pierre sèche. En comparaison des dimensions de la maison, le tilleul qui croissait dans la courette, avec sa ramure qui pouvait ombrager tout le toit, semblait gigantesque. À leur approche, un chien aboya. Apparut la silhouette d'une femme vêtue de noire, au dos courbé, et qui marchait appuyée sur son bâton. « Ma tante Eugénie ! » souffla Sophie qui se précipita à sa rencontre. Guillaumin se tint à l'écart pour ne pas troubler leur effusion. Quand il se rapprocha, trompé par ses vêtements sombres et sa taille menue, il observa que la femme n'était pas aussi âgée qu'il l'avait cru : quarante ans, tout au plus. Son visage, qui ne possédait pas les rides habituelles des femmes de paysan, affichait une grande sérénité, une douceur émaillée d'un discret sourire.

Guillaumin se présenta, puisque Sophie, déjà parti à la recherche de son cousin, avait omis de le faire. L'accueil fut chaleureux, sans le regard, à la fois curieux et gêné, trop souvent décoché par les inconnus.

« Entrez, jeune homme, votre visite me fait plaisir. Nous en avons si peu... Fougères est un cul-de-sac. »

L'intérieur était ordinaire, un peu étroit à cause d'une grande table ceinte de ses deux bancs. La cheminée gardait un tapis de braises qui réchauffait une marmite d'où s'échappaient d'agréables effluves de soupe aux choux. Guillaumin se sentit bien.

« Connaissez-vous mon frère ? Le père de la petite ? demanda la femme en disposant des verres et un broc d'eau fraîche.

– Non…

– Il mène la vie dure à ma pauvre Sophie… Surtout quand il a bu. Ce qui lui arrive souvent. C'est qu'elle est brave ma Sophie !

– Sûr !

– Et qui ne ferait pas de mal à une mouche… Ce n'est pas dans sa nature.

– Certainement pas, acquiesça Guillaumin qui s'inquiéta d'avoir à entretenir une conversation faite de succinctes approbations.

– Je lui reproche une seule chose…

– Oui ?

– N'avez-vous point remarqué que ses manières manquent parfois de féminité ? Elle a toujours préféré la compagnie des gars à celle des filles…

– Maintenant que vous le dites, c'est possible. »

Des rires cristallins abrégèrent sa crainte.

Sophie était de retour, accompagnée de son jeune cousin, un garçon potelet, à l'œil vif, et qui salua Guillaumin d'un « bonjour monsieur ». La tante s'affaira aussitôt à couper du pain pour en tartiner les tranches de confiture de mûre.

« Mangez, monsieur Guillaumin, dit-elle en déposant devant lui la première tranche… Vous préféreriez peut-être un peu de saindoux ?

– Non, non... Je n'ai pas un gros appétit. Et puis, nous ne devons pas nous attarder. »

Coincé entre Sophie et son cousin Noël, Guillaumin eut l'impression par ce goûter improvisé de se retrouver des années en arrière, lorsque avec son frère, le P'tit Louis, ils se rendaient chez une voisine handicapée et, hélas ! trop vite décédée... Cette brave femme avait le même empressement à les nourrir de tartines étalées d'une confiture de mûre qui avait la même couleur, la même onctuosité, la même saveur... Petit écho délicieux d'un temps révolu. Quel âge avait-il alors ? Six, sept ans... Après, il n'avait plus grandi, ou si peu...

Sophie le poussa du coude.

« Je voudrais te montrer quelque chose, dit-elle en léchant ses doigts enduits de confiture.

– Quoi ?

– Une sorte de trésor ! Tu vas être rudement étonné ! »

Sans fournir d'autre précision, elle se leva, alla prendre sur l'étagère qui supportait un lot de bibelots une toute petite boîte enveloppée de velours noir.

« Ma tante, j'aimerais montrer à Guillaumin ce qu'elle contient... Je peux ?

– Bien sûr, puisque c'est à toi...

– C'est à elle, rectifia le cousin, mais si elle les emporte ce sera pour les perdre... »

Sophie haussa les épaules, signifiant que cette probabilité était saugrenue. Bien en vue de Guillaumin, elle ouvrit le couvercle de ce qui ressemblait à un écrin. L'intérieur était vide.

« Que suis-je censé découvrir ?

– Regarde mieux. Il y en a deux.

– Deux quoi ?

– Deux pierres précieuses ! Mon trésor ! »

Guillaumin se pencha et distingua effectivement, cachées dans un pli du velours, pas plus grosses qu'un grain de café, deux pierres de couleur violette. Il s'en saisit, en examina les facettes à la lumière du jour. Aucune taille ne les avait façonnées, mais c'était les premières qu'il lui était donné de voir et sa surprise fut grande… Surprise qui s'étiola quand la tante en expliqua l'origine.

« Un soir de décembre, une sorte d'ermite qui se disait sourcier s'en est défait contre un bon repas arrosé d'une chopine. Hélas ! ces fragments n'ont pas une grande valeur ! C'est de la pierre d'évêque, de l'améthyste… L'homme m'expliqua que ces gemmes, placées dans son pendule, réagissaient à la moindre veine d'eau. »

Sophie referma la boîte, un peu déçue que son effet tombe à plat. Sa mine défaite fit rire son cousin.

« Ton trésor ne vaut rien, ton trésor ne vaut rien », serina-t-il.

XIII

Le piège se referme

GUILLAUMIN PRIT EN MAIN la massette, la soupesa. L'instrument pouvait convenir. Dans la boîte à outils, il trouva un lot de burins rouillés. Il en retint deux et disposa le tout dans sa musette. C'était parfait, avec un tel équipement son travail serait aisé…

La porte de la remise s'entrouvrit.

« Ah ! vous êtes ici, monsieur Guillaumin… Venez vite ! Votre mère… »

Dans l'encadrement se tenait Fernande, l'air affolé.

« Il faut que vous m'aidiez à relever votre mère, elle est tombée de son lit. Je ne suis pas assez forte. »

Guillaumin dissimula sa musette sous un amas de vieilles frusques, suivit la femme.

« Comment a-t-elle fait pour tomber ? Elle est incapable de bouger !

– Est-ce que je sais ? Quand je suis revenue du puits, elle était allongée de tout son long sur la carpette. L'Émile et votre père sont partis à Pontgibaud… Je n'ai que vous pour m'aider.

– Bon, bon… »

Dans la chambre plongée dans la pénombre à cause des volets tirés, Guillaumin n'en revint pas de découvrir sa mère au pied du lit, toute recroquevillée en chien de fusil. La saisissant par les épaules, et aidé de Fernande, il réussit, non sans mal, à la replacer sur sa couche… Quelque chose clochait… Fallait-il croire en la version de la femme ? Cette chute demeurait inexplicable…

« Laissez-moi deux minutes seul avec elle.

– Non, non, je dois lui faire sa toilette…

– Vous la ferez après. »

Fernande consentit à se retirer, mais omit de fermer la porte… Guillaumin répara cet oubli, puis revint au chevet de sa mère qui, étendue telle une gisante avec son regard vide fixant le plafond, présentait maintenant un curieux essoufflement. En effet, sa poitrine se soulevait par instants avec une rapidité inhabituelle.

« Ça va, maman ? Rien de cassé ? Nom de Dieu ! comment as-tu fait ton compte ? »

Il l'observa longuement, réitéra sa futile question, sans doute pour se persuader lui-même que la chute resterait au stade d'un incident sans conséquence, puis se décida à rappeler Fernande. C'est alors qu'il perçut un détail qui le glaça. Les yeux de sa mère, sous des paupières grandes ouvertes, ne fixaient plus le plafond, ils étaient tournés sur lui. Il fit un écart, le regard ne le lâcha pas, un regard maintenant terriblement expressif.

« Maman, que t'arrive-t-il ? »

Enfin, les paupières se refermèrent. Guillaumin demeura immobile, en vint à penser qu'il avait été le jouet d'une hallucination. D'ailleurs, la pénombre de la pièce pouvait expliquer la confusion…

« Assassin ! Tu es un assassin ! »

Plus question de croire à une divagation de ses sens ; cette voix, faible mais parfaitement audible, était celle de sa mère ! Effaré, il recula, les deux poings serrés sur ses oreilles, faillit trébucher. Quel sale tour lui jouait-elle ? Il lui fallut deux longues minutes pour contraindre son émotion, alors ils se rapprocha, se pencha sur le visage figé de la grabataire, en scruta longuement les lèvres qui n'auraient pu émettre un son tant elles étaient serrées.

« Maman, maman, est-ce toi qui m'as parlé ? »

Aucun rictus, rien qui eût pu manifester une moindre reprise de conscience !

Fernande se décida enfin à revenir. Elle le repoussa pour disposer sur le guéridon le nécessaire à la toilette.

« C'est bon, mon petit monsieur, vous pouvez me laisser.

– Je… je crois que ma mère m'a dit deux, trois mots… marmotta Guillaumin.

– Que me dites-vous là, monsieur Guillaumin ?

– Je crois que… »

Comme la femme, qui avait fort bien saisi le sens de ses paroles, le considérait en affectant une expression stupide, il s'abstint de lui répéter la remarque aberrante et préféra s'enfuir de la chambre.

Dehors, son désarroi persista.

En dépit de tous ses efforts pour se convaincre que seule sa raison abusée pouvait expliquer l'inconcevable prodige, il fut incapable de chasser les paroles entendues : « Assassin, assassin ! » Non, non ! Il n'était pas dément, cette voix, il l'avait perçue distinctement et l'intonation ne pouvait le leurrer quant à son origine. La vie refluait dans le corps de sa mère ! La paralysée n'avait-elle pas retrouvé assez d'énergie pour choir de son lit ? Et il lui avait fait part de son projet de meurtre ! Guillaumin marcha jusqu'au bief, se trempa le visage d'eau froide, une aspersion qui sembla dissiper un peu le chaos de ses pensées… Quand il revint, Fernande, en ayant terminé avec la malade, s'affairait à essorer du linge.

« Monsieur Guillaumin, j'ai oublié de vous dire que je serai absente pendant quelques jours, je dois me rendre à Sayat pour l'enterrement d'une nièce. J'ai proposé à votre père une remplaçante de toute confiance mais il a refusé. À propos, vous aviez raison, votre mère semble retrouver l'usage de la parole… Alors que je la retournai pour…

– Que vous a-t-elle dit ? l'interrompit Guillaumin qui dut pâlir.

– Oh ! malheureusement, rien de très compréhensible… Plutôt une suite de geignements… Son état va peut-être s'améliorer… On a déjà vu des choses plus bizarres.

– Peut-être… »

Dans un premier temps, Guillaumin éprouva un soulagement ; sa raison qu'il avait cru défaillante ne l'avait pas trahi. Mais ce sentiment battit vite en retraite pour faire place à une crainte irrépressible liée aux fameuses confidences où il avait évoqué son projet de tuer le Piarre… Un projet qui n'avait plus lieu d'être. Si sa mère l'avait traité par deux fois d'assassin, c'est qu'elle avait connu un instant de lucidité, sûrement bref mais suffisant pour concevoir la préméditation du mcurtre.

« Croyez-vous réellement que les quelques mots prononcés puissent être le signe d'un rétablissement ?

– Qui sait ? Mais, à mon avis, c'est pas encore demain que votre mère retrouvera ses facultés… Comme dans toutes les attaques, à moins d'un miracle, il y aura des séquelles… Bon, pour ma remplaçante, qu'est-ce que je fais ?

– Vous lui dites de venir. Une fois ici, mon père s'en accommodera.

– Sûrement… Vous verrez, « Jambe de fer » est une gentille personne qui a fait preuve d'un dévouement exemplaire auprès de son pauvre père.

– « Jambe de fer » ? Quel curieux nom !

– Un surnom qui lui vient de… Ah ! mais voilà votre père et l'Émile. »

Accueillie par les aboiements de Trompette, la carriole déboula du chemin. Avant qu'elle ne parvienne dans la cour, Guillaumin s'esquiva.

Il était 10 heures du matin.

Le temps demeurait incertain avec un maigre soleil voilé de nuages bas. En dépit du risque probable de subir une ondée, Guillaumin se décida à monter chez les Ponsol. Cette démarche lui en coûtait mais le Piarre restait son seul lien avec Clémence, toujours réfugiée chez la cousine de Rochefort-Montagne. Une absence qui devenait de plus en plus intolérable…

En chemin, il rumina, répéta mentalement la manière d'amener le fils Ponsol dans ses filets. Un moment, il douta de l'efficacité du stratagème élaboré et fut près de renoncer. Des failles existaient, la moindre erreur pouvait le conduire dans une très mauvais passe… Ses doigts serrèrent la boîte contenant les améthystes. L'idée d'appâter le fils Ponsol avec ces petites pierres lui était venue quand Sophie, après qu'ils eurent pris congé de la tante de Fougères, lui présenta l'écrin et tint à lui en faire cadeau. Guillaumin fut touchée par le geste, hésita à accepter un tel présent jusqu'à ce qu'il conçut l'usage qu'il pourrait en faire…

Arrivé sur le plateau, Guillaumin contourna la ferme pour suivre une haie derrière laquelle il se dissimula. Les chiens étaient restés silencieux… Personne dans la cour, mais des éclats de voix provenant de la bâtisse attestèrent la présence des Ponsol. Son intention était de surprendre le Piarre sans avoir à se heurter à sa mère. Il patienta un quart d'heure.

Enfin, la porte s'ouvrit…

Guillaumin sentit son cœur tressauter quand, en arrière du Piarre sorti sur le seuil, il reconnut Clémence ! Clémence ici ! Elle avait donc quitté Rochefort-Montagne sans daigner l'en avertir. Il retint son souffle, braqua son regard sur le couple qui parut deviser le plus tranquillement du monde avant de s'éloigner, main dans la main, vers le portillon de la clôture. Puis ce fut au tour du père Ponsol d'apparaître dans l'encadrement de la porte, mais il ne s'attarda que le temps de secouer une serviette et de considérer le ciel. Toujours courbé derrière la haie, Guillaumin dut se déplacer pour observer le manège des tourtereaux. « Tourtereaux ! » C'est le mot qui lui vint à l'esprit, qui lui enfonça une lame dans les tripes, qui dut lui faire serrer les dents pour ne pas crier son débordement de haine. Maintenant, ils se tenaient appuyés contre le muret du portillon, l'un tout près de l'autre, presque enlacés… Affectant une pose langoureuse, Clémence écoutait le Piarre, lui souriait en hochant la tête. Quelles promesses était-il en train de lui faire ? Elle n'avait donc rien compris ? Rien de rien ? Guillaumin pleura des larmes de rage. Il ne comptait plus, n'existait plus… Quand une pluie fine se mit à tomber, ils gagnèrent l'auvent de la cabane à outils. Pour Guillaumin, impossible de les épier davantage. Mais il n'en avait plus le désir… La belle histoire avait trouvé son terme. Toute sa haine se dissipa, sa douleur dans les tripes également, repoussées par un accablement dont il sut qu'il ne se remettrait pas.

Courir, courir, vite rejoindre la vallée, aller s'effondrer sur son lit et se laisser mourir... Mais l'ondée fut courte, Clémence et le Piarre réapparurent, se rapprochèrent de la haie... Situation critique ! Guillaumin bloqua sa respiration, essuya ses pleurs pour mieux les observer. Enfin, il perçut quelques mots de l'échange, des mots insignifiants puisqu'ils exprimèrent simplement l'espoir de se revoir bientôt. Clémence se noua un fichu sur la tête et, après un dernier signe de la main, délaissa le raccourci pour gagner l'embranchement du chemin carrossable. Guillaumin la vit disparaître d'un pas pressé tandis que le Piarre alla détacher un des chiens de sa chaîne. C'est alors qu'un drame faillit se jouer. Aussitôt libéré, le molosse tendit le museau en direction de la haie puis, après avoir humer l'air, bondit en plein dans la cache. Guillaumin, sous le choc de la bête, roula à terre... Il sentit son souffle sur lui, cria, persuadé de mourir égorgé.

« Au pied, Orko ! Au pied ! »

Le chien hésita un instant à obéir. Le Piarre le saisit par le collier, le repoussa violemment. Orko abandonna la partie.

« Ah ! c'est toi ? Qu'est-ce que tu fais ici ? Tu veux finir en charpie, petit imbécile ? »

Guillaumin se releva indemne.

« Je viens juste d'arriver, eut-il la présence d'esprit de dire, c'est toi que je voulais voir.

– Ah ? J'aurais juré que tu faisais l'espion !

– Espionner quoi ?

– Est-ce que je sais ? Ne m'as-tu pas surpris avec Clémence ?

– Clémence ? Non, non ! Elle est donc revenue de chez sa cousine ? »

En forçant son expression de surprise, il réussit sans mal à leurrer le Piarre, lequel lui précisa :

« Elle vient de me quitter à l'instant. Je crois que les choses s'arrangent pour moi. Je n'ai plus besoin de ton aide. Pourquoi voulais-tu me voir ? »

Oublié l'affabilité du dernier entretien ! Le ton nerveux exigeait qu'il s'explique rapidement. Guillaumin, pris de court, sortit de sa poche la petite boîte ceinte de velours noir.

« J'aimerais avoir ton avis, puisque tu m'as affirmé que nous étions amis… un simple avis.

– Un avis sur quoi ?

– Sur ça ! »

Il ouvrit délicatement le couvercle de la boîte.

« Je pense avoir trouvé deux pierres d'évêque en pénétrant dans une vieille mine abandonnée…

– Des pierres d'évêque ? C'est quoi, des pierres d'évêque ?

– Des pierres précieuses, comme celles qui sont montées sur des bijoux.

– Tu veux rire ? Montre. »

Le Piarre s'empara de la boîte, scruta l'intérieur.

« Je ne vois rien ! C'est une blague ?

– Regarde mieux, dit Guillaumin en écartant les plis du velours.

– Ouais, on dirait que ça brille un peu… C'est vraiment des chiures de mouche. Où as-tu fait cette découverte ?

– Sur les bords de la Sioule, à l'entrée d'une ancienne galerie.

– Ça ne vaut sûrement pas grand-chose… »

Un dédain qui ne trompa pas Guillaumin. L'œil du Piarre eut un bref éclair qui trahit son intérêt. La machine était enclenchée, le poisson allait s'enferrer de lui-même. Il reprit la boîte qu'il enfouit prestement dans sa poche, puis ajouta avec un air détaché :

« Je suis content que Clémence et toi ayez pu trouver un terrain d'entente…

– Oui, elle est redevenue raisonnable… Et j'ai demandé à ma mère de faire des efforts pour ne pas l'effaroucher…

– C'est une bonne nouvelle… À propos, la cicatrice de ton poignet se referme-t-elle avec un bon pronostic ?

– Oui, oui… Aucune suppuration…

– Bien, je vais redescendre… Nous aurons sûrement l'occasion de nous revoir…

– Attends… Tu n'es pas si pressé… Il ne pleut plus, accompagne-moi jusqu'au pâturage de la “Haute”, je dois rentrer une vache pleine à l'étable. Ainsi, nous pourrons parler… »

Guillaumin acquiesça. Il suivit le Piarre devenu soudainement très affable.

« Sais-tu que si je n'étais pas intervenu, Orko t'aurait dévoré tout cru ? Je l'ai détaché sans savoir que tu étais là... Quelle idée aussi de te cacher derrière la haie comme un malandrin ! Tu ne m'en veux pas ?

– Non, non, c'est oublié... »

Ils franchirent le portillon de la clôture, coupèrent le champ contigu à la ferme, s'engagèrent sur une sente où ils durent marcher l'un derrière l'autre. Dans le pré de la Haute, une dizaine de vaches paissaient. Le Piarre fit s'écarter du troupeau celle qui était pleine pour la parquer dans le petit enclos tout proche.

« On ne la ramène pas ? s'étonna Guillaumin.

– Je reviendrai la chercher ce soir... Au fait, tu ne m'as pas dit... Cette mine abandonnée, elle se situe où ?

– Quelle mine ?

– Celle où tu dis avoir trouvé tes pierres d'évêque...

– Elle est creusée dans le flanc de la vallée. Ça m'est difficile de te préciser l'endroit. C'est un coin perdu que j'ai découvert par hasard.

– Tu comptes y retourner ?

– Bah ! je ne sais pas... Pourquoi y reviendrais-je ? C'est toi qui me l'as dit ; les pierres sont trop petites pour avoir de la valeur...

– Sûr, elles ne sont pas grosses ! Pourtant ça m'amuserait de t'y accompagner... Comme ça, juste pour voir. Pourquoi n'irions-nous pas demain ?

– Si tu y tiens... Plutôt sur le soir. Mais je voudrais que tu gardes le secret.

– Si tu y tiens... Promis ! Motus et bouche cousue ! »

Pour sceller cet accord, le Piarre tint à lui serrer la main. Un clin d'œil complice agrémenta le geste.

Le piège avait donc fonctionné. Comme avec le lacet d'un collet qui se resserre autour du lièvre, il suffisait d'attendre... que l'animal se débatte, qu'il gesticule ! Chaque mouvement ne ferait que l'étrangler davantage... Le coup de grâce interviendrait en temps voulu. Provoqué par un étrange sentiment de domination, un frisson parcourut Guillaumin des pieds à la tête... Maintenant, il en avait la certitude, plus rien ne le ferait renoncer. C'est à un rival condamné qu'il venait de serrer la main.

« Dans trois semaines, reprit le Piarre, quand j'enterrerai ma vie de garçon, je tiens à ce que tu m'accompagnes partout ! Une tournée que tu ne seras pas prêt d'oublier ! Je veux que tu sois mon porte-bonheur. »

Enfonçant le clou, il ajouta :

« Un gentil porte-bonheur pour moi et pour ma Clémence !

– Méfie-toi, méfie-toi bien ! Certains affirment que les nains portent la guigne... »

Le Piarre se mit à rire.

« Je prends le risque, dit-il en lui tapotant le sommet du crâne. Tu es un drôle de petit bonhomme ! C'est toujours d'accord pour demain ?

– C'est d'accord ! Je viendrai te chercher... »

Les événements qui se précipitaient influèrent à Guillaumin une énergie difficile à canaliser... Il fallait faire vite, ne pas perdre une seconde. Sitôt revenu à la remise, il extirpa la musette de sa cache, en vérifia le contenu. Une seule pièce, mais une pièce essentielle, manquait ; un longeron de fer. Il sut où le trouver ; le châssis d'une scie battante avait été mis au rebus. Ses ferrures avaient été démontées la semaine passée. Et il y en avait de toutes dimensions !

Musette sur l'épaule, Guillaumin se mit en route en début d'après-midi. Il était grand temps. Quelle poisse ! Auparavant, il avait dû abréger une nouvelle discussion avec son père ! Toujours les mêmes reproches portant sur le peu d'application qu'il mettait à soigner sa mère. Par chance, ce jour-là, la Fernande prit sa défense.

« Monsieur Guillaumin m'a aidé à remettre votre épouse au lit après sa chute et, croyez-moi, elle pèse son poids. Heureusement qu'il était là !

– Si ma femme avait été mieux bordée, elle ne serait pas tombée. Voilà ce que je dis !

–Et moi, je vous dis que je ne connais pas beaucoup de fils aussi dévoué que le vôtre !

– Encore heureux qu'il le soit ! fulmina l'homme. Depuis le temps que ce paresseux se fait entretenir !

Déjà que je suis obligé de faire appel à vos services. C'est qu'on ne s'appelle pas Crésus dans la famille ! »

Plutôt que de prendre par les berges de la Sioule, Guillaumin remonta la route de Montfermy où la marche était plus aisée. Cette sacrée musette chargée de la massette, des burins, et surtout de l'encombrante ferrure, lui brisait l'épaule. Il ne tenait pas à être vu. Une seule fois, il dut se cacher dans les herbes du fossé pour se laisser distancer par une charrette. Le paysan qui la menait passa sans le remarquer. Mais au moment où il lui fallut quitter la route afin de retrouver la rivière, sa discrétion fut prise de court.

« Guillaumin ! Guillaumin, attends-moi ! »

Zut ! C'était la petite Sophie qui courait à sa poursuite. Elle tombait plutôt mal, celle-là ! Impossible de lui échapper. Guillaumin dissimula la musette derrière des genêts, attendit en maugréant que la gamine le rejoigne. Celle-ci arriva tout essoufflée.

« Qu'est-ce que veux ?

– Rien. Être avec toi. C'est la Fernande qui m'a dit qu'elle t'avait vu prendre cette direction. Tu vas à la source de la crique, là où tu m'as emmenée la dernière fois, dans ton oasis ?

– Oui… Mais aujourd'hui, j'aimerais être seul.

– Pas question, je t'accompagne ! Et puis, j'ai des choses à te dire !

– Très bien, je t'écoute.

– Après je pourrai venir avec toi ?

– On verra… Alors, tu craches le morceau ?

– Ce matin, de bonne heure, j'ai croisé ta bien-aimée à Pontgibaud ! Oui, ta Clémence ! Elle est donc revenue de chez sa cousine !

– Je sais… C'est tout ce que tu avais à me dire ?

– Tu sais ? demanda Sophie qui marqua un temps de surprise. Mais tu ne sais peut-être pas que je l'ai suivie ? Elle s'est rendue chez les Ponsol !… Chez le Piarre !

– Je sais.

– Ah ? Alors, je n'ai plus rien à t'apprendre… Bon, je peux t'accompagner ? C'est mon dernier jour de congé, demain, je retourne au boulot… Ça me ferait vraiment plaisir que tu acceptes.

– Non, on se verra plus tard… Je te le répète : j'ai besoin d'être seul. Retourne chez toi.

– Qu'est-ce qui se passe, Guillaumin ? Je ne te sens pas comme d'habitude.

– Il ne se passe rien. Je ne tiens pas à ce que tu viennes avec moi, c'est tout ! Laisse-moi maintenant ou on ne sera plus des amis. »

Un instant, Sophie ouvrit la bouche comme pour dire quelque chose, mais elle se contenta de reculer de deux pas sans cesser de dévisager Guillaumin. Enfin, elle tourna brusquement les talons, partit en courant rejoindre la route. Là, grimpée sur un remblai, bien en vue, elle cria :

« Tu es un salaud ! Un salaud de nain ! Ton oasis, ce n'est rien qu'un filet d'eau boueuse, juste bon pour les crapauds ! »

Guillaumin la vit disparaître, le dos courbé… Pour lui-même, à voix très basse, il murmura : « Je suis désolé, peut-être me comprendras-tu un jour ? » Il se chargea de la musette, reprit sa marche.

Chaque pas qui le rapprochait de la mine confortait sa détermination à aller jusqu'au bout du plan machiavélique dont il se rejouait inlassablement toutes les phases. L'extrême gravité de l'acte désespéré qu'il allait commettre ne lui échappait pas, il en mesurait la cruauté, la monstruosité mais, mises dans la balance, ces considérations ne pesaient rien. Si Clémence épousait le Piarre, elle était perdue pour lui.

Parvenu devant l'entrée de la galerie, Guillaumin sortit les outils de la musette, disposa devant lui les burins par ordre de taille puis, nanti du longeron de fer, alla estimer la tâche qu'il lui faudrait entreprendre. Il tâta la dureté de la roche, en examina les anfractuosités, les failles plus petites, fut rassuré. Le longeron, placé en diagonale, avait la bonne dimension pour barrer la porte sur toute sa hauteur. Il repéra alors les emplacements à creuser de chaque côté de la paroi…

Avant de débuter la besogne, Guillaumin jeta aux alentours un dernier coup d'œil circulaire. L'endroit était aussi désolé que possible et la route de Montfermy qui serpentait tout en bas, bien que visible dans une trouée du feuillage, était assez éloignée pour que l'on ne le repère pas. De plus, si un importun venait à se montrer, il lui suffirait alors d'attendre qu'il ait disparu avant de reprendre le fastidieux travail de martèlement.

Guillaumin retroussa ses manches, cracha dans ses mains, empoigna la massette.

Le burin n'eut aucun mal à entamer la couche superficielle de la roche. Les écailles sautèrent mettant à nu un début d'encoche. La suite s'avéra plus laborieuse. La massette rebondit sur le burin avec un son différent. Au bout de dix minutes, l'entaille n'avait pratiquement pas progressé ! Guillaumin changea son burin pour un autre avec une attaque en biseau. Cela eut l'air de mieux fonctionner, mais il se fatigua vite. Une douleur s'empara de son bras. Pourtant tout devait être terminé avant la fin de la journée. Hanté par la crainte de ne pas parvenir à ses fins, il s'accorda un quart d'heure de répit puis se remit au travail. Des coups, encore des coups, avec une massette qui devenait de plus en plus pesante. Enfin, il jugea que la rainure creusée devait être suffisante et y plaça l'extrémité de la ferrure. Le résultat le satisfit. La deuxième encoche, celle située au pied de la porte, lui posa moins de problème, la roche était d'une consistance plus friable. À 5 heures, le système de fermeture bien ajusté dans les deux interstices bloqua la porte. De l'intérieur, il était impossible de le déverrouiller. C'était terminé. Guillaumin rangea les outils dans la musette, trouva une cache pour le longeron et prit le chemin du retour.

Cette nuit-là, il dormit mal. Chaque assoupissement était suivi d'un réveil en sursaut… Et le Piarre, lui, ce crétin de Piarre qui allait se jeter dans la gueule du loup, dormait-il ? Guillaumin se dit que son sort était scellé, qu'il n'avait plus à s'en préoccuper. Alors, il ne pensa qu'à Clémence et à la manière de la consoler…

XIV

Le jouet de Clémence

« CLÉMENCE, C'EST MOI ! »
Guillaumin poussa le portillon, pénétra dans le jardinet. Il ne reçut pas l'accueil espéré. Clémence le regarda comme s'il avait été un inconnu, puis reprit son occupation qui consistait à tasser à l'aide d'une pelle des mottes de terre fraîchement retournées.

« Je vois bien que c'est toi, dit-elle enfin, qu'est-ce qui t'amène de si bon matin ? Tu n'as pas mieux à faire ?

– Ça me fait plaisir de te revoir. Tout ce temps passé chez ta cousine… J'ai pensé que tu ne reviendrais plus. Tu aurais pu m'avertir de ton retour… Je m'inquiétais.

– Tu t'inquiétais ? Vraiment ? »

Elle délaissa enfin sa pelle, fit un pas dans sa direction. Son fichu serré sur la tête lui donnait un air sévère et aucun sourire n'éclairait son visage. Guillaumin comprit qu'il n'était pas le bienvenu.

« Ma visite ne paraît pas t'enchanter. Je peux revenir plus tard.

– C'est comme tu voudras...

– Qu'est-ce qui se passe, Clémence ? Ai-je fait ou dit quelque chose qui t'a déplu ? Je t'en supplie, dis-moi ! Je ne veux pas m'en retourner sans savoir... »

Il dut lui adresser un regard si pitoyable qu'elle se força à faire preuve d'un peu d'humanité.

« Mais il ne se passe rien... Que vas-tu imaginer ? Parce que, un temps, nous nous sommes fait quelques simples confidences, tu crois avoir des droits sur moi. Je t'aime bien mais je n'ai pas de comptes à te rendre. Tu débarques à Rochefort-Montagne, tu débarques ici... Il faut me laisser en paix.

– Quelques simples confidences ! Ta crainte de faire ta vie avec le Piarre, ta décision de rupture ; je n'appelle pas ça de simples confidences... Oui, je sais que je n'ai aucun droit sur toi... Mais, en ai-je exercé un seul ? Clémence, ma Clémence, pourquoi m'avoir offert ton amitié si c'est pour la reprendre ? Pour le plaisir de me voir souffrir ? Alors régale-toi, savoure-le, ce plaisir, ma douleur n'est pas feinte, elle est si violente qu'elle m'étrangle, qu'elle m'étouffe, qu'elle...

– Arrête, Guillaumin, arrête ! Ne joue pas à ce jeu avec moi.

– Tu l'as bien eu, le petit nabot... Tu es comme les autres !... Tu es comme ton promis qui s'est tordu de rire en m'ordonnant, devant ses camarades, de m'asseoir cul nu dans une bouse… Ton promis qui a dû te faire de belles promesses… des serments qu'il aura vite fait de renier ! »

Le visage de Clémence se figea. Guillaumin recula avant de lancer :

« Épouse-le, ton Piarre, sois à la botte de sa mère qui se prépare à t'en faire baver ! En fin de compte, c'est tout ce que tu mérites ! Moi, je vais essayer de t'oublier… Ce ne sera pas facile. »

Guillaumin regretta immédiatement ses paroles. Il sentit ses jambes flageoler et fut prêt de tomber à genoux. Cependant, la réplique de Clémence n'eut pas la véhémence appréhendée :

« Je ne te reconnais plus, Guillaumin ! Es-tu devenu fou ? Je sais que tu désapprouves mon mariage mais, encore une fois, ce n'est pas ton affaire…

– Si ! C'est mon affaire ! Je ne veux pas que tu sois malheureuse. Le Piarre n'est pas un garçon pour toi. J'ai eu une discussion avec lui… Je sais… »

Devait-il poursuivre ? Lui révéler les propos tenus par le fils Ponsol, c'était prendre le risque de n'être pas cru, d'être traité d'affabulateur, de jeter de l'huile sur le feu.

« Qu'est-ce que tu as appris ? Parle !

– À quoi bon ? Tu n'es pas sotte et sais à quoi cette union t'engage.

– Bien sûr que je le sais ! Tu penses bien que j'ai eu tout le temps d'y réfléchir chez ma cousine, jour après jour, nuit après nuit… Mais le Piarre m'aime. Son amour est sincère.

– Mais toi… l'aimes-tu ? L'aimes-tu au point d'envisager ta vie sous la coupe de sa mère ? C'est ce qui t'attend ; être aussi la servante des Ponsol ! Le Piarre ne conçoit pas qu'il en soit autrement… »

Ça y est ! Il avait lâché le morceau ! De nouveau, la réaction de Clémence à cette vérité assenée comme un coup de marteau ne fut pas celle escomptée !

« Est-ce que je l'aime ? Sans doute… Sa mutilation m'a beaucoup touchée. C'est triste de ne plus avoir sa main droite… Il a besoin de moi… Hier, je suis montée le voir… »

« Je sais ! » faillit dire Guillaumin qui ravala sa salive.

« Jamais il ne s'était montré si attentionné, si tendre… On aurait dit un petit garçon abandonné… Comment te dire ?

– Ne dis rien… Ne dis plus rien, Clémence ! Je t'en prie… »

Il s'installa un long silence pendant lequel ni l'un ni l'autre n'osèrent se regarder. Pas à pas, Guillaumin recula encore jusqu'au portillon puis, brusquement, après l'avoir franchi, prit ses jambes à son cou. Il courut droit devant lui en direction du bourg. Ce n'est qu'arrivé sur la place qu'il ralentit l'allure, étonné d'avoir parcouru en si peu de temps une telle distance. Il avait le souffle court, son cœur battait la chamade… Exténué, il alla prendre appui contre la rambarde utilisée pour attacher le bétail. Alors, il prit conscience que sa fuite éperdue avait dû mettre un terme à toutes les longues semaines d'une amitié si douloureusement élaborée et, sans doute, à jamais révolue… Non, non ! Il ne pouvait en être ainsi. Tout n'était peut-être pas perdu… Son abattement fit place à une colère sourde. Volontairement ou non, Clémence s'était laissé prendre au jeu du Piarre. « On aurait dit un petit garçon abandonné ! » À se répéter cette phrase ridicule, Guillaumin ne put refréner un rire nerveux… Le Piarre, un petit garçon ! C'était trop drôle ! Drôle ou pathétique ? Ce petit garçon, il allait le punir !

« Oh ! monsieur… ça va ? Vous ne vous sentez pas bien ? »

Une petite vieille, toute vêtue de guenilles sombres, se tenait devant lui et lui picotait le mollet avec le bout de son parapluie.

« Oui, oui, je vais bien… Merci. »

Guillaumin s'arracha de la rambarde, planta là la petite vieille.

Il ne devait pas être loin de 11 heures… En passant devant le porche de la fonderie, il eut une pensée pour Sophie. Il l'imagina en train de s'escrimer aux tables, asticoté par l'infâme Godillot…

« Vous a-t-elle dit quelque chose ?

– Non, rien du tout. Par contre, votre mère remue les orteils…

– Ah ?

Ce détail indifféra Guillaumin.

La remplaçante de Fernande était une femme jeune, assez boulotte, à la mine éveillée, et qui avait la fâcheuse manie de faire précéder chacune de ses phrases d'un raclement de gorge. Elle portait en effet le curieux surnom de « Jambe de fer », surnom dont on l'avait affublée dans ses jeunes années pour sa faculté à danser d'une drôle de manière, comme si elle avait été handicapée par une prothèse.

« Quand on remue les orteils, ça veut dire que les nerfs reprennent vie, précisa Jambe de fer. J'ai toujours sur moi un petit flacon d'eau miraculeuse. Je me suis permis de lui en faire couler quelques gouttes dans la bouche…

– Vous avez bien fait. Ça n'a pas pu lui faire de mal.

– J'ai vu un mourrant se remettre sur pied après qu'on lui en eut tamponné le visage, affirma-t-elle. Mais il faut connaître la bonne prière. »

« Eh bien ! pensa Guillaumin, avec l'Émile qui se fait expédier son eau de Lourdes, ces deux-là font vraiment la paire ! » Il jugea avoir assez perdu de temps à écouter pareilles niaiseries ; là-haut, sur le plateau, le fils Ponsol devait épier sa venue.

Tout en parcourant les derniers mètres, avant d'atteindre l'arête du raidillon, Guillaumin réalisa qu'il pouvait encore suspendre sa machination, qu'il suffisait de faire demi-tour pour tout arrêter là ! Une pensée sitôt conçue, sitôt balayée… Il s'étonna de demeurer serein alors que, à quelques minutes d'enclencher le processus, tout aurait dû l'affoler… Car un aléa pouvait survenir… Le Piarre avait été bien naïf pour croire qu'il n'y avait qu'à se baisser pour trouver des pierres d'évêque ! Serait-il aussi candide à l'invite de pénétrer dans la mine ? Une seule hésitation pouvait le sauver…

Malgré les aboiements des molosses, personne ne l'accueillit, à croire que la ferme avait été désertée. Guillaumin arpenta la cour, alla coller son nez à la fenêtre du bâtiment… Aucune âme qui vive ! Dépité, il se rendit à l'étable sans plus de résultat… Un mugissement lointain lui fit tendre l'oreille et il se souvint de la vache prête à vêler que le Piarre avait tirée dans l'enclos. Les Ponsol, fils compris, devaient s'affairer à la mise bas. Fichu contretemps ! En se faisant aussi discret que possible, il grimpa au pré de la Haute, eut bientôt la confirmation du vêlement. Toute la famille s'activait auprès de l'animal qui ne cessait de meugler. Guillaumin se tint en retrait, dissimulé derrière une sorte de butte, ne sachant quelle suite donner à son projet.

La mise bas semblait laborieuse, risquait de prendre des heures… Enfin, au cul de la vache, une forme apparut ; les onglons puis la tête du veau. C'est le père Ponsol qui s'attela à l'extraire avec une cordelette attachée aux pattes. Le veau nouveau-né tomba dans ses bras, mais aucun mouvement ne l'agita, même l'eau qu'on lui versa dans l'oreille ne parvint pas à le ranimer. Le Piarre quitta l'enclos, se dirigea vers la ferme. Guillaumin attendit qu'il passe le portillon pour le rejoindre.

« Tu tombes mal, Guillaumin. On vient de perdre un veau…

– Je sais. J'ai vu de loin… On remettra notre chasse au trésor à plus tard.

– Non… Le père n'a plus besoin de moi. On peut y aller maintenant… Je me passe un coup d'eau et j'arrive.

– Rien ne presse…

– Non, rien ! dit-il en lavant sa main valide dans l'eau d'un seau. Ton histoire de pierres précieuses, c'est du vent ! Dans les mines du coin, il n'y a que du plomb et un peu d'argent ! Mais je suis curieux de nature… Tu as eu raison de me conseiller de n'en parler à personne ! On évitera ainsi des moqueries !

– Tu as pourtant vu les pierres que je t'ai montrées.

– « J'ai vu, j'ai vu ! » reprit-il en s'humectant le visage. Tu avais oublié de me fournir la loupe qui allait avec ! Du vent, du vent !… C'est curieux, j'ai comme l'impression que tu me montes un coup tordu ! »

Avait-il pressenti quelque chose ? Maintenant le Piarre avait un sourire étrange en observant Guillaumin.

« Je crois que tu me prends pour un idiot…

– Si tu le penses, il est inutile que je m'attarde davantage… Désolé de t'avoir fait perdre ton temps.

– Bougre d'ahuri ! on ne peut plus plaisanter ? Allez, je vais prendre un piochon et on y va ! »

Guillaumin songea à renoncer ; avec cet outil qui n'entrait pas dans son plan, le Piarre pouvait attaquer la roche et se délivrer. Décidément l'affaire se présentait mal, mais quel prétexte inventer pour se désengager ? Puis il pensa qu'il pourrait toujours, le moment venu, apprécier le danger à aller ou non jusqu'au bout du traquenard.

Ils prirent le chemin de la vallée. Le Piarre passa devant. Dans sa main, il tenait le fameux piochon. Plus loin, constatant que Guillaumin avait du mal à le suivre, il ralentit l'allure, mais ce fut pour lui dire en levant l'outil :

« C'est avec ça que mon paternel a estourbi un colporteur dans les cheires ! Deux coups pendant qu'il avait le dos tourné ! Ça ne pardonne pas !

– Pourquoi me dis-tu ça ? demanda Guillaumin qui esquissa un pas en arrière. Ton père a vraiment tué un colporteur ?

– Ne fais pas celui qui ne sait pas ! Clémence a dû te raconter l'histoire.

– C'est possible… Je ne m'en souviens pas.

– Tu mens mal… Je n'aime pas les menteurs. »

Guillaumin sentit un vent de panique le gagner. Si le Piarre l'avait mis en garde, il ne se serait pas conduit autrement, mais en garde de quoi ? Seule une intuition avait pu l'alerter de la menace qui se rapprochait. Une hypothèse si peu probable qu'il l'écarta, préférant croire que la divulgation du meurtre n'était qu'un effet de vantardise destiné à l'impressionner.

Guillaumin jugea que son trouble pouvait paraître suspect, il sauta du coq à l'âne.

« Tu ne m'as pas dit pourquoi le veau n'a pas survécu. »

Gagné ! Le Piarre baissa le piochon.

« Il était trop gros pour passer le bassin de la génisse. Ça arrive quelquefois. C'est une sacrée perte… »

Ils terminèrent la descente sans autre parole. Guillaumin, ne voulant pas prendre le risque de rencontrer quelqu'un sur la route de Montfermy, entraîna le Piarre sur les bords de la Sioule.

« C'est encore loin ?

– Il faut suivre la berge sur deux cents mètres puis, à l'endroit où la rivière se resserre, monter à flanc de coteau.

– Je connais ce goulot… Bizarre ! Jamais personne ne m'a parlé d'une galerie de mine dans les alentours.

– Faut vraiment tomber dessus par hasard…

– Et toi, avec tes petites jambes, tu t'es dirigé droit dessus ! »

De nouveau la méfiance s'installa… Elle se fit plus vive encore quand la sente s'enfonça sous les friches et qu'il fallut entamer l'ascension… Le Piarre, pour mieux escalader la pente et se retenir à la végétation de sa seule main valide, consentit à abandonner son piochon.

« Cet endroit est vraiment impraticable ! Je ne vais pas te suivre plus longtemps, annonça-t-il, quand son pied ripa sur l'humus instable, le faisant glisser en contrebas sur deux bons mètres. On fait demi-tour. J'en ai par-dessus la tête de cette expédition !

– Non, on est arrivé. Encore quelques efforts. »

Enfin, derrière un dernier rideau de ronces, l'étroit terre-plein face à l'entrée de la mine apparut. C'est maintenant que tout allait se jouer... Guillaumin fit basculer la porte rouillée qui s'ouvrit sur le trou béant et noir de la galerie. Le Piarre s'en approcha sans se décider à y pénétrer.

« Il fait sombre comme dans un four là-dedans. C'est donc ici que tu as découvert tes deux pierres ? Cela paraît incroyable... À quel niveau ?

– Dans les tout premiers mètres... Une fois à l'intérieur, la lumière du jour éclaire convenablement les parois... Suis-moi. »

Guillaumin entra le premier. Le Piarre, toujours hésitant, maugréa qu'il y avait sûrement un danger à s'enfoncer dans le boyau, que la boiserie de soutènement devait être pourrie. Pourtant, il s'y résolut.

« Je vais aller rechercher le piochon, proposa Guillaumin, les éclats que j'ai trouvés étaient pris dans la roche.

– Fais vite et qu'on en finisse. Je ne suis pas rassuré dans ce trou à rat.

– C'est l'affaire de deux minutes. »

Guillaumin estima que ces deux minutes seraient suffisantes pour sceller le sort de sa victime. Une fois ressorti de la mine, il se précipita dans le buisson où était cachée la ferrure. L'objet en main, il revint devant l'ouverture et tout se déroula très rapidement. D'un coup d'épaule, la porte se referma. Le Piarre cria :

« Qu'est-ce qui se passe, nom de Dieu ? Je ne vois plus rien ! »

Sans trembler, en proie à un calme étonnant, Guillaumin barra immédiatement la porte avec le longeron, s'appliqua à bien en pousser les extrémités dans les encoches prétaillées. Il était temps, le Piarre hurlait et, revenu à la porte, tapait de son poing la ferraille. Il pouvait s'échiner, brailler à s'époumoner, le piège s'était inexorablement refermé...

« Ouvre-moi cette porte, abruti ! Je vais te faire passer un quart d'heure dont tu te souviendras ! Tu vas ouvrir, saleté de nabot, espèce de rognure ? »

Écoutant ces injures, Guillaumin eut un sourire, puis il plaqua ses lèvres contre l'interstice large comme le petit doigt au-dessus de la porte.

« Le Piarre, cesse de t'agiter et de crier, cela ne te sauvera pas. Je vais tout t'expliquer... »

Les coups contre la paroi de fer stoppèrent net leur raffut.

« M'expliquer quoi ? Qu'as-tu à m'expliquer, vermine que tu es ? Encore une fois, ouvre ! Ou je te ferai bouffer par mes chiens !

– J'ai décidé une bonne fois de t'écarter de ma vie. Je dis bien de ma vie car tu es devenu une gêne pour moi. Je veux Clémence pour moi tout seul... Que tu aies pu croire qu'elle t'était destinée me révulse. Toi, un être fruste et arrogant dans les bras de celle que j'aime, combien cette pensée a hanté mes nuits ! Au point de me rendre fou... Fou de jalousie, fou de rage, fou à en crever. Maintenant, tu n'existes plus… Tu n'es plus rien !

– Ah ! tu crois ça, petit imbécile ? Même si ça doit me demander des jours, je saurai bien m'échapper de ce trou et ça chauffera pour ton matricule.

– Tu peux toujours le croire !

– Autre chose pour ta gouverne, sale engeance : tu me dis vouloir Clémence pour toi tout seul, mais jamais, entends-tu, jamais tu n'y réussiras ! Que ferait-elle d'un misérable avorton qui ne pourrait même pas l'enlacer de ses petits bras ?

– Tu n'existes plus, le Piarre ! Tu crèveras lentement de faim et de soif ! Tu te verras mourir et jc me réjouirai en pensant à ta longue agonie.

– Cette porte n'est qu'un tas de rouille. J'en viendrais à bout… Alors, où que tu sois, je te retrouverai. Je te répète, mes chiens te dépèceront ! Pour Clémence, puisque c'est pour elle que tu veux me nuire, sache que tu ne représentes rien ! Elle me l'a dit ! Et elle m'a dit autre chose.

– Que t'a-t-elle dit ?

– Qu'elle trouvait très amusante la cour maladroite que tu lui faisais… Elle m'en a rapporté les détails et nous avons beaucoup ri… Pauvre niais ! Tu te prenais pour qui ? Ta place est dans les foires, à côté de la femme à barbe ou des ouistitis ! Sais-tu ce qu'elle m'a confié également ? Qu'elle avait rédigé un petit mot à ton père…

– Un mot ? Quel mot ? interrogea Guillaumin qui maîtrisa difficilement sa hargne en serrant les poings.

– Un mot précisant le rôle de mouchard que tu avais accepté de jouer à la fonderie.

– C'est faux ! Tu mens ! Jamais Clémence n'aurait été capable de ça !

– Ose dire que ton père n'y a jamais fait allusion !

– Mon père ne m'a jamais fait part d'un tel mot, jamais ! »

Guillaumin, sans s'en rendre compte, s'était laissé glisser le long de la porte. En dépit de sa violente dénégation, le doute avait subitement pris le dessus. Lors de son renvoi de la fonderie, Godillot lui avait bien signifié la dénonciation le qualifiant de mouchard, ajoutant que ladite dénonciation avait pour origine son propre père. Il se souvint n'avoir accordé aucun crédit à cette révélation, empressé de la mettre sur le compte d'un esprit pervers… Que son père ait pu le trahir, cela était navrant – quoiqu'il ait eu un motif pour le faire : trouver un serviteur disponible pour soigner son épouse – mais qu'il tînt l'information de Clémence, cela dépassait son entendement, était proprement inconcevable… C'est à genoux, sa tête prise entre les deux mains, qu'il écouta la suite :

« Et tu veux savoir pourquoi ta tendre amie s'est plu à te mettre dans l'embarras au point que l'on te donne ton congé à la mine ?

– Non, non ! Je ne t'écoute plus ! Ce ne sont que des calomnies ! Tais-toi, tais-toi !…

– Parce que, pour elle, tu n'étais qu'un jouet ! Ce jouet qu'une petite fille capricieuse, lassée de toujours le voir, casse par plaisir ! Faut-il que tu sois stupide pour ne pas l'avoir compris !

– Un jouet… un jouet, répéta Guillaumin comme si le terme lui était inconnu, je… je ne suis pas un jouet…Ça n'a pas de sens…

– Un jouet, un cloporte, un cancrelat, tu n'as qu'à choisir… Maintenant, je te le demande une dernière fois, délivre-moi, ouvre cette porte ! »

Le Piarre se tut.

Guillaumin se releva lentement, avisa le longeron de fer bien ancré dans la pierre et qui n'avait pas bougé malgré les heurts. Il imagina sa victime toute proche, les sens exacerbés en l'attente d'une délivrance, et qui avait dû réaliser la vanité des injonctions et des pires menaces proférées…

« Je te laisse, le Piarre. Nous n'avons plus rien à nous dire… Je ne reviendrai pas. Tente ta chance ; la galerie a peut-être une autre issue… On dit que certaines se prolongent sur des kilomètres. »

Le ton du Piarre se modifia :

« Non, je t'en supplie, ne me laisse pas. Pitié… Je te promets… Je te promets de ne plus fréquenter Clémence, de renoncer au mariage. Elle sera à toi, à toi seul… Tout ce que j'ai dit à son propos est faux ! Je t'implore à genoux… Pitié, pitié… Ne pars pas.

– Adieu, le Piarre. Tu ne m'as jamais aimé, moi non plus ! Crève ! En fait, tu es déjà mort… »

Guillaumin se retourna une dernière fois avant d'aborder l'escarpement surplombant la Sioule. Les suppliques lui arrivaient maintenant assourdies, comme un râle... Il s'enfonça dans les ronces, se laissa entraîner de plus en plus vite par la pente. À plusieurs endroits, il dut se raccrocher aux branches pour freiner sa course...

Parvenu au goulot de la rivière, l'acte qu'il venait d'accomplir lui apparut dans toute son horreur. Il avait été capable d'infliger un châtiment barbare à l'un de ses semblables, et cela avec une froide détermination... Pourrait-il supporter longtemps le poids de ce secret ? Autres questions qui s'imposèrent : était-ce uniquement un sentiment de jalousie démesuré qui l'avait poussé à pareille extrémité ? N'était-ce pas plutôt l'accumulation des humiliations subies jour après jour qui venait de faire de lui un monstre, celui que l'on rejette, celui que l'on condamne, celui dont la différence n'est manifestement plus supportable ? Il se souvint d'un chien que son maître battait pour un oui, pour un non, et qui dut endurer ce traitement pendant des années, se contentant de gémir sous les coups. Un matin, l'animal saute au cou de l'homme, l'égorge, laisse ses crocs enfoncés jusqu'à ce qu'un voisin alerté le tue d'un coup de maillet. Oui, il était ce chien qui se révolte soudainement contre son sort.

Arpentant comme un automate la route qui le ramenait à la scierie, il se satisfit de cette justification qui excluait tout comportement de pitié.

Plus tard, il sentit obscurément que certains pans de son raisonnement, tel un édifice ruiné, s'affaissaient sur les étais... Les coups de bélier qui en ébranlaient irrémédiablement les murs, c'était Clémence qui les donnait, Clémence seule, toujours Clémence, sa Clémence !

XV

Les doutes de Guillaumin

L'AUBE N'ÉTAIT PAS encore levée quand Guillaumin se réveilla en sursaut.

Une lune blafarde se reflétait sur le carreau de la fenêtre. Un oiseau brisait le silence de sa note unique…

Guillaumin gardait en mémoire les phases fugaces d'un rêve où, dans une cour ceinte de hauts murs, des hommes à la tête baissée marchaient lentement tout décrivant une ronde étrange. Puis le souvenir de ce rêve s'effaça soudainement quand, telle une succession de lames indomptables, les événements de la veille déferlèrent dans son esprit ; la progression sur le flanc de la vallée percée d'une galerie insondable, le Piarre hésitant à pénétrer dans le boyau, la porte de fer se refermant sur lui, ses cris, ses suppliques, ses heurts désespérés sur la paroi. Guillaumin se redressa, demeura abasourdi, chercha encore pendant dix secondes à tenter de discerner la réalité du rêve, puis il retomba sur le lit en murmurant : « Qu'ai-je fait ? Mon Dieu ! qu'ai-je fait ? » Il sut très bien ce qu'il avait fait ! Mais comment avait-il pu s'endormir avec un pareil poids sur la conscience ?

L'air frais lui fit du bien. Drapé d'une simple couverture, il fit quelques pas en direction du bief. De là, il pouvait apercevoir la crête boisée des contreforts plongeant sur la Sioule. Du regard, il suivit l'arête déchirant le firmament, en fixa le point extrême où se rejoignaient les deux flancs de la vallée. Quelque part, à l'aplomb de ce point, creusée dans la masse rocheuse, se situait la vieille mine… Une mine close par la fermeture qu'il avait élaborée et qui retenait le Piarre… Un frisson le parcourut. Le Piarre, qui avait eu toute la nuit pour réaliser que sa liberté dépendait désormais de la seule volonté de son geôlier. Guillaumin l'imagina, seul dans l'opacité du boyau, prostré derrière la porte, lançant de temps à autre des appels désespérés… Peut-être connaissait-il des sursauts de révolte, se jetait-il de toutes ses forces sur la cloison de fer ? Des tentatives vouées à l'échec dont le seul effet était d'accroître l'angoisse d'une lente agonie… L'idée de mettre un terme à ce supplice traversa un bref instant les pensées en déroute de Guillaumin… Non, non ! Ne pas se laisser guider par la pitié ou le remords, c'était définitivement trop tard ! Le Piarre lui avait dit qu'il n'était qu'un cancrelat ! Un cancrelat ignore la compassion.

Salué par le piaillement des oiseaux, le ciel commença de s'éclaircir, déjà les étoiles n'étaient plus visibles.

Guillaumin surprit l'Émile sortir sur le seuil, se diriger vers le fumier pour se soulager, puis ce fut son père qui apparut, repoussant les volets de la pièce commune. Cela le rasséréna, la vie reprenait, tout était comme avant. Une nouvelle journée débutait… Guillaumin, nu sous sa couverture, grelotta, il regagna discrètement la remise… Maintenant, il fallait qu'il joue serré pour ne pas trahir un quelconque émoi, pour se conduire avec naturel. Il s'y appliquerait.

« Dans un demi-sommeil, il m'a semblé entendre ta mère parler. Je suis allé près d'elle mais elle n'a plus rien dit. J'ai peut-être rêvé ?… Vous n'avez rien écouté, vous autres ? »

L'Émile déglutit une gorgée de café, fit signe que non.

« Et toi, Guillaumin ?

– Non, j'ai dormi comme une bûche.

– Ah oui ? Alors, qu'est-ce que tu fabriquais près du bief à 5 heures du matin ?

– Rien… Je me suis réveillé de bonne heure. »

Comme son père le regardait d'un œil soupçonneux, il se dépêcha de trouver refuge dans la souillarde. Il entendit :

« Je ne sais pas quelle vie tu mènes à toujours disparaître. Mais où vas-tu traîner toute la sainte journée ? Bon Dieu de bonsoir ! tu ferais mieux de t'occuper un peu plus souvent de ta pauvre mère... Vivement que le P'tit Louis rentre du service militaire ! Lui c'est un brave petit gars sur qui on peut compter ! Tu m'écoutes, espèce d'ahuri ?

– Oui, oui...

– “Oui, oui !” Ah çà ! il est pas contrariant, l'andouille !.. Avec ces “oui, oui” qui ont l'air de se foutre de la gueule du monde !

– Sûr ! renchérit l'Émile en se torchant bruyamment la bouche.

– J'ai eu tort de céder pour la Fernande, mais ça peut encore s'arranger... reprit son père décidément de mauvais poil. Un de ces moments, je m'en vais te l'expédier au diable, cette feignante... Te lui donner son congé...

– Faut dire que tu t'y connais pour les mises à pied, murmura Guillaumin.

– Qu'est-ce que tu insinues ? »

L'Émile comprit qu'il y allait avoir du grabuge et préféra sortir.

« Que tu es peut-être pour quelque chose dans mon renvoi de la mine, dit Guillaumin sans oser regarder son père.

– Qu'est-ce que c'est que cette invention ? »

Il poursuivit avec une voix outrageusement mignarde.

« Que je suis allé trouver ton contremaître pour lui dire : “S'il vous plaît, monsieur le contremaître, si ça pouvait être un effet de votre bonté de foutre dehors mon corniaud de fils parce que sa mère a besoin de lui ?" Et lui de me répondre : "Mais comment donc ! Ça sera avec plaisir !"

– À moins que tu n'aies ajouté : "J'ai reçu un petit mot qui spécifie que mon fils est un mouchard vendu à la direction." »

Guillaumin, qui parlait rarement sur ce ton à son père, se prépara à recevoir la leçon de sa vie. Mais l'orage attendu ne se déclara pas. Un silence pesant s'installa, un silence qui pouvait donner lieu à plusieurs interprétations... Guillaumin n'en retint qu'une : il avait coincé son père mais n'en éprouva aucune gloire, car cela signifiait que le mot évoqué par le Piarre avait bien existé ! Une question persistait : qui l'avait rédigé ? Clémence ? Il devait savoir ! Savoir avec certitude, savoir immédiatement ! Il prêcha le faux pour connaître le vrai :

« Inutile de nier, papa. Quelqu'un m'a tout raconté. Je ne t'en veux pas... J'ai été stupide de n'avoir pas compris que pour soigner maman tu n'avais que moi sur qui t'appuyer... Et puis le travail à la mine ne me convenait pas... Pas assez costaud... Oublions l'affaire. Promis, sitôt mon café pris, je m'occupe de maman. »

Son père parut amadoué. Guillaumin posa la question redoutée :

« Juste comme ça, pour savoir... Qui t'a fait parvenir le mot ?

– Aucune idée… Il avait été glissé dans la boîte à lettres… Dis-moi, tu ne devais pas avoir que des amis à la mine ?

– L'as-tu gardé ? Je peux le voir ?

– Non… parti au feu… Pourquoi aurais-je gardé ce torchon ? »

Il jeta un œil sur l'horloge.

« Jambe de fer tarde à venir. Va t'occuper de ta mère… »

Ainsi, le doute quant à l'auteur du mot n'était pas levé… Guillaumin termina de ranger les bols sur l'étagère, alla jeter l'eau de vaisselle dans la cour. Quand il revint, son père était debout, la casquette vissée sur la tête, prêt à commencer une nouvelle journée de labeur à la scierie.

« La mine m'a passé une commande de boiserie, peut-être la dernière. Le bruit court que l'exploitation n'est plus rentable… que sa fermeture est une question de quelques mois.

– C'est ce qui se dit, répondit machinalement Guillaumin.

– Ce qu'on dit, je m'en contrefiche ! Ce que je vois, c'est que de quatre cents mètres cubes de grumes l'an, je vais passer à cent cinquante !… Évidemment, ces chiffres ne te parlent pas ! Pour toi, c'est du chinois !

– Pour la bonne raison que tu m'as toujours tenu dans l'ignorance, balbutia Guillaumin à voix basse.

– Et il faudrait en plus que je te rende des comptes ! Té ! je préfère m'en aller. »

Enfin seul, Guillaumin se versa une rasade de café, prit place devant la table et se mit à réfléchir. L'évidence s'imposait : c'était certainement Clémence qui avait rédigé le mot, pourtant tout son être l'incitait à rejeter une telle pensée. Pour quelle raison obscure aurait-elle commis cet acte abject ? Il ne voyait aucune explication… Fallait-il pour autant se rallier à celle, fallacieuse, fournie par le Piarre ? « Pour elle, tu n'es qu'un jouet… » Un jouet à qui elle s'était confiée… C'est à un ami que l'on fait des confidences, pas à un jouet ! Tout ça ne tenait pas debout… Du coup, sa haine pour le Piarre se décupla, l'ignoble qui avait cru trouver sa grâce en l'aiguillant sur une mauvaise voie. Qu'il crève, que son agonie dure des semaines ! Guillaumin envisagea de retourner à la mine rien que pour l'entendre supplier… Oui, il y monterait tous les jours et, pour qu'il ne meure pas trop vite de désespoir, lui promettrait chaque fois une proche libération…

« Ah ! vous êtes là, monsieur Guillaumin ! Je suis contente de vous voir car j'ai des choses à vous dire.

– Des choses, quelles choses ? demanda Guillaumin surpris par l'intrusion soudaine de Jambe de fer.

– Au sujet de votre mère… Hier soir, elle… Je n'ai rien dit à votre père. »

La remplaçante de Fernande présentait une expression horrifiée, se tordait les mains…

« Qu'est-il arrivé, parlez donc au lieu de vous trémousser. Ma parole, on dirait que vous avez rencontré le diable !...

– Si vous saviez, monsieur Guillaumin, si vous saviez... Hier soir, votre mère m'a parlé...

– "Parlé !" Elle émet des sons, des petits cris. Mon père l'a entendue cette nuit...

– Non, non ! Ses paroles étaient tout à fait compréhensibles... Oh ! elle ne s'est pas exprimée longtemps, juste cinq minutes... Elle bougeait à peine les lèvres et gardait les yeux fermés... Si vous saviez ce qu'elle m'a dit ! J'en suis encore toute retournée.

– Ah çà ! allez-vous vous décider ! »

Jambe de fer se racla longuement la gorge.

« Voilà. J'étais en train de la disputer, oh ! gentiment, parce qu'elle ne voulait rien avaler, quand elle a d'abord murmuré : "Inutile de me forcer, je vais mourir bientôt !" Un peu paniquée, je n'ai pas su quoi répondre... Comprenez, je cherchais mes mots... Et puis, c'est là qu'elle a rajouté... Vous n'allez pas me croire ! Elle a rajouté : "Mon fils, le Guitou, est sur le point de commettre un crime affreux, il faudra le dénoncer aux gendarmes ! Il devra être puni ! Il faut que..."

Effondrée, ses mains couvrant son visage en pleurs, elle ne put terminer la phrase.

« C'est le délire qui lui a fait dire ces horreurs, fit remarquer Guillaumin, maîtrisant mal son trouble. Un crime ? Et puis quoi encore ! Ces propos n'ont aucun sens, ne sont qu'un ramassis d'idioties dictées par un cerveau en pleine confusion. Remettez-vous ! Et vous a-t-elle dit qui je devais tuer ?

– Le Piarre !... Est-ce quelqu'un que vous connaissez ?

– Non... Enfin si, peut-être...

– N'est-ce point le prénom du fils Ponsol ?

– C'est possible... Oui, oui, c'est le Pierre, mais tout le monde l'appelle le Piarre. »

Jambe de fer regarda Guillaumin d'un œil effaré.

« Quand même ! Accuser son fils d'un tel méfait ! Il faut vraiment que l'esprit de votre pauvre maman soit détraqué... Dois-je en informer votre père ?

– Non, gardez ça pour vous. Mon père a assez de soucis sans lui en ajouter un autre avec ces broutilles. »

Guillaumin avait pu garder son calme, mais il devait être blême comme un linge. La disparition du Piarre entraînerait forcément une enquête des gendarmes. Trop ravie de rapporter les propos extraordinaires d'une mourante, Jambe de fer ne tiendrait pas sa langue et, de bavardage en bavardage, la rumeur prendrait de l'ampleur jusqu'à ce qu'une âme bien intentionnée en fasse part aux « bigarrés ». Il fallait agir en conséquence et vite, ne pas perdre son sang-froid. Mais d'abord Guillaumin tint à constater par lui-même l'évolution de la santé de sa mère. Il se dirigea vers la chambre.

« Je vous accompagne... dit Jambe de fer

– Non... Je veux être seul à son chevet. »

À la lueur de la veilleuse à huile qui restait maintenant constamment allumée car les volets restaient clos, le visage de l'infirme était toujours aussi serein. Toute contraction s'était effacée, prêtant à la physionomie un air reposé, rajeuni… La bouche entrouverte laissait passer un souffle régulier. Guillaumin observa ce profil inerte où la vie s'exprimait seulement par le battement d'une veine, trait bleui à la base du cou. Il s'approcha, avança sa main vers le front. Sa mère ouvrit lentement les yeux mais ne le regarda pas.

« C'est Guitou. M'entends-tu ? Parle-moi. »

Sa mère remua faiblement la tête, tenta de parler dans un effort pitoyable, mais aucun son ne passa ses lèvres. Guillaumin insista, la supplia de dire quelque chose. C'était inutile. Avant de sortir, il remonta l'édredon sur elle, décocha un œil sarcastique sur le crucifix de faux argent fixé au-dessus de la porte comme pour Lui signifier : « Elle est entre tes mains ! » Cette fois encore, aucune émotion ne l'avait étreint… Un seul sentiment prévalait ; sa mère n'en avait plus pour longtemps… Retrouvant Jambe de fer affairée à attiser les braises de la cheminée à grands coups de soufflet, il dit :

« Vous pouvez aller à son chevet… J'ai trouvé ma mère très affaiblie… Combien de jours luttera-t-elle encore ? Dieu seul le sait…

– Il serait plus sage de faire venir le curé.

– Le curé ?

– Pour les derniers sacrements, parbleu ! Qu'elle parte dans la quiétude du Seigneur. N'a-t-elle pas toujours été une bonne chrétienne ?

– Si, si… Mais elle n'a peut-être pas l'envie de passer l'arme à gauche tout de suite. »

Jambe de fer eut un tressaillement, se figea sans relâcher son soufflet, puis elle pivota sur ses talons.

« Que me dites-vous là ? Il est bien question d'avoir ou de pas avoir envie ! Comme si la malheureuse avait le choix ! Faites votre devoir de fils, convoquez le prêtre aujourd'hui même.

– Ne pourriez-vous pas vous charger de cette tâche ? Je n'ai pas beaucoup d'affinités avec les choses de l'église et encore moins avec les curetons !

– Il est bien question de ça ! Vous condamneriez votre mère à partir sans recevoir l'extrême-onction ? Vous me décevez, monsieur Guillaumin. Je ne sais pas si je vais continuer à vous servir… Je n'aime pas beaucoup les mécréants…

– C'est bon, je m'en occupe. Je dois me rendre à Pontgibaud… »

Guillaumin abrégea l'entretien en se dépêchant de sortir. Une fois dehors, il respira un grand coup, ce qui ne diminua pas son anxiété. Il se vit interrogé par les gendarmes, sommé de s'expliquer sur les confidences faites par sa mère à Jambe de fer. Tout cela était fort ennuyeux… Existait-il une faille qui puisse accréditer un commencement de soupçon ? Il se creusa l'esprit, analysa une à une toutes les phases de son traquenard, ne décela rien qui aurait pu le compromettre. Personne ne l'avait vu, en compagnie de sa victime, progresser vers la mine… Il avait grimpé le raidillon sans s'en apercevoir, s'était retrouvé sur la route de Pontgibaud au moment même où débouchait la calèche du docteur. Il fit un écart pour l'éviter. L'équipage stoppa dix mètres après lui.

« Holà ! jeune homme, je viens aux nouvelles. Comment se porte votre mère ? »

Guillaumin se rapprocha de la calèche.

« Son état est stable. Certains affirment l'avoir entendu parler. Est-ce possible ? »

L'homme se lissa la barbichette comme en proie à une profonde réflexion.

« Tout est possible, dit-il enfin, mais il s'agit là d'un réflexe de langage qui ne peut en aucun cas être le présage d'une amélioration. Le cerveau est hélas définitivement atteint…

– À ce qu'on m'a rapporté, elle aurait proféré des accusations graves… très graves… et qui n'ont pas lieu d'être… C'est ennuyeux.

– Balivernes… vous dis-je. Dites-moi plutôt : déglutit-elle la nourriture correctement ou y a-t-il fausse route ?

– La purée semble lui convenir, les liquides passent mal…

– Je vais voir cela. Me rejoignez-vous ?

– Non, non, vous transmettrez vos instructions à Jambe de fer… Je veux dire à la personne qui s'occupe d'elle. Mon père est à la scierie avec son employé… »

Il hésita un peu avant de demander :

« Croyez-vous que la mort peut l'emporter brusquement ? Que nous... que nous devons nous préparer ?

– Je ne peux rien affirmer... Les cas d'apoplexie ont des issues incertaines. »

Guillaumin regarda s'éloigner la calèche.

Les derniers propos du docteur le laissèrent dubitatif. Il ne voulut retenir qu'une seule chose ; au besoin, celui-ci serait à même de confirmer qu'aucun crédit ne pouvait être apporté aux paroles prononcées par sa mère... C'était un petit soulagement.

En fait, un seul motif le poussait à se rendre à Pontgibaud, revoir Clémence.

Puisqu'il s'y était engagé, il ferait un détour par le presbytère, mais sur le chemin du retour. Rencontrer et solliciter le serviteur d'un Dieu tout-puissant, qui décidait de tout, qui jugeait chacun de vos actes, qui vous imposait d'aimer votre prochain, un prochain qui pouvait être la pire des crapules, qui vous ôtait toute notion d'identité, c'était une mission dont il se serait bien passé. Une fois pour toutes, cette religion qui voulait pénétrer les mystères de l'au-delà n'était pas pour lui. Guillaumin était persuadé de n'être qu'un grain de sable, une nullité devant cette volonté divine qui régissait peut-être la marche des astres, mais qui devait bien se moquer des hommes. Non, Guillaumin n'était pas si orgueilleux de croire que l'Être suprême, s'Il existait, tenait sa lorgnette braquée sur lui. Oui, il irait trouver le curé, plus tard… Sa priorité se situait ailleurs.

Devant la maison du forestier stationnait une charrette. Clémence ou son père recevait une visite. Guillaumin décida de patienter. Il n'eut pas à attendre longtemps. Deux minutes s'étaient écoulées quand il aperçut le père Ponsol lui-même sortir de la bâtisse et gagner d'un pas vif son attelage. Diable ! était-il déjà en quête de renseignements sur la disparition de son fils ? Puis ce fut au tour de Clémence d'apparaître furtivement sur le seuil. Guillaumin bondit de sa cachette, courut jusqu'à la porte demeurée entrouverte. Il frappa deux coups timides sur le carreau.

« Encore toi ? » furent les premières paroles de Clémence qui le reçut en manifestant clairement par le ton combien elle désapprouvait cette nouvelle visite impromptue… Il sut comment l'amadouer.

« Ma mère est au plus mal. Je suis venu au bourg pour demander au curé de lui apporter l'extrême-onction. Comme je n'étais pas loin, j'ai eu l'envie de faire un crochet pour te dire un petit bonjour… C'est triste de perdre sa mère… mais si je suis une gêne…

– Non, tu ne m'ennuies pas, entre. »

Les deux petites rides qui lui barraient le front disparurent.

« Je suis vraiment désolée pour ta mère… Tu as bien fait de venir. Veux-tu un café ? »

Guillaumin accepta et, sans qu'elle lui propose, écarta le banc pour prendre place derrière la table où trônait une bouteille de gnôle, la libation préférée du père Ponsol… Clémence disposa deux tasses, puis apporta la cafetière qui ronronnait sur le poêle.

« Je suppose que ton frère a été averti. Il obtiendra sans doute une permission ?

– Oui, je lui ai écrit… Sa réponse tarde à venir. J'ai hâte de le revoir…

– Ce sera un soutien pour toi. Je te plains bien, mon pauvre ami. Ah ! soupira-t-elle, la vie n'est pas avare d'épreuves… Faut faire avec.

– Sûr… Faut faire avec… »

Pourquoi ne lui disait-elle rien de la venue du père Ponsol ? D'une manière détournée, il se décida à aborder le sujet.

« Quelqu'un est passé te voir avant moi ? Je demande ça, rapport à la bouteille de gnôle…

– Oui, le père Ponsol. Il pensait que le Piarre était ici. Il paraît qu'il n'est pas rentré de la nuit. Je demande bien où ce bougre a été retenu. Ce n'est pas dans ses habitudes. Tu ne sais rien ?

– Non… Rien. Peut-être est-il allé à Clermont ?

– Peut-être… Va savoir. »

Guillaumin plongea le nez dans sa tasse. Le visage de Clémence, l'instant d'avant affable, devint inquiet.

« Curieux tout de même. Je l'ai vu hier matin et il ne m'a pas fait part d'une prochaine absence… Je monterai chez les Ponsol cet après-midi. Tu pourrais m'accompagner ?

– Pourquoi pas ? Mais je ne m'attarderai pas. Là-haut, personne ne m'apprécie beaucoup.

– Tu te fais des idées… Certes, ce sont des gens un peu frustes que la vie ne ménage pas… Ils réagissent à leur manière, comme tous les paysans.

– Si tu le dis… »

Il eut envie de lui rappeler qu'elle n'avait pas toujours eu cette indulgence mais, pris par une autre préoccupation, dédaigna engager la discussion sur le sujet. Comment, en effet, amener sur le tapis la délicate question concernant le mot remis à son père ? Il s'interrogea… mesura l'absurdité et les risques de l'entreprise, finit par renoncer de peur de mettre à mal son travail de reconquête. Car, maintenant que le Piarre, définitivement écarté de son chemin, n'était plus une entrave, il pouvait reprendre son rôle de « soupirant » en titre. Clémence lui appartenait… Il serait là quand l'espoir de revoir vivant le fils Ponsol deviendrait aussi ténu qu'un fil de soie, il serait auprès d'elle, à ses pieds, fidèle, indispensable et compatissant… Tellement compatissant ! Elle lui effleurerait la joue du bout des doigts… En se haussant sur la pointe des pieds, il mendierait un baiser, verrait ses lèvres entrouvertes, gémissantes, s'approcher lentement des siennes… Il connaîtrait le goût de sa bouche…

« Eh bien ! Guillaumin ! Qu'as-tu à fixer le fond de ta tasse, l'air rêveur ? On te dirait parti dans un autre monde… »

Clémence ne pouvait pas mieux dire ; l'espace de quelques secondes, Guillaumin avait écarté un rideau tendu sur l'impénétrable bonheur qui vous fait l'égal de Dieu, pressenti l'émerveillement incrédule qui vous transporte vers des mystères insondables. Il reposa sa tasse, dut avoir l'air très bête.

« Tu devrais songer à retourner chez toi. Ta place est auprès de ta pauvre maman. Merci de ta visite.

– Oui, c'est préférable. Et puis, je dois passer chez le curé... Promis, ajouta Guillaumin en quittant son banc, cet après-midi, je t'accompagnerai avec grand plaisir chez les Ponsol. Retrouvons-nous à l'entrée de Peschadoires.

– Il me faut une explication...

– Une explication ? Quelle explication ?

– Oui ! Ce Piarre qui a disparu sans crier gare !... Je suis inquiète. Ce n'est pas naturel.

– Ah oui ! le Piarre... murmura Guillaumin en gardant la tête baissée. Bah ! ne t'en fais pas trop, il reviendra bien un jour... »

Quand Guillaumin se trouva face au presbytère situé au rez-de-chaussée d'une habitation assez cossue, il avisa la cloche sans se décider à l'agiter. Les ecclésiastiques restaient pour lui des personnages énigmatiques prompts à déceler par une prérogative extravagante les moindres perversions de leurs ouailles, à les menacer de la colère divine en cas de non-repentance... Expier, toujours expier ! Du haut de leurs chaires, dardant du regard chaque fidèle, ils promettaient des maux terribles dans l'au-delà, comme si la misère terrestre avec son lot de peines et de douleurs n'en avaient été que l'avant-goût. Mais qu'avait-il à expier, lui, Guillaumin, déjà condamné à errer éternellement dans les limbes car non baptisé ? Expier quoi ? Le fait d'être venu au monde dans un corps disgracié, cible de toutes les humiliations ? Saleté de cureton !

Il donna un coup sec sur la chaîne, le son grêle de la cloche se propagea en faisant s'envoler deux pigeons perchés sur la fenêtre du premier étage. Quand l'homme en soutane apparut sur le seuil, Guillaumin eut un mouvement de recul et le considéra avec frayeur.

« C'est pour quoi ?

– Je… je viens chercher le secours de la religion pour ma mère qui ne va pas bien.

– Finis d'entrer, mon fils. »

– Non, non… Je ne veux pas vous déranger. »

Sans tenir compte de son refus, le curé s'écarta et l'invita d'un geste à pénétrer. Il n'était plus tout jeune mais gardait l'œil pétillant et avait le sourire avenant. Le corridor embaumait la soupe aux choux et la bougie mal éteinte. Tirée par une main invisible, la porte du fond se referma… Guillaumin se sentit pris comme un poisson dans une nasse. Toujours avec la même courtoisie, il fut convié à investir une sorte de petit salon au mobilier rustique simplement composé de trois fauteuils pour le moins élimés qui entouraient une minuscule table ovale avec, dessus, quelques livres en désordre. Au mur, face à l'entrée, un Christ d'ivoire étendait ses bras efflanqués. Entre les deux fenêtres, un trumeau exposait une peinture détaillant une noria entourée de chameaux…

De plus en plus mal à l'aise, Guillaumin déclina l'offre de s'asseoir, exposa encore sa requête. Toujours le même sourire chaleureux et ce regard qui ne le lâchait pas.

« Ta pauvre maman est-elle une bonne chrétienne ?

– Elle va à la messe tous les dimanches.

– Bien… A-t-elle encore sa lucidité ? »

Guillaumin hésita.

« Parfois…

– Je procéderai donc aux onctions…

– Monsieur le curé…

– Oui, mon enfant ?

– Ce tableau… encadré dans le miroir… J'aimerais savoir…

– Quoi donc ?

– J'aimerais savoir où se situe la vue qu'il représente… »

Surpris par cette question impromptue, l'ecclésiastique haussa les sourcils.

« Curieuse demande… mais que je peux satisfaire. Cette peinture a été exécutée à Biskra, au sud du massif des Aurès… Pourquoi t'intéresse-t-elle ?

– Elle est très belle…

– En effet… J'y suis particulièrement attaché car ma sœur cadette séjourne en Algérie où elle soulage les petits orphelins dans la congrégation des sœurs blanches.

– À Biskra ?

– En effet, à Biskra... Le moment n'est peut-être pas très bien choisi pour évoquer ce sujet, ne crois-tu pas ? Où puis-je voir ta mère ?

– À la scierie de la Sagne...

– Bien, le temps de préparer ma mallette et je te suis. Patiente quelques minutes. Par chance ma calèche est attelée... »

Peste ! tout cela était bien trop rapide. Sa mère n'était peut-être pas encore à l'article de la mort... Guillaumin songea aussi à la surprise de son père et de l'Émile en le voyant arriver flanqué du curé. Dans quelle mauvaise farce, à vouloir jouer les bons samaritains, venait-il de s'embarquer ? Pourquoi avait-il écouté Jambe de fer ? Il tenta de tempérer l'empressement du prêtre.

« J'aimerais d'abord préparer doucement ma famille à votre venue... C'est que j'ai pris la décision de vous convoquer sans la consulter...

– Chez toi, c'est donc au sein d'un conseil de famille que l'on se concerte pour octroyer ou non les sacrements à une mourante ? Encore heureux que l'on ne procède pas à pile ou face !

– Oh ! ce n'est pas ce que j'ai voulu dire, mon père...

– Je veux bien le croire, mon enfant. »

De cordial, le ton était devenu sarcastique, et l'aimable sourire s'était figé dans un rictus ne présageant rien de bon. Guillaumin, au comble de la confusion, se tordit les doigts, finit par balbutier :

« En d'autres termes, mon père, je… je pense qu'il n'y a pas urgence… Ma mère est une solide… C'est le genre de femme à avoir l'âme bien chevillée au corps… Elle peut tenir des semaines… C'est le docteur qui l'a dit.

– Sais-tu que tu me fais perdre mon temps ? C'est un péché, véniel certes, mais un péché que de se moquer de son prêtre. Y a-t-il longtemps que je ne t'ai point entendu à confesse ? »

Guillaumin sentit qu'il était perdu. Allait-il devoir demander l'absolution pour ses fautes ? Seule la fuite pouvait le sauver de cette situation saugrenue. Fuir, fuir ! Alors, il bondit d'un coup, bouscula le fauteuil qui lui barrait le passage, enfila le corridor, s'acharna sur la poignée de la porte dont il ne comprit pas le mécanisme. Enfin le loquet céda et il se retrouva dehors. Il courut jusqu'à la sortie du bourg. Là, haletant, il se demanda quelle image il avait pu donner au prêtre, certainement celle de quelqu'un aux facultés déficientes ! Mais il n'allait pas s'encombrer l'esprit avec de telles considérations, d'autres pensées autrement plus fâcheuses l'accaparèrent… La plus insistante le ramena devant la porte de la vieille mine qui retenait le Piarre. Curieusement, la vision de sa victime suppliante ne lui procura aucun plaisir. L'exaltation d'avoir pu commettre un acte criminel n'existait plus. Il eut beau se répéter : « Je suis en train de tuer un homme ! Je suis capable de ce geste ! », quelque chose en lui s'était défait, désagrégé… Une voix sournoise lui souffla : « Il n'est pas trop tard… Il est encore temps... » Guillaumin poursuivit la marche en martelant le sol de ses pas. Cette voix, il ne voulait plus l'entendre, il ne voulait plus penser, il devait rejeter cette angoisse nouvelle qui lui soufflait qu'il avait roulé dans la pire déchéance, dans l'abominable, dans l'exécrable. Non et non ! Le bien, le mal, le juste, l'injuste, ces notions inculquées ne devaient pas avoir de prise sur celles, bestiales, qui régissent depuis la nuit des temps la passivité de la proie égorgée par un fauve et qui sont – ô combien ! – plus capiteuses... « Il n'est pas trop tard... Il est encore temps... » répétait la voix inlassablement. Guillaumin trouva la parade pour l'étouffer, il serina : « Je suis un cancrelat, je suis un cancrelat, un cancrelat n'a pas d'états d'âme. »

Il n'était pas encore arrivé à la hauteur du porche de la fonderie quand lui parvinrent les échos d'un grand tumulte fait de cris, d'appels, d'exhortations... Pas de doute, il se déroulait des événements inhabituels dans l'enceinte de l'exploitation. Un groupe de femmes à la mine sévère le dépassa, bientôt suivi par un autre plus imposant et se dirigeant lui aussi d'un pas décidé en direction de la fonderie... Certaines tenaient leur bébé dans les bras. Guillaumin rattrapa celle qui fermait la marche.

« Que se passe-t-il ? Où allez-vous ? »

– On va soutenir nos hommes. La direction les a avertis ce matin que la mine allait fermer pendant quinze jours et qu'ils allaient toucher leurs comptes. »

Elle ajouta :

« Quinze jours ! C'est un mensonge. Ils veulent la fermer définitivement. On ne se laissera pas faire, la mine c'est notre gagne-pain. »

Guillaumin jugea que ces désordres ne le concernaient pas, puis il se dit que la fermeture des mines serait une bonne chose, que la petite Sophie n'aurait plus à subir les vexations de Godillot.

Pour éviter d'avoir à passer devant l'entrée de la fonderie, il fit demi-tour pour prendre l'autre chemin qui coupait le coteau à travers bois. Il croisa encore une bande d'hommes à la physionomie inquiétante, plusieurs étaient armés de bâtons qu'ils brandissaient parfois en poussant des cris. Plus loin, dans une éclaircie de la végétation ouverte sur la vallée, Guillaumin put voir l'agitation bruyante qui régnait devant la bâtisse surélevée des ingénieurs. C'était impressionnant. Des centaines d'hommes agglutinés levaient le poing face au péristyle de bois ceignant l'édifice et qui était désert… Des cris isolés montèrent : « Montrez-vous les affameurs ! » repris aussitôt par toutes les bouches « Affameurs, affameurs ! » Un objet effilé, peut-être une pointerolle, vola, alla fracasser une vitre, geste salué par une nouvelle envolée de cris. D'autres projectiles furent lancés sous des huées de plus en plus virulentes. Rassemblées à l'extérieur du porche, les épouses encourageaient les mineurs en tapant la grille avec des pierres et, pour quelques-unes, avec leurs sabots. Puis il parut que le calme revint quand quelqu'un commença de gravir l'escalier menant à la galerie. De son point d'observation, Guillaumin ne put discerner s'il s'agissait d'un meneur ou d'un contremaître. Le personnage, comme un prêtre en chaire, après avoir écarté les bras pour contenir l'apaisement, se mit à haranguer la foule. Impossible de saisir le sens de ses paroles. Quand il rebaissa les bras, son discours n'ayant pas duré plus de trois minutes, tout le monde se dispersa en silence, comme à regret, dans un lent mouvement… Les femmes, une à une, s'arrachèrent de la grille, reprirent la route du bourg. Plus un bruit, plus un murmure, jusqu'à ce que reprenne le tintamarre des pilons dans les cuves… Guillaumin haussa les épaules. La révolte avait fait long feu… Il se souvint des paroles du fondeur présenté par la petite Sophie : le sort de la mine était scellé, toutes les promesses obtenues n'avaient pas plus de consistance que la fumée des fours qui s'étirait mollement dans le vent. L'une après l'autre, les galeries seraient abandonnées, saignées, béantes sur le flanc des vallées…

XVI

Tel est pris qui croyait prendre

Il était 11 heures du matin. Avant de retrouver Clémence, comme convenu, à l'entrée de Peschadoires, Guillaumin se dit qu'il avait tout le temps de monter à la vieille mine pour aller vérifier la bonne tenue du longeron dans les entailles. Un motif qui ne résista pas longtemps quand d'autres raisons s'imposèrent, dont celle particulièrement opiniâtre de mettre un terme au supplice du Piarre. Toujours la même voix : « Il n'est pas trop tard… Il est encore temps. » Pour la première fois, depuis que la porte de fer s'était refermée sur sa victime, il envisagea les conséquences liées à l'éventualité de sa délivrance. Le Piarre, qui ne pouvait certainement pas concevoir de mourir comme un rat dans son trou, avait dû déjà échafauder toutes sortes de représailles plus terribles les unes que les autres. Guillaumin songea à un marchandage, sa liberté contre la promesse d'une indulgence. Comment une idée aussi naïve avait-elle pu germer dans son esprit ? Le Piarre allait accepter toutes les conditions pour mieux le massacrer ensuite ! Même face à un manchot, son sort était réglé ! L'alternative consistait à dépêcher une tierce personne pour enlever le longeron cependant qu'il prendrait la fuite… Où fuir ? Où se réfugier ? Dans les cheires ? Pour y crever de faim ? Non, non ! Loin de Pontgibaud ! Sans une aide extérieure, il lui faudrait se résoudre à mendier sur le parvis des églises… Une seule personne pouvait l'aider, le P'tit Louis, son frère cadet. Il prendrait donc le chemin de fer, irait le retrouver dans son corps d'armée… Puis il balaya cette éventualité, son frère ne comprendrait pas la raison de sa venue. Non, il devait disparaître, s'évaporer, partir beaucoup plus loin… Aux colonies… En Algérie, à Biskra, chez les sœurs blanches. Là-bas, il se recommanderait du curé de Pontgibaud. Les sœurs seraient bien obligées de l'accueillir… Pour se rendre à Marseille, il prendrait le chemin de fer puis, rendu au port, se débrouillerait pour embarquer clandestinement sur le premier navire en partance pour Alger. D'abord, ce projet lui parut absurde, complètement extravagant, irréalisable… L'Algérie ! Lui qui n'avait jamais été plus loin que Clermont-Ferrand ! Mais, depuis qu'il était venu au monde, rien de sa vie n'avait de sens… À mieux y réfléchir, s'enfuir au bout du monde ne lui parut pas plus aberrant que de se retrouver devant les tribunaux où, jugé pour crime, on l'expédierait dans un bagne à Cayenne ou à Nouméa… Le Piarre crèverait donc dans son trou !

Sans s'en rendre compte, Guillaumin, emporté par ses pensées, avait accompli plus de la moitié du chemin. Il lui fallait maintenant longer la Sioule jusqu'au défilé… Il se retourna machinalement pour être certain ne n'être pas suivi et se plaqua contre un boqueteau de genêts, intrigué par une forme mouvante qui disparut aussitôt dans un décrochement de la route. Il attendit qu'elle se manifeste encore mais ne vit que l'ombre des nuages jouant sur les rochers. Il longea la rivière sur trente mètres, s'arrêta, jeta un œil en arrière, juste le temps de discerner une agitation dans le fourré qu'il venait de quitter. Plus de doute ; quelqu'un marchait sur ses traces et prenait garde à n'être pas remarqué. Guillaumin renonça à rejoindre le défilé. Il s'assit sur le bord de la Sioule avec l'attitude d'un promeneur s'accordant un moment de repos. Les branchages du bosquet avaient retrouvé leur immobilité… Les minutes s'écoulèrent. Il fallait prendre une décision, entamer l'escalade ou faire demi-tour. Guillaumin opta pour la deuxième solution, la première présentait trop de risque. Il se prépara donc à croiser quelqu'un, peut-être un braconnier ou un pêcheur, se disposa à le saluer d'un air désinvolte mais, parvenu au niveau du bosquet de genêts, ne découvrit personne, n'entrevit rien qui put confirmer sa crainte. Avait-il été abusé par la fuite d'un animal ? Il y avait quelques loutres qui fréquentaient le coin. Il explora les environs, battit de son bâton les buissons, fut définitivement rassuré, regagna l'entrée de la gorge. Il ne lui restait que cinquante mètres à gravir dans les éboulis embarrassés de branchages avant d'atteindre l'étroit palier débouchant sur la mine. Il stoppa brusquement sa progression quand une pierre vint à débouler, une pierre qui n'avait pu se détacher toute seule ! Au-dessus de lui, il y avait quelqu'un qui le devançait ! Il se colla sur le sol, le visage enfoui dans l'humus. Son cœur battit la déroute… « Mon Dieu ! je suis fichu ! » murmura-t-il. Ainsi, il n'avait pas été la proie de son imagination, un inconnu l'avait escorté et, ayant pris un chemin plus court que le sien, le devançait dans les derniers mètres. Peut-être entendait-il déjà les appels du Piarre ?

Guillaumin releva la tête, scruta le moindre mouvement de la végétation, tendit l'oreille. Plus aucun signe d'une quelconque présence, pas un bruissement, rien ! Pourtant, la pierre avait bien déboulé sur lui… Il songea à s'enfuir, prendre ses jambes à son cou, mettre la plus grande distance possible entre cet inconnu et lui. Non ! Cela aurait été stupide… En dépit de toutes les idées confuses qui lui traversaient l'esprit, il élabora le seul plan qui put lui donner un avantage, un tout petit avantage, sur son prédécesseur ; ne plus avancer dans les pas de ce dernier, obliquer discrètement sur la droite, puis escalader la pente jusqu'à se retrouver au-dessus de la mine, juste à son aplomb. Là, en fonction de la situation, il aviserait. Maintenant, ne plus réfléchir, foncer, oublier le fatras des ronces. Guillaumin se déplaça perpendiculairement à la déclivité, progressa en rampant sur une cinquantaine de mètres ensuite, avec l'énergie du désespoir, attaqua le raidillon. Quand il jugea avoir gravi la bonne distance, il recoupa le flanc du coteau heureusement toujours embroussaillé. Son calcul avait été bon, il l'avait conduit exactement là où il pensait être. Le terre-plein de la mine se trouvait à vingt mètres en contrebas et sa position bien enrobée de feuillage lui accordait toute la discrétion voulue.

La première chose qui le frappa, ce fut le silence. Pas d'appels, pas de geignements, pas de supplique... Le Piarre avait-il disparu dans les parties profondes de la galerie à la recherche d'une issue ? Quant au mystérieux inconnu, Guillaumin eut beau considérer l'endroit et ses alentours, il demeura invisible. Tout était calme et désert... Au bout d'un quart d'heure, l'évidence s'imposa ; personne ne l'avait suivi ni devancé. Tout de même, avec prudence, il quitta son poste de guet, se laissa glisser sur la pente jusqu'à atteindre le palier de la mine.

Guillaumin n'en crut pas ses yeux !

Il ressentit un choc, comme si on lui avait assené un énorme coup dans le ventre. Ses jambes flageolèrent, il s'affaissa doucement sans pouvoir quitter des yeux l'entrée de la mine dont la porte était béante !

Une porte béante sur son trou noir !

Le Piarre avait réussi à se libérer ! De ce fait, les rôles s'inversaient brusquement, de bourreau il devenait la victime, la proie... celle que le Piarre n'aurait de cesse de pourchasser pour l'anéantir, le briser. Étrangement, cette angoisse céda un instant pour faire place à une autre tout aussi effroyable. Avec l'évasion du prisonnier, son aventure avec Clémence venait de prendre une fin inéluctable. Clémence ne lui pardonnerait pas son geste. Elle ne serait jamais à lui ! Jamais ! Puisqu'il n'était plus rien, qu'un cancrelat !

Comme un automate, il s'approcha de la porte, remarqua que le longeron de fer gisait à ses pieds, garda assez de lucidité pour percevoir que les entailles dans la roche étaient intactes... Ce qui voulait dire que l'ouverture n'avait pas été forcée depuis l'intérieur, qu'une main étrangère s'était chargée de retirer la ferrure. Qui avait pu découvrir la geôle improvisée ? Cela n'avait plus d'importance... Après tout, il valait mieux que cette histoire insensée se termine ainsi ; que le Piarre vive, qu'il se marie avec Clémence... Oser influer sur cette destinée avait été une gageure pleine d'une arrogance qui relevait de l'absurde. Guillaumin se demanda alors s'il aurait été capable d'oublier le Piarre dans le trou, si les jours passant, la pitié n'aurait pas contrecarré son plan... Il ne put répondre à cette question. Il était donc un monstre avec une âme, s'il en était pourvu, aussi sombre que la cavité face à lui et dont il avait le plus grand mal à détacher le regard.

« Guillaumin ! »

Il ne réagit pas immédiatement à l'appel de son nom.

« Guillaumin ! »

Il se retourna, vit Sophie se tenant prudemment à l'écart, tous muscles bandés comme prête à s'enfuir.

« Qu'est-ce que tu fais là ? demanda-t-il d'une voix qui ne manifesta aucunement la surprise. C'est donc toi qui m'as suivi ?

– Oh ! Guillaumin, comment as-tu pu faire quelque chose de… de si horrible ?

– De si horrible ?… Je ne sais pas… Laisse-moi, fous le camp. Je vais disparaître, je n'existe plus. »

Sophie fit deux pas pour se rapprocher.

« Oui, je t'ai suivi puisque tu ne désirais plus que je t'accompagne…

– Jusqu'au bout, tu te seras mis dans mes pattes ! Qu'est-ce qui t'a pris de me pister ?

– Ce matin, je ne suis pas allée travailler. Suite aux manifestations, on avait recommandé aux petiotes de ne pas venir à la fonderie. N'ayant rien à faire, j'ai eu envie de te voir… Tu étais mon ami.

– Je ne le suis plus ?

– Non ! Après ce que tu as fait, tu n'en auras plus un seul !

– Continue… C'est toi qui as délivré le Piarre ?

– Ce matin donc, je suis allée à la scierie mais, juste avant d'y arriver, je t'ai aperçu prenant la route de Montfermy. Je t'ai suivi, croyant que tu te rendais vers la crique où coule la source de ton oasis… Tu l'as dépassée et ça m'a semblé bizarre. Quand t'as quitté les berges de la Sioule pour monter à flanc de coteau, moi, j'ai coupé dans les bois pour arriver avant toi.

Arrivée là, qu'est-ce que je vois ? Ou plutôt qu'est-ce que j'entends ? Une voix qui vient de la porte en ferraille avec des bruits de coups. “Ouvrez-moi, ouvrez-moi !” disait la voix. Ah çà ! j'ai eu peur ! J'ai bien failli tout plaquer là ! La voix continuait de crier : “Je suis enfermé, délivrez-moi !” Je me suis approchée... Je suis pas bête, j'ai tout de suite compris que c'était une espèce de barre qui empêchait la porte de s'ouvrir... Je l'ai enlevée, cette satanée barre. La porte s'ouvre et le Piarre – c'était bien lui – se jette sur moi, me prend au cou, mais il me relâche aussitôt et il me dit : “Tu n'es pas la personne qui m'intéresse. C'est le nain, ce sale nabot que je veux étrangler de mes propres mains...” Ah çà ! je peux te dire qu'il était en colère... T'aurais vu ses yeux ! Puis, il a dévalé la pente comme un fou pour disparaître dans les fourrés... Explique-toi, Guillaumin ! Pourquoi, pourquoi ?

– À quoi bon ?... Tu as tout détruit.

– Détruit quoi ?

– Tout !

– Je ne comprends pas... C'est donc toi qui avais enfermé le Piarre dans ce trou ?... Et si je ne l'avais pas délivré, combien de temps l'aurais-tu laissé moisir ici ?

– Aussi longtemps qu'il m'aurait plu. Peut-être ne l'aurais-je jamais délivré... »

Sophie se tut. Elle ouvrait de grands yeux incrédules comme si la gravité de la situation lui apparaissait progressivement. À son tour, Guillaumin la regarda fixement.

« Petite idiote, en délivrant le Piarre, tu m'as pris Clémence, dit-il. Par ta faute, elle ne sera jamais à moi...

– C'est pour ça que tu as donc enfermé le Piarre dans ce trou ? Pour être tranquille avec Clémence ? Tu es fou ! Guillaumin, tu es complètement fou ! Clémence n'est pas pour toi !

– Qu'est-ce que tu en sais ?

– Mais... mais Clémence est belle !... Tu t'es vu, mon pauvre Guillaumin ? Pardon, pardon de te dire ça comme ça... mais c'est vrai... T'as une bosse, un œil qui voit rien...

– Arrête, Sophie ! Je t'en supplie, tais-toi !

– Oh ! Guillaumin, qu'est-ce qui va se passer maintenant ? Le Piarre va te rechercher... Il va te mettre une rouste et une sévère ! Comment lui échapperas-tu ? Tout ça pour une fille !... C'est trop bête... Et je ne peux rien faire pour toi.

– Si ! Tu peux faire quelque chose pour moi.

– Quoi ?

– Déguerpir, foutre le camp ! Je ne veux plus te voir. Qu'est-ce que tu attends ? Que je te vole dans les plumes ? Fous le camp ! Vite, vite ! Avant que...

– Je n'ai pas peur de toi... Tu n'es qu'un pauvre type ! Tu n'es qu'un vilain nain... un...

– Une dernière fois, pars ! Fuis-moi ! »

Mais Sophie ne bougea pas, elle soutint le regard de Guillaumin avec une expression de défi. En silence, ils se firent face, sachant l'un et l'autre que l'affrontement devenait inéluctable. Guillaumin se baissa, ramassa une pierre, leva le bras, prêt à la lancer. Une menace qui n'eut pas l'effet escompté.

« Avec le Piarre, sûr que tu n'aurais pas eu ce courage ! Ose lancer ton caillou, ose donc, sale nabot bossu ! »

La pierre gicla dans l'air mais n'atteignit pas sa cible. Sophie cria « raté ! », esquissa un pas de côté, puis un autre en avant pour bien montrer sa volonté de ne pas battre en retraite, mais elle recula pourtant en décelant les rictus de haine qui tordaient bizarrement les lèvres de son agresseur. Jamais elle ne l'avait vu grimaçant ainsi. Sophie comprit soudain le danger. Trop tard ! Guillaumin avait bondi, était sur elle. Le heurt fut violent, impossible à contenir. Tous deux roulèrent à terre.

« Arrête, arrête ! » gémit Sophie, surprise par la force de son adversaire qui la tenait plaquée au sol.

Elle tenta de se débattre. Rien n'y fit : deux mains avec la puissance d'un étau lui enserraient le cou. Elle entendit :

« Le sale nabot bossu va en finir avec toi ! Tu vas payer pour tous les autres. Il faut bien que quelqu'un paye pour ce que j'ai subi depuis toujours ! »

Sophie aurait voulu supplier, demander pardon, mais les doigts qui lui pressaient la gorge ne laissèrent passer que des râles. Dans un dernier effort, elle banda tous ses muscles, donna une secousse à son corps, réussit à déporter un instant l'étreinte que le poids de l'autre occasionnait. Une tentative mise en échec par l'étranglement qui ne s'était pas relâché.

Sophie ouvrit la bouche toute grande, donna l'ordre à ses poumons d'inspirer. Aucun filet d'air ne passa. Elle sut que c'était la fin, que sa vie allait se terminer là, une courte vie de douze ans…

Puis ce fut la délivrance inespérée !

Guillaumin ne lui serra plus le cou, comme s'il avait brusquement abandonné son projet de l'étrangler. De l'air enfin, de l'air qui s'engouffra dans sa poitrine. Cependant, toujours allongé sur elle, Guillaumin ne la libéra pas. Qu'importe, cette seconde de répit lui redonna espoir et lui permit de murmurer plusieurs fois le mot « pardon ! » Un souffle chaud frôla sa joue. Elle perçut :

« Tu n'as pas compris que j'étais un monstre ? Je suis un monstre… Je dois te tuer ! »

Cette voix lui était inconnue, ce n'était pas la voix de Guillaumin ! Sophie implora encore. « Pardon, pardon ! » Comme pour la faire taire, sur son cou se plaquèrent à nouveau les mâchoires de l'étau. Le supplice interrompu reprit. Sophie suffoqua mais elle palpa sous sa main droite quelque chose de dur et de froid et qui parut être rivé au sol. Elle comprit que l'objet devait être coincé par son propre poids et qu'il devait s'agir de la ferrure qu'elle avait soustraite à la porte pour délivrer le Piarre. Elle parvint à se soulever un peu. L'objet n'était plus immobilisé… Dans une contorsion faisant appel à un reste d'énergie, elle put brandir le longeron, puis le rabattre au hasard. Le heurt ne s'accompagna d'aucun bruit. Les doigts qui lui compressaient la trachée se décrispèrent lentement… Vite, vite ! Respirer ! Prendre une grande bouffée d'air ! Quand elle fit un mouvement pour se dégager, le corps pesant sur elle bascula sur le côté. Haletante, Sophie put se mettre à quatre pattes. Pendant quelques secondes, elle resta dans cette position, groggy, puis releva la tête. Guillaumin était allongé sur le flanc, aussi immobile que s'il avait été surpris par le sommeil… S'étant enfin remis sur ses jambes, Sophie observa son agresseur, remarqua sur le côté du front un hématome rougi de sang. C'est donc là que la ferrure avait dû le frapper… Il devait être assommé et pouvait donc reprendre ses esprits d'un moment à l'autre. Alors Sophie n'hésita pas, elle s'empara à nouveau du ferrement et, fermant les yeux, assena un second coup à l'endroit de la tête. Aucune réaction ! Elle s'apprêta à répéter son geste mais, en dépit ce qu'elle avait enduré, ne put s'y résoudre. Le morceau de fer demeura suspendu en l'air, puis tomba de sa main…

« T'es mort, Guillaumin ? Réponds, t'es pas mort ? Dis, t'es pas mort ? » marmonna-t-elle.

Devant le corps inerte, elle demeura paralysée par la peur, ne sachant que faire… Puis elle vit la poitrine de Guillaumin se soulever. Il était vivant. Vivant, ça signifiait qu'il pouvait reprendre ses esprits d'un moment à un autre… Il lui fallait fuir, fuir tout de suite à toutes jambes, alerter le premier venu… Une autre idée lui traversa l'esprit…

Sophie saisit Guillaumin par les chevilles, le tira, comme on traîne un sac de linge sale, jusque dans la mine. Exercice éreintant qui la laissa sans force. Le plus dur étant fait, elle referma la porte. La ferrure, après avoir servi d'arme, reprit sa destination première en verrouillant l'entrée. Sophie sut qu'elle était sauvée.

Avant de se décider à redescendre dans la vallée, elle plaqua son oreille sur la cloison métallique.

« Guillaumin, tu m'entends ? »

Pas de réponse, pas un son !

Alors, seulement, en dévalant la pente, elle se mit à crier.

XVII

Où la vieille mine garde son mystère…

« QU'EST-CE QUE C'EST que cette histoire à dormir debout ? Tu as enfermé mon fils dans une mine parce qu'il a voulu te tuer… Oui, oui, je vois bien que ton cou porte des marques. Et alors ? Tu crois que j'ai du temps à perdre à écouter tes fadaises ? »

Le père de Guillaumin cria à l'Émile qui guidait les troncs équarris sous la scie :

« Arrête tout ! Je ne comprends rien à ce que me chante cette gamine. »

L'Émile bloqua le chariot, désengagea la courroie de la poulie maîtresse, la scie battante cessa son mouvement de va-et-vient, ce qui ramena le silence dans l'atelier. Le père de Guillaumin s'essuya le front, avala quelques gorgées d'une chopine puis, les deux poings sur les hanches, vint se planter devant Sophie.

« Raconte tes salades, petite, mais ne va pas me débiter d'âneries ou je te botte le cul ! »

Sophie se demanda comment présenter l'affaire. Plutôt que de se perdre dans des explications oiseuses dont l'autre ne croirait pas un mot, elle préféra aller droit au but.

« Il faut absolument me suivre jusqu'à la mine, il faut y aller, monsieur… Je vous en supplie, vite… Guillaumin, le pauvre Guillaumin…

– Qu'est-ce qu'il a encore fait, ce bougre ? Qu'a-t-il pu encore inventer pour me gâcher l'existence, ce bon à rien ?

– Vite, s'il vous plaît, monsieur, vite…

– Ah çà ! mais voilà qu'après avoir débité ses balivernes, elle me donne des ordres, cette morveuse ! Tu entends ça, l'Émile ?

– Sûr que j'entends, patron ! Mais vous devriez y aller… À voir l'état de la gamine, y se passe des choses pas très catholiques… Regardez-la ! Elle est toute retournée… Et le Crapautin, y semblait pas dans son état normal ces derniers jours.

– Et elle est loin, cette fameuse mine abandonnée ?

– Non, non ! En pressant le pas, on y est dans un quart d'heure, précisa Sophie. Oh ! s'il vous plaît, monsieur, venez.

– Ça va, je te suis…

Tout en ajustant sa casquette, l'homme continua de maugréer, puis il éleva la voix pour s'en prendre à l'Émile.

« Cré nom de Dieu ! qu'est-ce que t'attends pour reprendre le boulot ? Que la scie se remette en marche toute seule ! »

À ce moment, du dehors, arriva un concert de vociférations et de braillements. Même le chien Trompette se mit de la partie.

« Qu'est-ce que c'est que ce raffut ? On s'est donc juré de me rendre fou, aujourd'hui ! »

Il n'eut pas à se poser la question plus longtemps ; Jambe de fer pénétra dans la scierie complètement affolée.

« Y a des hommes chez vous ! Et ils n'ont pas l'air commode ! dit la femme en reprenant son souffle. Ils sont armés de bâtons, ils recherchent Guillaumin ! Mon Dieu ! allez vite les calmer, ils veulent tout saccager et faire un mauvais sort à Guillaumin ! »

À peine avait-elle terminé que trois individus déboulèrent dans l'atelier. Sophie reconnut le père Ponsol et le Piarre, le troisième, un costaud à la barbe hirsute, elle ne l'avait jamais vu. Tous avaient un gourdin en main et affichaient ostensiblement leur intention d'en découdre.

« Où se cache ton bandit de fils ? demanda le père Ponsol, je te prie de croire qu'il va passer un mauvais quart d'heure !

– Sûr ! ajouta le Piarre en tapotant le gourdin contre son mollet. Le nabot n'aura pas assez de toute sa vie pour regretter d'être né.

– Du calme, les Ponsol, du calme… Mon fils n'est pas là… Expliquez-vous.

– Ah çà ! pour s'expliquer, on va s'expliquer ! » reprit le Piarre d'un ton qui ne présageait rien de bon.

L'Émile tenta de s'éclipser mais le barbu lui barra la sortie en le repoussant brutalement contre le châssis de la scie. Jambe de fer prit Sophie par la main, essaya à son tour de forcer l'issue. Le barbu, un sourire mauvais aux lèvres, s'y opposa.

« Bon, alors ? Qu'a-t-il fait, mon gredin de fils, pour vous mettre dans pareil état ?

– Ce qu'il a fait, on va te le dire ! annonça le père Ponsol. Il a tout simplement combiné un coup tordu pour tuer le Piarre, pour tuer mon fiston, pour tuer un pauvre diable d'invalide ! Raconte, le Piarre, raconte comment ce dégénéré de rognure s'y est pris ! »

Et le Piarre raconta : l'histoire des améthystes, le traquenard de la mine à la porte piégée, sa longue nuit dans le trou, sa délivrance par Sophie… Le père de Guillaumin écouta sans broncher.

« C'est stupide ! Pourquoi mon fils aurait-il commis un acte aussi insensé ?

– Parce qu'il voulait ma promise… Et il pensait arriver à ses fins en m'envoyant dans l'autre monde. Voilà pourquoi !…

– Holà, holà ! doucement, le Piarre ! On n'en est pas encore là ! Je te vois bien vivant devant moi ! Pas du tout à l'agonie… Tu te monterais pas un peu le bourrichon ? C'est qu'on vous connaît, vous, les Ponsol ! Avec vos histoires de crime que vous traînez comme des casseroles…

– Qu'est-ce que tu veux insinuer ? questionna le père Ponsol. Quelles histoires de crime ?

– Celle d'un certain colporteur par exemple… si tu vois ce que je veux dire… dont le cadavre serait quelque part dans les cheires… Quelque part, pas bien loin, et que je crois savoir où c'est… et qu'un gendarme bien informé aurait tôt fait de situer !

– Racontars, rien que des racontars de médisants ! Pour en revenir à Guillaumin…

– "Guillaumin, Guillaumin ?" Tu veux sans doute parler du nabot, du dégénéré, de la rognure ? C'est bien comme ça que vous le nommez ?

– Parfois… sous le coup d'une colère… Allons, allons, restons sereins… »

L'allusion à la disparition mystérieuse du colporteur avait brusquement tempéré la véhémence du père et du fils Ponsol ayant vite saisi le sens de la menace. Le barbu comprit lui aussi que la situation demandait quelques accommodements, il s'écarta de la porte, ce qui permit à l'Émile et à Jambe de fer de prendre la tangente. Sophie refusa de les suivre.

« Maintenant, dit le scieur, entre gens raisonnables, nous allons reprendre les choses dans l'ordre. Aux dires de cette gamine, Guillaumin serait retenu dans une ancienne mine…

– Là où j'ai failli crever ! lança le Piarre.

– Comme vous, je tiens à démêler cet embrouillamini et, si mon fils a commis un tel méfait, j'agirai en conséquence, mais pour cela je veux écouter ses explications. Je propose donc que nous nous rendions tous à la mine… Qu'on en finisse avec cette histoire, j'ai bien d'autres tracas… Ma femme…

– Oui, on a appris, dit le père Ponsol. C'est un grand malheur...

– Pas aussi grand que le mien ! éclata le Piarre. Sans la petiote qui m'a délivré, je serais encore à moisir dans cette galerie du diable ! Ça n'a pas l'air de beaucoup vous tracasser !

– Espèce de grand nigaud ! s'emporta son père, t'avais bien besoin de t'y rendre, dans ce trou ?... Si on t'avait dit d'aller te pendre, t'y serais allé ? Bougre d'abruti ! Ah ! on est bien loti avec nos rejetons ! Té ! tu ne vaux pas plus cher que le nabot !... S'cusez, je veux dire que votre fils Guillaumin.

– Y a pas de mal ! Allez, p'tits gars, on boit un coup et on grimpe là-haut.

– C'est pas de refus... »

Devant une Sophie se tenant coite et étonnée de cette inattendue réconciliation, tous trouvèrent une place où s'asseoir sur les troncs équarris. L'Émile fit une timide réapparition. Les chopines circulèrent de main en main, les verres se heurtèrent, excepté celui du Piarre, lequel parut perdu dans de sombres pensées...

Et chacun d'évoquer les ennuis du moment, en particulier celui ayant trait à la fermeture de la fonderie qui allait jeter à la rue nombre de mineurs. Quand les bouteilles furent vides, les idées moins claires, la pensée de rejoindre le haut de la vallée ne recueillit plus leur enthousiasme.

« Comme si on n'avait que ça à faire ! Aller se tordre les chevilles sur les cailloux… On n'aura donc jamais la paix avec ces vauriens !

– Qui se fichent bien de nous faire perdre du temps à l'ouvrage !

– Moi, j'y vais ! déclara le Piarre en se levant. J'emmène Sophie.

– Emmène qui tu veux et fiche-nous la paix, répliqua son père… Sois revenu pour la traite du soir, bon à rien ! Déjà qu'avec une seule main, tu fais la moitié du labeur ! »

Sophie suivit le Piarre.

Elle y consentit pour une seule raison, tenter en chemin de l'amadouer et, en premier lieu, le convaincre de se défaire de son gourdin. Ce serait certainement une tâche difficile car le fils Ponsol, faisant en sorte d'allonger le pas pour toujours la devancer, ne sembla pas décidé à lui adresser la parole. La haine qu'il ressentait pour Guillaumin pouvait se concevoir… Toute la première partie du trajet s'accomplit dans un silence pesant. Arrivé aux abords de la Sioule, le Piarre chercha à se repérer, hésita, prit enfin l'avis de Sophie, puis devint plus loquace.

« Étais-tu au courant du piège que ce cochon de nain m'a tendu ?

– Bien sûr que non ! Ce sont tes cris qui m'ont alertée. »

Son regard devint soupçonneux.

« Pour quelle raison te trouvais-tu devant la mine ? Ce n'était pas le fait du hasard ? L'endroit est retiré, personne ne se promène dans le coin. »

Maintenant, le Piarre s'était arrêté, faisait face à elle qui sut qu'une mauvaise réponse pouvait la mettre dans une passe difficile.

« Je suivais Guillaumin à distance, me demandant pourquoi il ne désirait plus que je l'accompagne.

– Et tu penses que je vais croire tes salades ?

– Quand il a vu que je t'avais délivré, il est devenu fou, j'ai cru qu'il allait me tuer...

– La peste soit de ce foutu nain ! Je vais la lui faire retrouver, sa raison ! En route ! Allez, guide-moi. Je suis complètement perdu.

– Il faut lui pardonner...

– Qu'est-ce que tu dis ? “Lui pardonner !” Pardonner au nabot ? C'est ça ? J'ai bien entendu ?

– Oui, tu as bien entendu... Ta Clémence aurait dû laisser Guillaumin tranquille, ne pas jouer avec lui les amoureuses, ne pas lui laisser croire des choses... Tout ça est de la faute de cette fille !... Je l'avais prévenu...

– Cette fille, comme tu la nommes, est ma promise !

– Eh bien ! tu aurais dû t'en occuper un peu plus, de ta promise ! Tu...

– Suffit, morveuse ! Encore une réflexion déplacée et je te brise les reins de mon bâton ! »

Il ne plaisantait pas. Sophie, qui signifia d'un geste de la tête que l'affaire était close, constata un peu plus loin que le Piarre n'avait aucun souvenir précis du chemin à emprunter. L'escalade, entreprise trop tôt, bien avant le défilé, se termina au pied d'un escarpement envahi de boqueteaux infranchissables.

« Cette sacrée mine doit être toute proche… Fais-tu exprès de m'égarer ?

– Débrouille-toi seul, le Piarre. J'abandonne. Je ne veux pas être complice du sort que tu réserves à Guillaumin. Cette expédition n'a aucun sens… Je vais aller prévenir les gendarmes.

– Hors de question que tu les préviennes ! C'est une affaire que je tiens à régler seul !… Une affaire entre le nabot et moi !

– Si tu le tues, tu iras en prison !

– Pas si bête, je ne vais pas le tuer, juste un peu le malmener, lui rentrer sa bosse dans le dos à coups de gourdin, et p'têt ben lui crever son œil valide.

– Ce sera sans moi ! »

Estimant ne pas pouvoir être rattrapée dans le fatras des ronciers, Sophie dévala aussi vite qu'elle le put la pente tout juste gravie, trop vite ! Son pied se prit dans une racine. La chute fut si violente qu'elle roula sur dix mètres avant de heurter le tronc d'un pin. Le temps qu'elle se relève, le Piarre, agile en dépit de son handicap, avait fondu sur elle.

« Encore une seule incartade comme celle-ci et je te massacre ! Marche droit devant ! Pas d'entourloupe ! »

Sophie vit le bâton levé au-dessus de sa tête. Elle s'exécuta.

Le rétrécissement de la Sioule raviva la mémoire du Piarre qui déclara alors pouvoir continuer seul.

« Fous le camp, morveuse, tu ne m'es plus utile. J'espère que tu n'as pas menti, que tu as réellement emprisonné le nain dans la mine et qu'il s'y trouve toujours »

Sophie le vit disparaître dans les fourrés mais ne put se résoudre à faire demi-tour. Après avoir attendu deux minutes, ménageant une distance suffisante pour ne pas se faire surprendre, elle entama à son tour l'escalade. Mètre après mètre, elle gagna du terrain, ne cessa sa progression qu'une fois arrivée en contrebas du palier devançant la mine. Avec mille précautions, elle se hissa sur un tronc mort, se trouva à la bonne hauteur pour, à travers une trouée du feuillage, observer sans être vue. Il était temps, le Piarre se trouvait devant la porte de fer dont il s'apprêtait à faire sauter le ferrage. Elle entendit :

« On se retrouve, le nabot ! Tu peux compter tes abattis. Dans trente secondes, même ta mère ne pourra pas te reconnaître ! Tu m'entends, s'pèce de vermine ? »

Sophie retint sa respiration, tendit l'oreille, ne perçut que le bruissement du vent. Guillaumin était-il toujours inconscient ou jouait-il les muets ? Avec rage, le Piarre heurta la porte de son bâton, puis le lâcha pour déverrouiller l'ouverture. La cloison métallique bascula lentement sur ses gonds, découvrit la noirceur du boyau.

Personne !

Point de Guillaumin !

Le Piarre parut hésiter, puis se décida à pénétrer dans la mine. Il en ressortit quelques secondes plus tard, l'air dépité. Quant au soulagement éprouvé par Sophie, il fut à la mesure de son étonnement. Il y avait de quoi être stupéfait ; comment Guillaumin avait-il pu s'échapper puisque la porte avait été débarrée par le Piarre ?

« Tu peux t'extirper de ta cachette, sale morveuse ! Je sais que tu es tout près et que tu m'épies. Allons, montre-toi ! Tu me dois une explication ! »

Sophie ne put faire autrement que de s'approcher, prête à faire les frais de la déconvenue du fils Ponsol.

« Je ne comprends pas, le Piarre ! Je t'assure ! dit-elle en prenant garde de rester hors de la portée du bâton, j'ai bien traîné Guillaumin à l'intérieur...

– Moi, je comprends que tu m'as mené en bateau. Votre coup était bien monté à tous les deux ! Qu'importe ! Si ce nain de malheur n'est pas ici, il est ailleurs et je le retrouverai ! »

Comment lui faire entendre raison ? Sophie fit un large détour pour entrer à son tour dans la galerie, mais elle ne découvrit aucun indice qui aurait pu trahir la récente présence de Guillaumin en ce lieu. Il fallait donc se rendre à l'évidence, le prisonnier s'était échappé et, une fois dehors, avait pris soin de clore l'ouverture avec le longeron.

« Peut-être existe-t-il une autre sortie ? suggéra-t-elle timidement.

– Une autre issue ? Tu penses bien que si elle avait existée, je n'aurais pas pourri toute une nuit dans ce trou. Non, aucune issue ! À cinquante mètres de profondeur, le boisage s'est écroulé et bouche le passage.

– Je vais vérifier.

– À ton aise. N'oublie pas qu'après ton inspection je te dois une rossée pour t'être foutue de moi !

– Je n'ai pas menti ! Il y a sûrement une explication… ou une autre sortie ! »

Sophie pénétra à nouveau dans la galerie. Elle attendit que son œil s'acclimate à l'obscurité, puis s'enfonça résolument dans le boyau. Cinquante mètres ! La distance lui sembla démesurée. Pas à pas, elle avança. Soudain, son cœur s'affola ! Et s'il prenait l'idée au Piarre, pour la punir, de refermer la porte ? Elle tenta d'opprimer cette angoisse, reprit sa lente progression. L'opacité devint presque totale. Plus loin, elle découvrit effectivement un enchevêtrement de cadres d'étayage barrant le passage. Le Piarre avait dit vrai. D'abord, trop heureuse de tourner les talons, Sophie ne prêta pas attention à un vent léger, frais comme une brise… À un endroit de l'éboulement, il y avait un courant d'air ! Un courant d'air ? Cela signifiait qu'il subsistait quelque part un puits d'aérage et, peut-être, pas très éloigné… Un courant d'air ! Le Piarre n'avait pu le déceler en raison de la porte tenue close qui devait en contrarier la circulation… Sophie tâtonna, en chercha l'origine en escaladant les poutrelles. Enfin sa main balaya un vide, une cavité suffisamment large pour permettre le passage d'un homme, le passage de Guillaumin ! Le mystère n'existait plus et cela la réconforta un peu.

Sophie regagna la sortie. Qu'importe si l'autre lui mettait la volée, une seule chose comptait : que son ami ait pu échapper à la vindicte du Piarre.

« J'ai vu la pile des boisages qui empêche d'aller plus loin, annonça-t-elle. Cette mine n'a pas d'autre sortie. C'est à n'y rien comprendre... Maintenant, si tu veux me mettre une peignée, il faudra m'attraper ! »

Sophie fit un bond sur le côté, évita la main qui plongea sur elle, s'enfonça à toute allure sous les broussailles. Le Piarre tenta bien de la poursuivre mais, pas assez leste, ne put la rejoindre. Il cria : « Fous le camp, merdeuse ! » avant de revenir se planter face à la mine qui faillit être son tombeau.

Dans les jours qui suivirent, Guillaumin n'ayant pas réapparu, une expédition de trois mineurs équipés de lampes visita l'ancienne mine.

Comme l'avait présumé Sophie, à deux cents mètres en arrière de l'éboulement, un puits d'aérage, qui devait déboucher sur la crête, avait été creusé. À la différence des autres, ce puits suivait un plan incliné, il demeurait donc possible, en rampant et en étant de petite taille, de le parcourir dans toute sa longueur. Le plus menu des mineurs voulut en avoir le cœur net, décida de l'explorer. Il s'enfila dans le boyau, progressa de quelque vingt mètres sans en déceler la sortie. Continuer aurait pu le mettre dans une mauvaise position. Il renonça à poursuivre l'épuisante reptation.

« Si le nain a emprunté ce conduit, je veux bien manger mon chapeau, déclara-t-il, c'est comme un entonnoir, plus on avance, plus ça se resserre.

– Il y a un moyen plus simple pour le savoir, suggéra l'un des mineurs, trouver où débouche cette sacrée cheminée et voir s'il subsiste des traces comme des empreintes de pas ou des pierres récemment déplacées.

– L'idée n'est pas sotte, mais nous ignorons où débouche ce puits que la végétation doit certainement dissimuler. On ne va pas explorer tout le flanc de la montagne…

– D'autant plus, je vous le répète, s'emporta le maigrichon, que la trouée est beaucoup trop étroite pour le passage d'un homme. Cette histoire ne tient pas debout ! Moi, je rentre chez moi.

– Moi aussi ! C'est vrai, on a fait ce qu'on a pu… Si ça se trouve, ce verrat de demi-portion est quelque part, bien caché dans une grange…

– Sûr qu'il en serait bien capable ! Ces nains, c'est de la racaille, de la fripouillerie, de la vermine… Té ! À ce qu'il paraît, celui-là ne se complaisait qu'en compagnie d'une des petiotes des cribles…

– Savoir ce que ce pervers de cochon pouvait traficoter avec elle ?

– Savoir ? Si on le retrouve, comment que je vais te le dérouiller ! Nom de Dieu de bondiou ! il sera pas près de recommencer ! »

Épilogue

PENDANT LES SIX MOIS qui s'écoulèrent, personne ne sut ce qu'il était advenu de Guillaumin. Personne, ni ses parents (sa mère était toujours en vie), ni le P'tit Louis (revenu de ses obligations militaires), ni Clémence (qui avait épousé le Piarre), ni Sophie, personne !

Suite au rapport des trois mineurs, la gendarmerie mena sans succès une courte enquête et l'affaire du « disparu de la Sagne » n'occupa plus les esprits, esprits rendus autrement soucieux par l'annonce, à court terme, de la fermeture probable de la fonderie.

En juillet de l'année suivante, un matin, Godillot vint trouver Sophie pour lui signifier qu'une lettre, adressée à son nom, était arrivée avec le courrier de la mine.

« Une lettre ?... Une lettre pour moi ? s'étonna-t-elle. Ce doit être une erreur !

– Ce n'est pas une erreur, petiote, elle t'est bien destinée... Et à en croire le cachet, elle arrive tout droit d'Algérie ! De Bis... Attends que je déchiffre... de Biskra, c'est cela ! Mazette ! elle a fait du chemin ! Tu connais donc du monde dans ce trop de pays de pedzouilles ?

– Non, personne... »

Elle se reprit vite :

« Ah si !... l'ami d'un de mes oncles. »

Ce mensonge satisfit la curiosité du contremaître qui se décida à lui tendre le pli en précisant :

« Petiote, je passe l'éponge pour cette fois, mais que ça ne se renouvelle pas ! La mine n'a pas à recevoir du courrier personnel... Ce n'est pas le bureau des Postes, ici ! »

Persuadée qu'il devait certainement s'agir d'une méprise due à une homonymie, Sophie attendit la pause pour décacheter la mystérieuse missive. Aux premiers mots qu'elle lut, ses yeux s'embuèrent. D'une écriture bien calligraphiée, voilà ce que disait la courte lettre :

À ma chère petite amie,

En dépit de l'éloignement – je suis loin, très loin de Pontgibaud – je ne peux t'oublier. Sache que je suis bien vivant mais qu'il faut me faire pardonner... Comment ai-je pu oser porter la main sur toi ? Ce remords hante chacune de mes nuits. Je t'en supplie ; un jour de tempête, crie au vent que tu me pardonnes, il viendra jusqu'ici et au crissement des palmes courbés sur l'oued, je saurai que ma supplique a été entendue. Adieu petite, adieu Sophie… ma Sophie.

Sophie relut une fois encore la lettre puis, après l'avoir déchirée pour qu'elle ne tombe pas par inadvertance entre d'autres mains, alla en disperser les morceaux dans les flots de la Sioule… Ne pouvant contenir ses larmes, elle regarda le courant s'en emparer, engloutir un à un les petits bouts de papier dans le plus proche tourbillon… Enfin, elle tira de sa poche l'image remise par Guillaumin, sa précieuse image représentant une palmeraie perdue dans les dunes, puis la pressa longuement contre ses lèvres.

La sirène meugla.

Du pan de sa manche, Sophie s'essuya les joues, courut aux tables rejoindre ses compagnes.

* *
*

Les mines de Pontgibaud fermèrent définitivement en 1897.

Des trois cheminées, se dressant dans le ciel tel un obélisque incongru et étreint de lierres, seule demeure aujourd'hui la plus élevée.

Table des matières

Chez le même éditeur

Sagas familiales et destins singuliers sont au cœur des romans De Borée. Découvrez-les sans plus attendre.

AUCOUTURIER Alain
Aux innocents les mains pleines
La Mère-Nuit
Le Besacier
Le Bon Dieu dans les orties

AUDIDIER Robert
Le Voyage de Pierre Angibaud
Les Trois Frères

AUDOUX Marguerite
Marie-Claire suivi de *L'Atelier de Marie-Claire*

AUJOULAT Noël
Le Village perdu

BARBET Jean-Louis
Le Chocolat des temps amers

BARDOT Thierry
Le Hameau des Tailles
Les Mauvaises Herbes
Les Méprises

BARRAL René
La Colère des drailles

BARTHOMEUF Georges,
ROUZAIRE Roger
Le Prix de la terre

BÉLARD Paul
Moissons d'enfance
La Ferme aux écrevisses

BÉNÉ Robert
La Belle Virginie
La Belle Marguerite
La Belle Mathilde
Le Trésor d'Alpaïde
La Belle du Saint-Laurent

BENOÎT Michel
Les Moissons de sang

BERTHÈS Colette
La Mémoire des chemins

BERTHOD Michel
Le Temps des hirondelles

BESSON PIERRE
Un pâtre du Cantal

BOBÈCHE Adrien
La Fille de la meunière
Les Confitures du haut de l'armoire
Au vent des brandes

BORMANN Christian
Les Coulées douces

BOSQUET Roland
Les Yeux de Chloé

BOUCHARDY Christian
Le Fugitif de la Saint-Jean
La Trace mystérieuse

BOUCHET Maurice
La Pierre au mercier
Le Chêne foudroyé
La Fille du pertuis
Là où disparaît le torrent

BOUDOU Josette
La Maison d'école
Marie, fille des montagnes
Les Chemins de toile
La Ronde des saisons
La Nuit des abeilles
Les Feux de Bois-Colombes

BOURRET Johan
Quand les loups rôdent

BOUSSUGE Micheline
Le Bois de Bis

BRIAND Charles
Le Foulard de l'aviateur

BUICHE Jean-Pierre
Une petite âme

CALLEROT Geneviève
Treize Grains de maïs

CAPPEAU Marie Nicole
Désacœur
Un château de famille

CASTELAIN Anne-Marie
Les Amours de Louise
La Promesse
Le Passant de l'été

CHALAYER Maurice
Les Promesses du haut pays
La Paix des collines
Un buisson d'aubépine
Le Secret de Jean
La Tourmente

CHARMASSON Guy
La Main du maître

CHATRY Colette
Les Rubans roses

COGNÉRAS François
La Mémoire engloutie

COLLIN Yvon
L'Écorce amère

CORNAILLE Didier
La Photo de classe

COSEM Michel
Justine et les loups
Le Bois des demoiselles

CROIZIER Jean-Pierre
La Bonne Providence

DEBRIFFE Martial
Le Secret de la Villa Marianne
Les Peyrie

DELOMME Martine
Un été d'ombre et de lumière

DEMURE Jean-Paul
Les Rosiers
de la rue Vermenouze

DRAVAINE Claude
Le Grand Domaine

DUCLOZ Albert
Une étrange récolte
Les Jacinthes sauvages

DUHAMEAU Jacques
Le Vent du Peyradoux

DUPUY Daniel
Fontcouverte
Le Mystère Fontbrune

FABRE Jean-Luc
Le Colporteur des âmes
Une neige de juillet

FARINELLI Bernard
Terre-Dieu

FRONTENAC Yvette
Les Années châtaignes
Les Années chantepleure
Éléonore

GALLOIS Christiane
La Clairière aux genêts
Nanou, les doigts pleins d'encre

GAMARRA Pierre
Les Coqs de minuit suivi de *Rosalie Brousse*
L'Empreinte de l'ours

GAY Marie-Claude
Le Vallon des sources
Faustine et le bel amour

GIBERT Sylvie
Derrière les portes

GIMBERT Yveline
La Méprise
Le Crépuscule du loup

GONZALÈS Daniel
La Demoiselle du port
Le Temps des cigales

JAILLER Isabelle
Louise, loin du pays

JUBIEN Aurélie
Un jour d'octobre

JUDENNE Roger
Les Terres brunes
Les Bons Jours
Une vie de dimanche
Louison la douce
Le Silence des rives

LABORIE Christian
L'Appel des drailles
Les Drailles oubliées
Le Secret des Terres Blanches
L'Arbre d'or
Le Saut-du-Loup
Les Sarments de la colère
Les Bonheurs de Céline
Le Brouillard de l'aube

LACOMBE Michel
Les Brûlots de paille
La Bonne École

LAFONTAINE Jacques
Les Jours de gloire

LAOUENAN Roger
Le Pain bleu
Le Repaire du papillon

LAVARENNE Michelle
La Belle Vie d'Anna
Le Rossignol des Tuilières

LAVISSE Suzanne
Le P'tit Louis de la loge

LEBERT Karine
Nina et ses sœurs
Le Secret d'Emma

LEDOUX Ivan
La Guerre des marrons

LEMAIRE Philippe
Les Vendanges de Lison
La Belle absente
La Soureillade
Compagnons de fortune
Gus

MALLOUET Jacques
Années vertes, années noires
Japperenard

MÉRAUX Philippe
Le Chasse-pendule

MERCIER Louis
Les Contes de Jean-Pierre en pays roannais

MICHELIN Yves
L'Héritage trahi

MOSCA Lyliane
Les Gens de Laborde
Les Amants du moulin

NAVARRO Christine
Le Bonheur en été
L'Échappée belle
L'Éventail d'ivoire

NEGRI (DE) Gérard
La Brûlure des pierres

PALET (DE) Marie
Les Terres bleues
La Demoiselle
Tistou
Mademoiselle Fine
Céline, une vie toute simple
Sidonie des Bastides
Le Village retrouvé
Un chemin de rocailles

PECOU Raymond
Allée des Alyscamps

PÉRILHON Jean
Les Racines de mai

PERRÈVE Paul
La Pierre levée
La Burle

PERROT Philippe
Les Pommiers sauvages

PICCINO Sylviane
Les Sabots de peine

PINCE Jacques
Tustou et Marie
Les Premiers Sillons
Le Goût du blé
La Vengeance de Bogis
L'Ombre du chai

PLAIT Annie
Les Longues Saisons

PLUCHARD Mireille
Les Sentes buissonnières

PONTY Monique
Un orage dans la tête

PUIJALON Bernadette
L'Œil du vivier
Un parfum de gentiane
L'Heure de l'alouette
Des monts de tempête
Le Loup d'Orcival

RIPERT Pierre
Le Temps d'un été

ROCHE Florence
Des monts de résistance
Les Hautes Terres
L'Honneur des Bories
L'Héritage maudit

ROSSET Jean
Les Derniers Porteurs de terre

ROYER Roger
La Colombière
La Colline des Maures
Le Médecin de Maurevers
La Dame de la Callune

SABOURIN Pierre
La Terre des coteaux
Le Boulanger de Saint-Laurent

SAND George
La Ville noire
Jean de la Roche
Le Péché de monsieur Antoine (tomes I et II)
Le Marquis de Villemer
François le Champi
Le Compagnon du Tour de France *
Le Compagnon du Tour de France **
Contes d'une grand-mère *
Contes d'une grand-mère **

SOYEZ Jean-Marc
La Vigne à Saint-Romain
Le Bonheur selon Félisse
La Ramandeuse
Julia

TAMAIN Louis
Le Renard
Médecin de campagne – L'Encre violette
L'Énigme de Fontary
Le Miroir aux alouettes

TEMPÈRE Jean
Les Sirènes du lac

TESSIER Colette
Les Carnets noirs

THOULON-LANGUET Michèle
Le Tablier bleu
Maria du bout du monde

TOUATI Claude-Rose et Lucien-Guy
Une maison dans les herbes
Le Cahier bleu
Les Ombres de la palombière

VAISSIÈRE Maric-Louise
Marie, fille de cocagne

VALETTE Paule
Les Feuilles du pêcher

VÉDRINES Jean-Pierre
Un jour d'orage
Froides Vendanges
Marie des vignes
Soleil de femmes

VERDIER Henri
La Fille du bénitier

VINCENT Claude
La Révolte du père